Das Tal der Raben

SABINE BLAZY

Das Tal der Raben

THIENEMANN

Für meinen Bruder Christoph

1

»Oh Gott, ist das furchtbar hier.« Sam verschränkte die Arme und warf ihrem Vater einen vorwurfsvollen Blick zu.

»Es ist ja nur für zwei Monate. Und so schlimm ist es nun auch wieder nicht. Du gewöhnst dich schon daran.«

»Bestimmt nicht!«

Mr Turner sah seine Tochter aufmunternd an, doch Sam hatte den Kopf bereits abgewandt. Sie schaute sich unbehaglich um.

Carrickbeg war ein trostloser kleiner Ort mitten im Nichts. Es gab nur eine Kirche - ein hässliches Gebäude, das sicher noch nicht sehr alt war -, eine Kneipe und einen Supermarkt. Die wenigen windschiefen Häuser des Dorfes drängten sich dicht aneinander, als fürchteten sie, sonst in der Einsamkeit der kargen Landschaft Connemaras verloren zu gehen. Sam fröstelte und kroch tiefer in ihre Regenjacke.

»Willst du mitkommen?«, fragte Mr Turner.

Sie schüttelte den Kopf. »Nein, ich warte lieber hier.«

»Wie du meinst.« Mr Turner ging Richtung Supermarkt, drehte sich aber mit besorgter Miene noch einmal nach ihr um.

Sie waren früh am Morgen von Dublin aufgebrochen, wo Sams Vater an der Universität Archäologie unterrichtete.

Die meiste Zeit waren sie durch öde, kaum bewohnte Landstriche gefahren, doch die Gegend, die sie in den letzten eineinhalb Stunden passiert hatten, war an Kargheit kaum zu übertreffen. Der Boden war steinig und kahl, kein Getreide wuchs auf den Feldern, nur vereinzelte Bäume und Sträucher standen auf den flachen Ebenen und niedrigen Hügeln, nur spärliches dürres Gras, das mit Mühe für die wenigen Schafe ausreichte. Es war entsetzlich! Die Ortschaften waren immer kleiner und seltener geworden und auch Bauernhöfe gab es nur noch sehr wenige.

Der Wind schlug die Fensterläden gegen die Häuserwände und fuhr heulend durch die schmalen Straßen. Die Luft war überraschend kühl für die Jahreszeit und dunkle Wolken am Himmel kündigten bereits den nächsten Regen an.

Sam zog den Reißverschluss ihrer Jacke bis ganz nach oben und überquerte den Marktplatz.

Warum denn nur hatte sie mitkommen müssen? Sie hätte längst mit Sybil und Amanda in Brighton sein können, dem Seebad an der englischen Südküste, in dem schicken Haus, das Amandas Tante gehörte und einen eigenen Pool und Tennisplatz besaß. Stattdessen war sie in Irland gelandet, am äußersten Ende der Zivilisation, ausgerechnet im tiefsten Westen des Landes, der kaum noch zur Zivilisation zu rechnen war! Sie verzog verärgert das Gesicht und ließ sich auf die Bank neben dem Parkplatz fallen. Das war allein die Schuld ihres Vaters.

Sie waren auf dem Weg in das verwunschene Tal, wie es von den Bewohnern der Umgebung unheilvoll genannt wurde. Professor Turner und sein Kollege Peacock hatten sich zusammengetan, um dort das Grab eines alten irischen Stammesfürsten auszugraben, der vor über 400 Jahren die Gegend beherrscht hatte. Was daran nur so spannend sein sollte! Sam konnte sich schon ganz genau vorstellen, wie der Ort aussehen würde. Mindestens so trostlos wie der ganze Rest der Grafschaft. In Carrickbeg hatten sie nur angehalten, um Vorräte und Feuerholz zu kaufen, denn das Dorf besaß den einzigen Supermarkt weit und breit. Sie kickte mit der Spitze ihrer Sandale einen Stein beiseite.

»Du bist aber nicht von hier.«

Sam zuckte erschrocken zusammen. »Was?«

»Ich sagte, du bist nicht von hier.« Die alte Frau, die mit einem Mal neben ihr aufgetaucht war, musterte sie neugierig. Sie trug ein ziemlich abgetragenes langes Kleid und eine schäbige Jacke.

»Nein, bin ich nicht«, erwiderte Sam. Sie hatte keine Lust, sich zu unterhalten, doch die Frau setzte sich neben sie und beugte sich redselig zu ihr herüber.

»Verbringst du deine Ferien hier? Wir haben nicht viele Touristen in dieser Gegend, weißt du, deshalb fallen Fremde leicht auf.«

»Möcht ich wetten«, murmelte Sam.

»Bist du mit deinen Eltern hier?«

»Meinem Vater«, sagte sie knapp. Sie hasste es, ausgefragt zu werden.

»Hoffentlich habt ihr Glück mit dem Wetter. Im Moment sieht es ja nicht danach aus.«

Sam nickte höflich.

»Sicher wohnt ihr im Gasthaus gegenüber der Kneipe. Das ist das bei weitem schönste Haus in Carrickbeg.«

»Nein«, sagte Sam etwas zu heftig, »wir sind auf dem Weg in das Tal keine fünfzehn Meilen von hier, hinter dem Hügel dort.«

»Ihr wollt in das verwunschene Tal?«, flüsterte die Frau heiser.

»Ja.« Sam lächelte schief. »Ein viel versprechender Name,

nicht wahr?« Verwundert bemerkte sie den entsetzten Blick der alten Frau.

»Aber das ist nicht einfach nur ein Name!«, rief sie mit gepresster Stimme. »Der Ort ist verwunschen, wirklich und wahrhaftig verwunschen, und das schon seit vielen aberhunderten von Jahren. Kaum jemand wagt sich jemals freiwillig in das Tal.« Sie griff plötzlich nach Sams Arm.

Sam runzelte verwirrt die Stirn, sagte aber nichts.

»Du glaubst mir nicht? Frag die anderen. Es geschehen dort merkwürdige Dinge«, wisperte die Frau.

»Was denn für Dinge?«, fragte Sam wie gebannt, war sich aber nicht sicher, ob sie die Antwort auch wirklich hören wollte.

»Menschen verschwinden dort spurlos und manchmal tanzen Lichter über dem Moor. Der alte Paddy O'Tally, der sein Haus nicht weit von den Hügeln entfernt da hinten hat, schwört Stein und Bein, dass er einmal dem leibhaftigen Teufel im verwunschenen Tal begegnet ist.«

Sam lief ein kalter Schauer über den Rücken. Doch es waren weniger die Worte der Frau, die ganz offenbar ein bisschen verrückt war, als ihr unheilvoller Blick, der sie nach Luft schnappen ließ.

»Die Schatten der Toten wandern nachts im Tal umher und bringen dem, der sie stört, nichts als Unglück. Meidet die Gegend, hörst du? Geht irgendwo anders hin!«

Sam verabscheute den Ort von Minute zu Minute mehr. Liebend gern wäre sie wieder umgekehrt, aber das war wohl nicht machbar.

»Ich fürchte, das wird nicht möglich sein«, sagte sie. »Mein Vater arbeitet die nächsten zwei Monate in dem Tal.«

»Dann seid ihr die Archäologen? Das ganze Dorf spricht schon von euch. Das ist …« Die Frau schrie plötzlich auf und starrte nach oben.

Sam folgte ihrem Blick.

Ein Rabe flog auf sie zu. Für einen kurzen Moment warfen seine ausgebreiteten Flügel einen dunklen Schatten auf die hölzerne Bank, ehe er sich neben Sam auf der Lehne niederließ.

»Hoppla«, rief sie, »wer bist du denn?« Sie war viel zu überrascht, um erschrocken zu sein.

Die Frau warf einen ängstlichen Blick auf den schwarzen Vogel. »Ein böses Omen für euer Vorhaben«, flüsterte sie.

»Aber wieso denn?« Was für dummes Zeug die Frau da die ganze Zeit erzählte! »Das ist doch nur ein Vogel. Und ein ganz braver noch dazu, sehen Sie?«

Sam wusste selbst nicht, warum, eigentlich war sie nicht sonderlich mutig, aber sie streckte dem Tier vorsichtig ihre Hand entgegen. Fast erwartete sie, dass er seinen kräftigen Schnabel in ihren Arm hackte, aber der Rabe stieß nur behutsam ihre Finger an. Die kohlschwarzen Augen schienen sie dabei aufmerksam zu mustern.

»Was für ein hübsches Kerlchen du bist«, lachte sie. »Nein, ich habe nichts zu essen.«

Der Vogel legte den Kopf schief und stieß ein leises, merkwürdig heiseres Geräusch aus. In der nächsten Sekunde begann er plötzlich lauthals zu krächzen.

»Was ist denn mit dir los?«

Der Rabe schlug wild mit den Flügeln, während sein Schnabel hektisch die Luft zerhackte.

Die Frau zuckte zurück.

»Was hast du denn auf einmal?« Sam sah erschrocken auf.

Beinah erwartungsvoll ließ sie ihren Blick über den Parkplatz und die Häuser gleiten, doch sie konnte nichts Ungewöhnliches entdecken. Nur ein Mann lief eben an der Bank vorüber. Er hatte flachsblondes kurzes Haar, das ein breites

Gesicht umrahmte, und starrte stur geradeaus in Richtung der Kirche.

Der Rabe krächzte noch immer. Er breitete seine Flügel aus. Sam wusste, dass es keinen Grund für ihre plötzliche Panik gab, trotzdem sprang sie eilig auf. Im selben Moment stieß sich auch der Rabe von der Bank ab. Der Vogel schwang sich hoch in die Luft und stieß ein lautes, fast drohend klingendes Geräusch aus. Dann flog er, noch immer heiser krächzend, auf die Hügel im Norden zu.

»Ein böses Omen«, flüsterte die Frau noch einmal. Ihre Stimme zitterte vor Aufregung.

Sam wollte etwas erwidern, aber da sah sie ihren Vater aus dem Supermarkt kommen.

»Dad«, rief sie beinahe erleichtert und rannte auch schon auf ihn zu. »Dad! Da bist du ja endlich!«

Die alte Frau war ihr gefolgt. »Ihr solltet die Warnungen nicht in den Wind schlagen«, sagte sie mit ihrer unheimlichen leisen Stimme und fasste Mr Turner dabei am Arm. »Meidet das Tal. Der Ort ist gefährlich.«

Sams Vater nickte und saugte unbeirrt an seiner Pfeife. »Danke Ihnen, gute Frau, aber wir sind bereits bestens mit Warnungen versorgt.« Er öffnete die Tür des Jeeps und stieg ein.

»Was soll das heißen?«, rief Sam, während sie sich hastig auf den Rücksitz fallen ließ. »Du wusstest bereits vorher, dass die Leute hier Angst vor dem Tal haben, und trotzdem schleppst du mich dahin mit?«

Mr Turner schüttelte schmunzelnd den Kopf. »Märchen, Sam, das sind alles nur Märchen, sonst nichts. Du glaubst gar nicht, was für verrückte Geschichten die Menschen hier erzählen. Nicht einmal die Hälfte davon ist auch nur annähernd wahr.« Er ließ den Motor an und der altersschwache Jeep setzte sich ruckelnd in Bewegung.

»Du hättest mir das trotzdem vorher sagen können!«

»Wärst du dann noch mitgekommen?«

»Ich wollte ohnehin nicht mitkommen. Du hast darauf bestanden.«

Mr Turner nickte. »Ich dachte, es wäre schön, wenn wir mal wieder ein bisschen Zeit miteinander verbringen könnten.«

»Hier?« Sam verschränkte die Arme und lehnte den Kopf gegen die Scheibe. Ausgerechnet im verwunschenen Tal? In einer Gegend, die selbst die Einwohner mieden?

Sie schnaufte heftig durch die Nase. Auf was für Ideen ihr Vater nur immer kam. Sie sah aus dem Autofenster in die heraufziehende Dämmerung. Keine Minute später begann es zu regnen.

»Na, das kann ja heiter werden«, schimpfte sie.

»Wir sind gleich da.« Mr Turner hatte sich vorgebeugt und starrte angestrengt durch die Windschutzscheibe.

Die Straße endete in einem schmalen Schotterweg, der zwischen zwei Hügeln hindurch und dann in einer leichten Kurve nach rechts führte.

»Ist das schon das Tal?« Sam verbog sich den Hals, aber außer einigen dunklen Umrissen in der Ferne konnte sie nichts erkennen.

»Allerdings.«

Vor ihnen tauchte mit einem Mal ein Haus auf, ein kleines Cottage, hinter dessen Fenstern helles Licht brannte. Rauch stieg aus dem Schornstein auf.

»Ah, Mr Peacock erwartet uns, wie ich sehe. Hoffentlich hat er Tee gekocht, ich brauche dringend was Warmes.«

Der Jeep hielt neben dem Schuppen, der sich gleich an das Haus anschloss, als sich auch schon die Tür des Cottage öffnete. Ein älterer Mann erschien in der hell erleuchteten Öffnung und winkte ihnen fröhlich zu.

Sam kannte Mr Peacock von den wenigen Malen, die sie ihren Vater in Dublin besucht hatte, aber das war schon wieder eine ganze Weile her. Sie mochte ihn und schüttelte erfreut die Hand, die er ihr entgegenstreckte.

»Was für einen furchtbaren Ort Sie sich hier ausgesucht haben, Mr Peacock«, rief sie gegen den strömenden Regen an.

»Hallo, Samantha. Scheußliches Wetter hast du mitgebracht. Komm rein, bevor noch das ganze Haus unter Wasser steht. So geht das schon die ganze Zeit.« Mr Peacock war bereits seit zwei Wochen vor Ort mit den Vorbereitungen für die Ausgrabung beschäftigt, er hatte versucht Arbeiter anzuwerben und eine erste Untersuchung der Grabungsstelle vorgenommen.

»Sieht viel versprechend aus«, wandte er sich an Mr Turner, der sofort auf die Arbeit zu sprechen gekommen war. »Wir können gleich morgen anfangen, vorausgesetzt, das Grab wird bei dem Wetter nicht fortgeschwemmt.«

»Sehr gut, sehr gut, lass uns gleich noch mal die Aufzeichnungen durchgehen. Aber vorher brauche ich unbedingt …«

Mr Peacock wies lachend auf den gedeckten Tisch im Wohnzimmer. Er hatte zwei große Teller mit Brot und Kuchen gefüllt und eine Teekanne daneben gestellt.

Mr Turner rieb sich die Hände. »Perfekt!«

»Hatten Sie eigentlich keine Angst hier so ganz alleine?«, fragte Sam und stellte ihren kleinen Koffer in der Diele ab.

»Eigentlich nicht, nein.« Er sah fragend zu ihrem Vater.

»Sie hat mit einer Frau aus dem Dorf gesprochen.«

»Ah, ich verstehe. Nun, wie du siehst, Sam, bin ich noch nicht spurlos verschwunden, wie hier immer alle behaupten. Allerdings habe ich in einigen Nächten Lichter im Moor gesehen.«

»Lichter im Moor?«

»Ja, aber ich denke, da haben mir meine etwas altersschwachen Augen einen Streich gespielt«, lachte er.

Sam warf einen beunruhigten Blick aus dem Fenster. Es regnete mittlerweile so stark, dass sie keine zwei Meter weit sehen konnte. »Manchmal tanzen Lichter über dem Moor«, erinnerte sie sich an die Worte der alten Frau. Ein Schauer lief ihr über den Rücken und sie fröstelte, obwohl sie dicht neben dem prasselnden Kaminfeuer saß.

Was mochte da draußen nur sein?

2

Am nächsten Morgen hatte es zu regnen aufgehört, aber es war noch immer kühl und bewölkt.

In einen dicken Pullover eingepackt, stand Sam auf der Schwelle des Cottage und ließ den Blick über die düstere Moorlandschaft gleiten. Unwillkürlich verschränkte sie die Arme. Das also war das verwunschene Tal.

»Ach, du meine Güte!«, entfuhr es ihr. Es war noch viel schlimmer, als sie sich vorgestellt hatte, viel schlimmer noch als die Gegend, durch die sie am Vortag gefahren waren. Hier gab es nur Moor und Steine, Heidekraut und Ginster und gelegentlich vereinzelte Bäume und niedrige Sträucher. Sie hatte zumindest auf einen See gehofft, in dem sie hätte baden können, doch auch den konnte sie vergessen. Finstere Hügel umschlossen das lang gezogene Tal und sperrten an manchen Stellen sogar das Sonnenlicht aus. Der Anblick war deprimierend und beinahe ein wenig unheimlich.

Die anderen aber schien das keineswegs zu stören. Ihr Vater hatte wohl schon schlimmere Orte gesehen, Mr Peacock kannte die Gegend bereits und die Studenten waren, laut Mr Turner, offenbar viel zu glücklich darüber, den beiden Professoren endlich ihre Fähigkeiten unter Beweis stellen zu können, um sich auch noch Gedanken über die Gegend zu machen.

Sam aber dachte mit Unbehagen an den Blick und die Worte der alten Frau in Carrickbeg. Sie wunderte sich nicht, dass die Bewohner der Umgebung das Tal mieden. Es fiel nicht sonderlich schwer, sich fürchterliche Dinge an einem solchen Ort vorzustellen. Das verwunschene Tal. Was für ein passender Name, dachte sie.

Das Cottage war das einzige Gebäude im Umkreis von mindestens zehn Meilen. Es stand am südlichen Ende des Tals in den Berghang geschmiegt und war aus dicken Steinbrocken erbaut. Früher einmal hatte in dem schmalen, zweigeschossigen Haus eine Bauernfamilie gelebt, wie Mr Peacock erzählt hatte, doch das war lange her. Das wenige bebaubare Land war zu steinig und zu viele Schafe waren im Moor verloren gegangen.

Sam kniff die Augen zusammen und starrte auf einen niedrigen Erdhügel im Norden. Der Hügel war der Grund, weshalb sie in dieser Einöde gelandet war. Es war das keltische Grab, für das sich die Archäologen so sehr interessierten.

Mit einem Mal stemmte sie wütend die Arme in die Seiten. Zwei Monate musste sie es hier aushalten, zwei ganze furchtbare Monate! Sie hatte ihren Vater zu seiner Ausgrabung begleiten müssen, weil er darauf bestanden hatte, wieder einmal mehr Zeit mit seiner Tochter zu verbringen. In Wirklichkeit aber verbrachte er, seit sie am Abend zuvor angekommen waren, mehr Zeit mit den anderen Ausgräbern und dem Erdhügel in der Mitte des Tals. Wenigstens gab es einen Fernseher im Cottage und sie hatte ihr eigenes Zimmer, wenn es auch kaum größer als eine Abstellkammer war. Ihr Zimmer zu Hause bei ihrer Mutter in der Nähe von Cambridge war weitaus größer, doch ihr Vater hatte für solche Annehmlichkeiten noch nie einen Sinn gehabt. Er war schon immer zufrieden gewesen mit seinen Büchern und matschigen Feldern, in denen er herumbuddeln konnte wie ein kleiner Junge. Der neue Freund ihrer Mutter war da ganz anders. Er war Manager einer großen Industriefirma, immer gut angezogen und ausgesprochen charmant, während ihr Vater oftmals einen eher rüden Umgangston an den Tag legte.

»Guten Morgen, Samantha.«

Sie schreckte aus ihren Gedanken.

Mr Peacock lehnte aus dem Wohnzimmerfenster und lachte sie an. »Hast du gut geschlafen? Na, bestimmt hast du das, du hast ja mächtig lange geschlafen.«

»Ich habe Ferien.« Sam sah auf ihre Armbanduhr. Es war fast Mittag. »Wo sind die anderen?«

»Da unten.« Er wies in die Richtung, in der das Hügelgrab lag. »Dein Vater konnte gar nicht früh genug anfangen.«

»Das glaub ich Ihnen gerne«, murmelte sie. »Warum sind Sie nicht mitgegangen?«

»Oh, ich bin für die Schreibtischarbeit zuständig«, rief er gut gelaunt. »Mit meinen alten Knochen kann ich nicht mehr den ganzen Tag auf dem Boden rumkriechen. Also arbeite ich die Berichte über frühere Ausgrabungen hier in der Gegend durch, um sie dann später mit unseren Ergebnissen zu vergleichen. Und wenn wir was finden – was wir hoffentlich werden –, dann müssen wir auch so einen Bericht schreiben.«

Sam warf einen Blick an ihm vorbei durch das Fenster. Der Wohnzimmertisch war mit Papieren, Büchern und alten Kladden übersäht. »Das sieht mir nach ziemlich viel Arbeit aus.«

Er zuckte die Schultern. »Für die Wissenschaft ist mir kein Opfer zu groß«, sagte er lachend.

Sam krauste skeptisch die Nase. »Mir würde das keinen Spaß machen. Ist das nicht langweilig?«

»Im Gegenteil, Sam. Es gibt nichts Schöneres.« Er kehrte ins Wohnzimmer zurück, kam aber gleich darauf wieder. »Sag mal, könntest du nicht den Korb für die hungrigen Arbeiter ins Tal runterbringen?«

Sam nickte. Sie konnte sich zwar Besseres in ihren Sommerferien vorstellen, als eine Horde Verrückter zu bedienen, doch sie seufzte resigniert.

Mr Peacock versuchte sie aufzuheitern, bevor er wieder an seine Arbeit ging: »Im Schuppen steht ein altes Fahrrad, damit ist es sicher leichter.«

»Alles klar, Mr Peacock.« Sie blieb noch eine Weile in Gedanken versunken vor dem Fenster stehen und starrte bedrückt auf die abweisende Landschaft, dann schlenderte sie langsam um das Cottage herum.

Der Boden um das Haus war schlammig von den Regenfällen der vergangenen Nacht und sie blieb mit ihrer Sandale fast im Matsch stecken. »Igitt. So ein Mist aber auch.« Sie verzog das Gesicht

Der Schuppen war ein nur notdürftig aus mehreren dicken Brettern zusammengezimmerter Bau, der nicht einmal mehr das Wasser abhielt. Die löchrige Tür hing schief in den Angeln und drohte jeden Moment aus dem Rahmen zu fallen. Sam drückte sie nur widerwillig auf und verzog das Gesicht, als sie einen Blick in das Innere des Holzverschlags warf. Es sah aus, als hätte jemand jahrzehntelang allen Müll gesammelt, den er nur hatte finden können.

Sie entdeckte das Fahrrad in einer Ecke hinter einem Stapel verrotteter Kisten und zog es an der Lenkstange ins Freie. Es musste schon ziemlich alt sein, denn sie kannte Fahrräder, die so aussahen, nur von ihren Großeltern. Die Kette war verrostet und die Reifen fast platt, aber um einen Korb mit Lebensmitteln einige hundert Meter weit zu transportieren, würde es sicher genügen.

Sam schob das Fahrrad um das Haus herum und ließ sich von Mr Peacock den schweren Korb anreichen, der bis obenhin mit Brot und Käse, Kuchen und ein wenig Obst gefüllt war. Sie hievte ihn mühsam auf den Gepäckträger, stellte die Thermoskannen mit dem Tee dazu und ließ die Tür des Cottage hinter sich ins Schloss krachen, ehe sie sich vorsichtig auf den Weg ins Tal hinunter machte. Sie wandte den Blick dabei nicht von dem unebenen Weg ab, denn mehr als einmal rollte der Vorderreifen über einen der dicken Steine und brachte den Korb gefährlich ins Wanken. Sam schimpfte laut vor sich hin, doch sie schaffte es schließlich sicher bis zum Ausgrabungsfeld hinunter.

»Der Versorgungszug ist endlich eingetroffen. Hurra!«, rief ihr Vater freudig. Die Archäologen hatten schon hungrig auf ihr Essen gewartet.

»Der Korb ist viel zu schwer«, schimpfte Sam und rollte mit den Augen.

»Aber du hast das Problem gut gelöst, wie ich sehe«, rief Mr Turner mit seiner manchmal etwas zu laut donnernden Stimme. »Ich bin stolz auf dich.« Er schlug seine Pfeife aus und sprang auf.

Sam sah sich skeptisch um. Die eigentliche Ausgrabungsstelle machte einen eher unspektakulären Eindruck. Holzpflöcke steckten in der feuchten Erde, untereinander mit Plastikbändern verbunden, die das niedrige, ovale Hügelgrab in unzählige kleine Vierecke teilten. Ein kleiner Teil des Hügels war in den vergangenen Stunden schon abgetragen worden, die Steine, die ihn bedeckt hatten, waren säuberlich nebeneinander hinter das Zelt gelegt worden. Doch hatte das Team noch nichts gefunden, nicht einmal Scherben von alten Krügen und anderen Gefäßen, die Archäologen offenbar doch sonst immer überall fanden.

Sam erinnerte sich nur allzu gut an die vielen Scherben,

die ihr Haus in Cambridge gefüllt hatten. Sie hatte sie gehasst. Doch nachdem ihr Vater vor drei Jahren so plötzlich ausgezogen und nach Irland gegangen war, hatte sie die Scherben mit einem Mal vermisst. Sie hatte das ganze Haus durchwühlt auf der Suche nach diesen tönernen und gläsernen Scherben, die wie diese stinkende Pfeife untrennbar mit ihrem Vater verbunden waren. Doch sie hatte keine gefunden und aus irgendeinem Grund hatte sie sich plötzlich furchtbar einsam gefühlt.

Mr Turner drückte seiner Tochter einen Kuss auf die Stirn, doch Sam drehte den Kopf zur Seite. »Wo hast du das denn gefunden?«, fragte er mit einem skeptischen Blick auf das Fahrrad, dann stellte er den Korb auf den Tisch vor dem alten Armeezelt, das noch aus dem letzten großen Krieg zu stammen schien und die Archäologen notdürfig vor dem unbeständigen Wetter schützte.

Sam ließ sich auf einen der Stühle fallen. »Im Schuppen. – Arbeitet ihr etwa ganz allein?«, fragte sie. Sie wusste, dass manchmal zwei Dutzend Helfer oder mehr bei den Ausgrabungen ihres Vaters dabei waren, aber im Augenblick waren nur Mr Turner und die drei Studenten am Hügel beschäftigt.

»Dein Vater ist ein elender Sklaventreiber, wusstest du das nicht?«, rief einer der Studenten, der vor einem der abgesteckten Vierecke hockte und sich mit Spachtel und Pinsel und bloßen Händen langsam durch die Erde arbeitete.

»Pst, Joe«, machte die junge Frau neben ihm und grinste breit, »verärgere den Professor nicht, sonst kürzt er wieder die Essensrationen.« Ein Zeichenblock lag neben ihr, doch das Blatt war noch leer.

»Iris, das habe ich gehört!«, rief Sams Vater. Er leerte den Korb auf dem Tisch aus. »Sie haben ja keinen Hunger, wie ich gerade erfahren habe.«

»Das Land hat schon so viele Hungertote gefordert, Mr Turner, Sie sollten nicht noch mehr daraus machen.« Sie grinste noch immer.

»Das hat mich überzeugt. Nachher schimpfen Sie mich noch einen elenden Engländer.« Sams Vater lachte.

Die beiden legten ihr Arbeitsgerät beiseite und ließen sich mit einem lauten Seufzer auf die Klappstühle fallen.

»Und was ist mit Ihnen, Melanie, wollen Sie nichts essen?«, wandte Mr Turner sich an die andere junge Frau, die unbeweglich neben ihm am Tisch saß und die Augen nicht von dem Bildschirm ihres kleinen Computers nahm.

»Hm?«, machte sie. Offenbar hatte sie gar nicht zugehört.

Joe beugte sich vor und tippte ihr sacht auf die Schulter. »He, du, aufwachen!«

»Wo zum Henker sind die Tassen?«, rief Mr Turner.

Sam wies auf den Tisch. »Mit vier Leuten kommt ihr aber nicht sehr gut voran.«

Mr Turner schüttelte den Kopf. »Morgen trifft Verstärkung ein«, rief er über die Schulter, während er Teller und Besteck aus dem Zelt holte. »Zwei Männer hier aus der Gegend.«

»Die sind bereit hier zu arbeiten?« Sam sah den anderen dabei zu, wie sie sich hungrig über den Inhalt des Korbs hermachten.

Ihr Vater schmunzelte. »Hat die Frau in Carrickbeg dir tatsächlich Angst gemacht?«, fragte er mit vollem Mund.

Sam funkelte ihn böse an, beruhigte sich dann aber wieder. »Na ja, es ist schon ein wenig komisch, dass sich kaum jemand hierher wagt, findet ihr nicht?«

»Die Menschen glauben, dass es im Tal spukt«, sagte Melanie, die sich endlich von ihrem Computer losgerissen hatte. Sie nahm die Tüte mit dem Brot entgegen, die Joe ihr reichte.

»Ja«, rief Mr Turner gut gelaunt. »Es hat in der Gegend hier so viele Kriege gegeben, dass die Toten gar nicht alle in die Erde gepasst haben. – Willst du nichts essen?«, fragte er dann seine Tochter.

Sam griff nach dem Kuchen.

»Was macht Mr Peacock?«

»Er sitzt im Wohnzimmer und murmelt vor sich hin.«

»Er weiß gar nicht, was er verpasst.«

»Offenbar nicht viel, denn sehr erfolgreich seid ihr ja wohl nicht gerade.«

»Danke, dass du uns daran erinnerst«, murmelte ihr Vater. »Nach Peacocks Vorarbeiten hätten wir eigentlich schon längst was entdecken müssen.«

»Der Boden hinter dem Hügel ist ziemlich uneben«, sagte Joe und goss sich Tee nach. »Da ist offenbar ein Hohlraum, der teilweise eingesackt ist.«

»Dann sollten wir vorsichtig sein, dass wir nicht noch mehr zum Einstürzen bringen«, donnerte Mr Turner.

Sam beobachtete ihn noch eine Weile, wie er mit den Studenten über die vor ihnen liegende Arbeit sprach. Er zündete wieder seine Pfeife an und lehnte sich gemütlich im Stuhl zurück, als sei er in seiner Wohnung in Dublin und nicht in einem windgepeitschten Tal mitten im Nirgendwo. Er beugte den Kopf leicht vor und hatte die Augen unter den buschigen Brauen halb geschlossen, während er Melanie aufmerksam zuhörte, die ihm die Bodenbeschaffenheit darlegte und dazu ihren kleinen Computer zu Hilfe nahm.

Sam gähnte. Sie wollte nach dem Fahrrad greifen, als Joe mit einem Mal aufsprang und vor ihr in die Hocke ging.

»Das ist ein ziemlich gutes Rad«, sagte er fachmännisch und besah sich die Reifen, die Kette, den Sattel und die Lenkstange. »Wenn es ordentlich gepflegt wird, kann es noch 100 Jahre halten. Soll ich am Abend mal versuchen es zu reparieren? Für die Kette können wir im Notfall auch Speiseöl nehmen. Ja?« Er sah zu ihr hoch.

Sam nickte erfreut. »Das wäre toll«, rief sie. Wenn das Wetter besser werden würde, könnte sie vielleicht mal eine Radtour machen und müsste nicht die ganze Zeit in diesem furchtbaren Tal bleiben.

Joe lächelte und kehrte eilig an den Tisch zurück, wo ihn die anderen bereits vermisst hatten.

Sam nahm den Korb und das dreckige Geschirr und machte sich schließlich auf den Rückweg. Dunkle Regenwolken verdeckten erneut die Sonne, doch der heftige Wind vertrieb sie genauso schnell wieder, wie sie gekommen waren. Sie warf einen besorgten Blick in den Himmel und wandte sich dann noch einmal um, doch ihr Vater war zu sehr mit seinem Erdhügel beschäftigt, um ihr Verschwinden überhaupt zu bemerken. Sam schüttelte verärgert den Kopf. Warum war sie eigentlich mitgekommen?

Sie fuhr sich mit der Hand über ihre Hose und entdeckte einen Matschfleck auf dem hellen Stoff. Sie kratzte mit dem Fingernagel über die schon eingetrocknete Erde und schimpfte dabei vor sich hin. Zwei Monate in der Pampa, dachte sie wütend, und ich sehe bald aus wie eine Wilde.

Sie schob den Korb auf dem Gepäckträger zurecht und wollte sich eben wieder dem Cottage zuwenden, als sie hinter einem der Büsche tiefer im Tal mit einem Mal eine Bewegung wahrnahm. Angestrengt starrte sie durch die dürren Zweige. Ein Mann stand dort, unbeweglich und mit verschränkten Armen. Er blickte in die Richtung, aus der Sam gerade gekommen war.

Sie kniff die Augen zusammen. Der Mann war klein und schmal und trug einen langen grünen Mantel, der fast bis zum Boden reichte. Auf den ersten Blick war er hinter dem Busch kaum zu erkennen gewesen.

Sam runzelte verwirrt die Stirn.

Er hatte flachsblondes Haar, das hell im Sonnenlicht leuchtete, trotzdem wirkte er so finster und unheimlich wie die Landschaft ringsum.

Sam trat hastig einen Schritt zurück. Sie versuchte sich hinter einen der schmalen Bäume zu schieben, damit er sie nicht sah, doch mit dem Fahrrad in der Hand war das unmöglich. Warum nur hatte sie plötzlich das Bedürfnis, sich zu verstecken oder davonzulaufen? Trotzdem wandte sie den Blick nicht von dem Mann vor ihr.

Er hielt ein Fernglas in der Hand, das er plötzlich hastig in der Tasche verschwinden ließ. Offenbar hatte er Sam bemerkt, denn er wandte sich ziemlich abrupt nach ihr um. Seine kleinen, hellen Augen musterten sie aufmerksam, doch wirkte sein Blick so bedrohlich, dass sie erschrocken zurückzuckte. Schon in der nächsten Sekunde huschte ein Lächeln über sein Gesicht, ehe er eilig hinter dem Busch hervortrat und auf die Mitte des Tals zulief.

Sam stand noch immer wie erstarrt. Ob er einer der beiden Arbeiter war, die am nächsten Tag auf der Ausgrabungsstelle anfangen sollten? Sie zog die Augenbrauen zusammen. Komisch, dachte sie, dass er sich dann im Gebüsch versteckt hatte. Und wozu hatte er ein Fernglas gebraucht? Sie zog ihre Jacke enger um sich, denn ihr war mit einem Mal kalt geworden. Der Mann hatte den Erdhügel und die Archäologen beobachtet wie ein Jäger den Hasen.

Mr Peacock saß noch immer in seinem Sessel vor dem kalten Kamin, als sie zum Cottage zurückkam. Der Kopf war ihm auf die Brust gesunken und Sam konnte ihn durch das angelehnte Fenster leise schnarchen hören. Sie grinste breit. Offenbar fand er seine Arbeit doch nicht so viel spannender als sie.

Sie brachte das Fahrrad in den Schuppen zurück und ließ sich auf die unterste Türstufe fallen. Was konnte sie nur mit diesem Tag anfangen? Lesen? Das sollte sie sich besser für die Regentage aufheben, von denen es sicher noch genug geben würde. Fernsehen? Aber das ging nicht, solange Mr Peacock im Wohnzimmer saß. Sie sprang auf. Vielleicht sollte sie sich das Tal ansehen. Sie ließ ihren Blick erneut über die düstere Landschaft gleiten. Nicht das ganze Tal war von dort, wo sie stand, einsehbar. Es gab Bodenunebenheiten, die einen Teil der Gegend verdeckten, und manchmal riesige Steine, die ihr die Sicht versperrten.

Sam überlegte kurz und folgte dann dem schmalen Trampelpfad, der vom Grabungshügel weg zum westlichen Ende des Tals führte. Dabei kam sie an der Straße vorbei, auf der sie hergekommen waren und die westlich des Cottage zwischen den beiden niedrigsten Hügeln hindurch Richtung Carrickbeg verlief. Im Tal selbst gab es keine asphaltierten Straßen und auch ansonsten kaum erkennbare Wege. Ein Pfad führte auf den Grabhügel zu und weiter auf die Hügel im Osten, ein anderer brachte einen zur Straße und schlängelte sich dann in weiten Windungen nach Westen. Der Weg nach Norden endete in einem steinigen Feld.

Immer wieder unterbrach Moor den festen Untergrund, und Sam war bemüht, nicht vom Weg abzukommen, um nicht plötzlich im Morast einzusacken. Bald wurde der Trampelpfad schmaler und sie ging langsamer. Mehr als einmal rutschte sie mit ihren dünnen Sandalen über die spitzen Steine und schlug sich den Zeh an, doch sie hatte keine Lust, umzukehren und die Schuhe zu wechseln. Schließlich versperrte ihr ein dicker Felsbrocken den Weg. Sie setzte den Fuß in eine dünne Spalte im Gestein, um über ihn hinwegzuklettern, als sie plötzlich abrutschte.

Sam schrie erschrocken auf, konnte sich aber gerade

noch festhalten. Sie hievte sich mühsam über den Fels und musste nach Luft schnappen, als sie auf der anderen Seite angelangt war. Eigentlich sollte sie jetzt mit Sybil über die Promenade in Brighton flanieren, statt sich in der irischen Pampa das Genick zu brechen. Ärgerlich schimpfte sie vor sich hin.

Der Pfad verlor sich wenig später im Heidekraut und Sam sah sich unsicher um. Vor ihr war Moor, und so wich sie nach links aus, um gleich darauf auf einen kleinen Wasserlauf zu treffen, dem sie bis zu seiner Quelle an einem Felsen folgte. Dahinter wuchs ein einzelner dürrer Baum.

»Was für ein hübscher Ort«, murmelte sie begeistert.

Die Sonne stand schräg über dem Wasser und brachte die Oberfläche zum Glitzern und Funkeln. Auf dem Felsen tanzten kleine Lichtpunkte, bis sich erneut eine Wolke vor die Sonne schob.

Sam ging in die Hocke und trank einen Schluck, verzog aber gleich darauf angewidert das Gesicht. Das Wasser schmeckte nach Torf. Sie beugte sich vor und strich mit den Fingerspitzen verträumt über die Oberfläche, als sie auf dem Grund der Quelle mit einem Mal einen Gegenstand entdeckte. Er war rund.

Sam beugte sich neugierig noch weiter vor und krempelte den Ärmel auf. Sie tastete mit der Hand über den schlammigen Boden, bis sie etwas Festes zwischen ihren Fingern fühlte.

Erstaunt riss sie die Augen auf, als sie einen Ring aus dem Wasser zog. Es war ein breiter Silberring, angelaufen und schmutzig, doch die feinen Spiralmuster in dem matten Metall, die sich um einen kleinen grünen Stein in Form eines Blattes wanden, waren noch deutlich zu erkennen.

Sie hielt sich das Schmuckstück dicht vor die Augen. Nicht alles an diesen Ferien war furchtbar! Der Ring jedenfalls war wunderschön, viel schöner als die anderen Ringe, die sie trug und die entweder sehr dünn oder aus Plastik waren. Sie probierte ihn am noch freien Ringfinger ihrer linken Hand, doch er war zu groß. Am Mittelfinger allerdings passte er wie angegossen. Sie streckte die Arme aus und betrachtete zufrieden ihre Hände. Der Silberring glänzte matt im Sonnenlicht.

Sam richtete sich auf, setzte ihren Weg aber nur zögernd fort. Es war mittlerweile spät geworden und sicher würden ihr Vater und die anderen bald ihre Arbeit beendet haben und zum Cottage zurückkommen. Sie sollte besser umkehren.

»Keinen Schritt weiter!«, brüllte plötzlich eine Stimme hinter ihr.

Sam zuckte zusammen. Erschrocken wirbelte sie herum.

»Keinen Schritt weiter!« Der alte Mann, der plötzlich hinter ihr aufgetaucht war, hob die Arme und schwang einen dicken Stock durch die Luft. Er trug ein schmutziges Flanellhemd über einer alten Kordhose und Wanderstiefel, die unter einer dicken Schicht aus Matsch kaum noch zu erkennen waren. Er rannte so schnell auf sie zu, wie seine Beine ihm erlaubten.

»Ich kann hingehen, wohin ich will«, rief Sam. »Das ist nicht Ihr Tal, wer auch immer Sie sind. Mein Vater …«

Noch ehe sie weitersprechen konnte, holte er mit dem Stock aus.

»Sind Sie verrückt?« Sam sprang hastig zur Seite, sie dachte, dass er auf sie einschlagen wollte, doch der alte Mann rammte seinen dicken Wanderstab vor ihr in die Erde.

»Moor«, sagte er mit unheilvoller Stimme, »sollte man niemals unterschätzen. Da vorne war es noch ungefährlich und nicht sehr tief, aber hier …«, er legte den Kopf schief und sah sie eindringlich an, »hier beginnt ganz plötzlich das eigentliche Moor, das so tief ist, dass dich dort niemand so schnell wieder finden würde.«

Sam starrte wie hypnotisiert auf den Stock dicht vor ihr, der tief in den Boden gesackt war.

»Man muss die richtigen Wege kennen.« Der alte Mann versuchte schnaufend den dicken Holzstock wieder aus dem Morast zu ziehen. »Stell dir nur mal vor, das wärst du gewesen.«

»Lieber nicht«, murmelte Sam. Sie sah dankbar auf, als sie hinter ihm plötzlich einen weiteren Mann bemerkte. Er hatte langes Haar und einen Bart, trug Kleidung aus Leder und dunklem Stoff und hielt einen langen Speer in der Hand. Er lief wie in Zeitlupe.

Sam blieb der Mund offen stehen. In der nächsten Sekunde war die Ebene voller Menschen. Hunderte von Kriegern mit metallenen Helmen, bis an die Zähne bewaffnet mit Schwertern und Speeren, Schilden, Messern und Knüppeln, Bogen und langen Holzstäben füllten mit einem Mal das Tal, das nun mit dichtem Wald bewachsen war. Eine einzelne Eiche stand abseits von den anderen und in ihrem Schatten stand hoch aufgerichtet eine junge Frau. Doch Sam war von den Kriegern zu sehr gefesselt, um sie überhaupt zu beachten. Die Männer marschierten in die Mitte des Tals und blieben dort abrupt stehen. Sie reckten die Arme in die Luft, schüttelten ihre Waffen und schienen zu schreien, doch kein Laut war zu hören. Sam schnappte japsend nach Luft.

»Was ist denn?«, rief der alte Mann besorgt. »Es ist doch gar nichts passiert!«

Sam wandte den Blick von der Armee und starrte ihn entgeistert an. Sie blinzelte, als wüsste sie für einen Moment gar nicht mehr, wo sie war. Dann sah sie eilig wieder an ihm vorbei, doch die Krieger waren so schnell wieder verschwunden, wie sie aufgetaucht waren. »Ooh«, machte sie nur und rieb sich mit heftigen Bewegungen das Gesicht.

Der alte Mann war ein Stück näher gekommen und legte sanft die Hand auf ihren Arm. »He, Mädchen.«

»Oh. Danke, danke. Alles in Ordnung.« Sie klang ein wenig hysterisch und befreite sich eilig von seinem Griff.

»Ich wollte dich nicht ängstigen, ich wollte dich nur warnen und davon abhalten, im Moor zu versinken.« Die unzähligen Runzeln in seinem wettergegerbten Gesicht zitterten heftig vor Erregung.

Sam stürzte plötzlich ohne ein weiteres Wort an ihm vorüber. Sie rannte den Weg zurück, den sie gekommen war, kletterte hastig über den Felsen und erreichte schließlich den Trampelpfad und das Cottage. Die Sonne stand bereits weit im Westen und warf lange Schatten voraus. Nur einmal blieb Sam stehen und wandte sich um. Doch sie konnte den alten Mann nicht mehr sehen und die Krieger blieben verschwunden.

Was um Himmels willen war das gewesen? Sie erreichte japsend die Eingangstür. Hatte sie nur geträumt? Am hellichten Tag und mit offenen Augen? Sie wischte sich den kalten Schweiß von der Stirn. Hatte sie halluziniert? Sicher war in dem eklig schmeckenden Wasser irgendeine Droge gewesen.

Die Tür zum Cottage stand weit offen und sie konnte die anderen hören, die offenbar eben erst zurückgekehrt waren.

»Und? Spaß gehabt?«, fragte ihr Vater, als sie kurz nach ihm durch die Tür kam.

»Ja, danke.«

»Was um Himmels willen hast du gemacht? Deine Hose ist zerrissen und dein Zeh blutet.«

Sam sah an sich herunter. Ihre schöne, helle Hose hatte neben unzähligen Flecken auch einen langen Riss, sie musste irgendwo hängen geblieben sein, und ihre Sandale füllte sich mit Blut.

»Du siehst gar nicht gut aus«, bemerkte Iris. Sie hatte nach dem Erste-Hilfe-Kasten gegriffen und Jod und Verbandszeug herausgeholt. »Vorsicht, das tut jetzt etwas weh. Bist du etwa den Geistern begegnet?«

Sam biss sich auf die Lippen und starrte schweigend auf den Boden. Sie zuckte zusammen, als das Jod über ihren Fuß rann. »Bist du überhaupt zur Krankenschwester ausgebildet?«, brummte sie.

»Mecker nicht rum«, lachte Iris. »Ist ja schon vorbei.« Dann pflasterte sie ihren Zeh.

Sam humpelte eilig in die Küche, wo Mr Peacock geschäftig zwischen den Töpfen und dem Kühlschrank hin und her rannte. Er kratzte sich nachdenklich an seinem nur spärlich behaarten Kopf und warf dem Gemüse auf der Anrichte einen zweifelnden Blick zu.

»Willst du mir helfen?«

»Nein, ich bin zwangsverpflichtet worden. Mein Name steht dummerweise auf dem Küchenplan da.« Sie deutete auf die Tür.

»Richtig, richtig. Sehr gut.« Er wies auf einen Eimer voller Kartoffeln.

Sam schüttelte den Kopf. »Ist nicht Ihr Ernst, oder?«

Mr Peacock grinste sie an und sah dabei aus wie ein Schuljunge. »Was ist denn, kochst du nicht gerne?«

»Ich esse lieber.« Sie nahm das Messer, das er ihr in die Hand drückte, und griff mit skeptischem Gesichtsausdruck nach der ersten Knolle.

Mr Peacock schüttelte milde lächelnd den Kopf und stellte eine große Schüssel auf den Tisch.

Nur eine knappe Stunde später hatten sie einen köstlich duftenden Kartoffelauflauf zustande gebracht, der von den anderen im Esszimmer neben der Küche bereits gierig erwartet wurde.

Das Feuer im Kamin knisterte leise vor sich hin. Sam atmete tief den ihr so fremden würzigen Geruch des brennenden Torfs ein. Sie blickte aus dem Fenster in die Dämmerung. Es würde schon bald so dunkel sein, dass man die Hand vor Augen nicht mehr sehen konnte. Es gab keine Laternen im Tal und die schmale Mondsichel war hinter den Wolken verschwunden.

Sam saß mit den anderen zusammen im Wohnzimmer und war froh, nicht allein zu sein. Nach dem, was am Nachmittag geschehen war, war ihr doch ein wenig unheimlich zumute. Vielleicht waren es wirklich Geister gewesen, die sie gesehen hatte, auch wenn sie gar nicht an Geister glaubte, vielleicht war auch der alte Mann gar nicht real gewesen, vielleicht war auch er ein Teil dieser merkwürdigen Vision gewesen, die sie gehabt hatte. Sam drehte gedankenverloren den Ring an ihrem Finger. Vielleicht war sie aber auch übergeschnappt oder einfach nur gelangweilt, sodass ihr Hirn sich ganz von selbst irgendwelche spannenden Sachen ausdachte. Es schien ihr auf alle Fälle besser, den anderen vorläufig nichts davon zu erzählen, sie würden sie nur für komplett durchgedreht halten. Aber andererseits war da auch noch dieser flachsblonde Mann mit dem Fernglas gewesen …

»Willst du mitspielen?« Joe hielt abwartend einen Stapel Karten in der Hand.

Sam schreckte auf. »Was? – Nein, nein, danke. – Hattet ihr heute eigentlich Besuch auf der Ausgrabungsstelle?«, fragte sie dann.

»Besuch?« Ihr Vater sah sie erstaunt an.

»Ja, ich habe einen Mann im Tal gesehen, der in eure Richtung unterwegs war.«

»Nein, uns hat niemand besucht. Ich habe niemanden gesehen. Ihr vielleicht?«, wandte er sich an die anderen.

Doch auch die Studenten und Mr Peacock schüttelten den Kopf.

»Na, ist ja egal.« Sam winkte ab. Was gäbe sie darum, jetzt in Brighton zu sein. Sie sank tiefer in den Sessel und starrte gedankenverloren ins Feuer.

3

Der nächste Morgen begann mit Sonnenschein, doch es war windiger als am Vortag. Sam stand später auf als die anderen, die sicher schon wieder an der Ausgrabungsstelle waren, und machte sich über den übrig gebliebenen Tee und Toast mit Honig her. Sie warf einen müden Blick durch die unaufgeräumte Küche. Das benutzte Geschirr stapelte sich in der Spüle und die schmutzigen Pfannen und die Auflaufform vom Vorabend standen daneben.

Der vergangene Nachmittag erschien ihr mit einem Mal ziemlich albern. Was für ein Unsinn zu glauben, sie hätte Geister gesehen. Wie lachhaft! Sie hatte einfach zu viel ferngesehen in letzter Zeit und zu wenig geschlafen, das war alles. Dazu kam der Schreck, als sie beinahe im Moor versunken wäre. Sie schüttelte den Kopf und stand auf.

Mr Peacock saß bereits im Wohnzimmer über einen Stapel Papiere gebeugt, die er über den ganzen Tisch verteilt hatte. »Guten Morgen«, rief er, als sie hereinkam.

»Morgen«, gähnte sie. »Ist schon komisch, ich sehe Sie viel öfter als meinen Vater, und wegen ihm bin ich doch eigentlich mitgekommen. Wer ist das denn?«, fragte sie schnell, ehe Mr Peacock etwas erwidern konnte, und deutete auf ein Foto, das neben seinem Federhalter lag. Sie hatte nicht vorgehabt, ihm die Ohren voll zu jammern.

»Das?« Er hob das Foto auf und lächelte. »Das ist mein Sohn Tim.«

Sam betrachtete das Bild genauer. Es zeigte einen Mann Mitte dreißig vor dem Haupteingang einer Kathedrale. »Sieht gut aus.«

Mr Peacock legte das Foto beiseite und nahm wieder die Ausgrabungsberichte zur Hand. »Das hat er vermutlich von seinem Vater geerbt.«

»Eitel sind Sie ja gar nicht, wie ich sehe.«

Er lachte leise. »Und? Was machst du heute? Viel kann man hier nicht tun, fürchte ich.«

»Mein Vater hätte gern, dass ich ihm bei der Arbeit helfe«, sagte Sam und biss sich auf die Lippen. Sie hatte nicht schon wieder von ihrem Vater anfangen wollen.

»Aber du willst das nicht?«

Sie schüttelte den Kopf. »Ich bin nicht wegen seiner bescheuerten Arbeit hier, ich bin wegen ihm hier.«

Sie sah schnell zu Boden, denn sie merkte mit einem Mal, dass ihr die Tränen kamen, und das passierte ihr normalerweise nicht, wenn sie mit anderen zusammen war. Aber das Verhalten ihres Vaters ärgerte sie ungemein. Wozu hatte er denn gewollt, dass sie mitkam, wenn er nie Zeit mit ihr verbrachte? Wenn sie ihn sehen wollte, musste sie zum Grabungsfeld hinunter, und da war es schon ein Wunder, wenn er sie überhaupt bemerkte.

»Ich werde mit ihm reden«, sagte Mr Peacock.

»Ach, das bringt doch nichts.« Sam nahm ihre Jacke vom Haken im Flur und lächelte Mr Peacock entschuldigend an. »Vergessen Sie, was ich gesagt habe, ja? Ist nicht so wichtig.«

Sie stieß die Tür auf und machte sich auf den Weg zum Hügelgrab hinunter. Diesmal aber trug sie festes Schuhwerk, sie wollte sich nicht noch einmal die Zehe anstoßen, und ihre Schritte wurden von ganz allein immer länger und schwingender. Das Tal roch nach feuchter Erde und verbranntem Torf, der in hellen Schwaden aus dem Schornstein des Cottage emporstieg. Mr Peacock war es offenbar zu kalt geworden.

Sam hob ihr Gesicht in die Sonne und schloss dabei für einen Moment die Augen. Tief unten im Tal war es auch um diese Tageszeit noch immer recht kühl und sie fröstelte. Sie strich sich die Haare zurück, an denen der Wind zerrte, und machte ihre Jacke zu. Die dürren Äste der Bäume neigten sich in der Brise fast bis zum Boden. Der Busch vor ihr wankte gefährlich und drohte sich jeden Moment loszureißen.

Abrupt blieb sie stehen. Es musste derselbe Busch sein, hinter dem sich am Tag zuvor dieser merkwürdige Mann versteckt hatte, der ihr eine solche Furcht eingejagt hatte. Sie zögerte kurz und bog dann vom Weg ab. Was hatte der Kerl in dem Gebüsch zu suchen gehabt? Warum hatte er die Ausgrabungsstelle durch sein Fernglas beobachtet? Wieso hatte er so getan, als ob er sich auf den Weg zu dem Hügel hinunter machte, und war dann doch nie dort aufgetaucht? Vielleicht hatte er sie nicht misstrauisch machen wollen, aber das war bereits geschehen. Sie würde schon noch herausfinden, wer er war und warum er sich so heimlichtuerisch im Tal herumgetrieben hatte. Sollte er tatsächlich einer der beiden neuen Arbeiter sein, würde sie ihn einfach im Beisein ihres Vaters auf sein merkwürdiges Verhalten ansprechen. Sie war gespannt, was er dann antworten würde.

Sam schirmte die Augen gegen die Sonne ab und blickte ins Tal hinab. Der Grabungshügel war von ihrer Position hinter dem Busch aus deutlich zu erkennen. Auch die Bewegungen der Archäologen ließen sich ziemlich gut verfolgen. Sie sah Melanie am Tisch sitzen, ihren Vater, der vom

Zelteingang zum Hügel lief. Sie wollte ihm winken, überlegte es sich dann jedoch anders. Er sah ohnehin nicht in ihre Richtung.

Einen besseren Ort, um den Fortgang der Arbeiten im Tal zu beobachten, gab es wohl kaum.

Sam ging in die Hocke und untersuchte den Boden um das Gebüsch herum, obwohl sie selbst nicht so genau wusste, was sie sich davon versprach. Es hatte in der Nacht geregnet und Fußspuren würde es ohnehin keine mehr geben, ganz abgesehen davon, dass sie nichts damit hätte anfangen können. Sie beugte sich vor. Zwischen den unteren Zweigen, tief in die feuchte Erde eingedrückt, lag ein durchweichter Zigarettenstummel. Sam brummte zufrieden. Zumindest der blonde Mann war keine Einbildung gewesen. Sie suchte den Boden nach weiteren Hinweisen ab, fand aber keine mehr.

Mit einem Mal schallte fröhliches Lachen vom Ausgrabungshügel zu ihr herüber. Der Wind trug die Geräusche weit durch das Tal. Sie hörte die donnernde Stimme ihres Vaters, konnte aber nicht verstehen, was er sagte. Offenbar hatten die Archäologen ihre erste Entdeckung gemacht. Selbst Melanie hatte ihren Schreibtischposten verlassen und Mr Turner kroch auf allen vieren um den Hügel herum. Sam grinste beim Anblick ihres Vaters.

Die Hände in den Hosentaschen schlenderte sie zum Ausgrabungsfeld hinunter und blickte den anderen mit gespieltem Interesse über die Schulter. Sie wollte vor allem den Mann sehen, mit dem Joe so aufgeregt in der Erde herumwühlte. Er war klein und stämmig, aber nicht der flachsblonde Mann, den sie im Gebüsch gesehen hatte. Fast enttäuscht wandte sie sich ab. Ihr Blick fiel auf die Scherben auf dem langen Tisch vor dem Zelt. Daneben lag etwas, das wie ein Eisennagel aussah.

»Schau nur, was wir gefunden haben!«, rief ihr Vater begeistert, als er sie entdeckte. Er war offenbar überhaupt nicht verwundert, dass sie schon so früh am Hügel aufgetaucht war, den sie sonst nicht freiwillig besuchte. Er war zu sehr in seine Arbeit vertieft, um es zu bemerken.

»Toll«, sagte Sam ironisch. »Meinst du die Scherben oder den Nagel?«

Mr Turner sah sie einen Moment verdutzt an.

»Professor Turner. Hier ist noch einer!« Iris reichte ihm etwas, das genauso aussah wie der vermeintliche Eisennagel auf dem Tisch.

Sam wandte sich an Melanie, die an den Tisch zurückgekehrt war und die Scherben untersuchte. »Ist das einer der beiden neuen Männer?«, fragte sie.

Melanie nickte. »Das ist Pete.« Sie sah kurz auf. »Warum fragst du?«

»Nur so.« Sie strich über die Tischkante. »Das sind Nägel, oder?«, versuchte sie abzulenken.

»Der andere heißt Eric«, sagte Melanie. Sie deutete am Hügel vorbei auf eine Stelle, die vom Tisch aus nicht einzusehen war. »Er ist da hinten, bei dem eingesackten Stollen. Und wenn du schon so fragst, könntest du ihm eigentlich gleich das hier bringen.« Melanie drückte ihr eine kleine Kamera in die Hand.

Sam nickte. So hatte sie wenigstens einen Grund, sich diesen Eric aus der Nähe anzusehen.

»Und bring ihm die Kekse mit, bist du so nett? Der Knabe ist so dünn, dass mein mütterlicher Instinkt durchkommt. Ich glaube, er vergisst vor lauter Begeisterung für die Arbeit zu essen.«

Sam verzog das Gesicht und warf einen verständnislosen Blick auf die am Boden hockenden und im Dreck wühlenden Archäologen.

Mit langen Schritten umrundete sie das Hügelgrab und entdeckte auf der anderen Seite eine Art Krater im Boden, knapp einen halben Meter tief, in dem jemand mit vorsichtigen Bewegungen die Erde beiseite schaufelte und dabei leise vor sich hin pfiff. Er wandte ihr den Rücken zu, doch sie erkannte sofort, dass auch er nicht der Mann war, nach dem sie suchte. Er war zu groß und viel zu dünn, seine Schultern wirkten beängstigend mager, am auffälligsten aber waren seine feuerroten Haare.

Sam starrte mit unverhohlener Neugier auf den Arbeiter unter ihr, der sich im selben Moment zu ihr umdrehte. Sie hatte ihm offenbar im ohnehin nur spärlichen Licht gestanden.

»He«, rief er und blinzelte gegen die Sonne, die gerade durch die Wolken brach. »Geh doch beiseite.«

Sam sah einen Jungen, der kaum älter war als sie selbst. Sie zog verwundert die Augenbrauen hoch. »Ich suche Eric«, sagte sie fast ein bisschen schroff.

»Das bin ich.«

Sie musterte ihn von oben bis unten.

»Ist was nicht in Ordnung?«

»Mein Vater hat was von zwei Männern gesagt, die hier arbeiten würden.« Sie betonte das Wort *Männer* ganz besonders und grinste provozierend.

Eric trat an den Rand des Kraters, bis er direkt unter ihr stand, und starrte zu ihr hoch. »Was ist dein Problem?«

Sam wurde rot. Was für einen blöden Spruch sie da losgelassen hatte. Sie ging in die Hocke und reichte die Kamera nach unten. »Ich soll dir das hier geben, von Melanie«, sagte sie hastig. Sie starrte fasziniert auf seine Segelohren, die unter den zerzausten Haaren weit abstanden. Er hatte Sommersprossen auf der Nase und grüne Augen, die sie aufmerksam musterten.

Sam biss sich nervös auf die Lippen. Sie hatte nicht gedacht, dass das Urbild des typischen Iren tatsächlich in der Realität existierte. Und vor allem hatte sie nicht gedacht, dass es so gut aussah, trotz dieser unglaublichen Ohren.

»Und das hier.« Sie drückte ihm die Kekse in die Hand. »Es gibt hier offenbar Menschen, die sich um dein Wohlergehen sorgen.«

Eric nahm lachend die Kekse entgegen. »Wer bist du überhaupt?«, fragte er freundlicher.

»Sam.«

»Du bist Samantha Turner? Mr Turners Tochter?« Er nickte langsam, als erklärte das alles. »Danke für die Kekse. Ich muss jetzt aber wieder an die Arbeit.« Er wollte sich schon abwenden, doch dann zögerte er. »Willst du mir nicht helfen?«

Sam starrte ihn entgeistert an. »Nein danke.«

Eric zog die Stirn kraus. »Dein Dad hat gesagt, du bist eine ziemlich gute Archäologin, wenn du nur willst.«

»Da hat er dummes Zeug erzählt.«

»Ich habe da hinten ein kleines Loch entdeckt, das in eine Art Stollen führt. Eigentlich ist es nur ein Hohlraum im Boden, aber es gibt keinen Stein, der den Raum abstützt, nur Erde. Ich frage mich, warum nicht noch viel mehr eingesackt ist«, begann er trotzdem.

Sam verdrehte die Augen, doch Eric konnte ihr Gesicht gegen die Sonne nicht erkennen.

Er murmelte: »Ist der Hohlraum ein Teil des Grabes oder vielleicht irgendetwas anderes?«

Sam war nicht sicher, ob er überhaupt noch mit ihr sprach oder mehr zu sich selbst.

»Wahrscheinlich stößt du irgendwann doch noch auf Felsen«, sagte sie. »Was genau sucht ihr eigentlich?«, fragte sie dann, um sich noch einen Moment mit Eric zu unterhalten. Zwar hatte ihr Vater bestimmt schon mehr als einmal versucht ihr zu erklären, was er zu finden hoffte und warum die Ausgrabung so wichtig für ihn war, aber sie hatte ihm nie richtig zugehört.

»Melaghlin O'Madrick.«

»Was?«

»Wir suchen Melaghlin O'Madrick.«

»Das ist wohl dieser Stammesfürst?«, erinnerte sie sich dunkel.

»Genau«, sagte Eric. »Er war der Letzte der O'Madricks«, fügte er ein wenig pathetisch hinzu.

»Wann hat er gelebt?«

»Im 16. Jahrhundert.«

»Und wieso war er der Letzte?«

»Dann sind die Engländer gekommen.« Er sah sie herausfordernd an, doch Sam reagierte nicht.

Sie kannte die leidvolle Geschichte des Landes, in dem sie sich befand, sie kannte auch die Rolle ihres eigenen Landes in der so traurigen Geschichte Irlands, was nicht gerade etwas war, worauf man stolz sein konnte, wie sie fand. Aber eigentlich hatte sie sich nie ernsthaft dafür interessiert. Ihre Großmutter stammte aus Irland und ihr Vater hatte ständig versucht ihr das Land nahe zu bringen, sie und ihre Mutter gar für immer mit nach Irland zu nehmen, doch Mrs Turner hatte sich strikt geweigert, Cambridge zu verlassen. Sam blickte in das Tal hinaus. Kein Wunder. Sie starrte auf den Grabungshügel, doch ihren Vater, der auf der anderen Seite beschäftigt war, konnte sie nicht sehen.

»Und die Engländer haben Wie-war-doch-gleich-sein-Name ermordet?«

»Sie haben Melaghlin O'Madrick in einen Hinterhalt gelockt«, sagte Eric. Er lehnte mit der Hüfte gegen die niedrige

Wand aus feuchter Erde und knabberte an einem Keks herum. Er bot ihr einen an, doch sie lehnte ab.

Sam sah ihn erwartungsvoll an. Konnten das vielleicht die Krieger sein, die sie gesehen hatte? Sie erschauerte bei dem Gedanken an die schwer bewaffneten Männer mit ihren metallenen Helmen. Wie blutrünstig sie ausgesehen hatten. Sam schüttelte sich. Nein, sie hatte sich das ganz sicher nur eingebildet, da waren gar keine Krieger gewesen. Trotzdem hing sie an Erics Lippen, als er fortfuhr.

»Der englische Verwalter der Gegend hier war damals ein gewisser Matthew Mattison, ein ziemlicher Schweinehund, der im Auftrag eures Königs Heinrich VIII. Irland von den Iren säubern sollte, um das Land englischen Siedlern übergeben zu können. Er war nicht gerade zimperlich, hat viele Menschen ermorden und noch mehr ins Gefängnis werfen und dort verhungern lassen. Die immens hohen Steuern, die er gefordert hat, waren für die armen Bauern der Gegend hier unbezahlbar, sodass die meisten kaum eine andere Möglichkeit hatten, als entweder fortzugehen oder gegen die Engländer zu kämpfen.«

»Und das hat dieser O'Madrick getan?«

Eric nickte. »Melaghlin war das Stammesoberhaupt der O'Madricks. Er konnte nicht mehr mit ansehen, wie sein Stamm immer kleiner wurde, gedemütigt wurde, wie das Land immer weniger wurde. Er versammelte die Männer der O'Madricks, verband sich mit den Überresten der Nachbarstämme und bereitete sich auf einen großen Krieg gegen die Engländer vor. Doch Verräter in den eigenen Reihen, die von England gut bezahlt wurden, enthüllten dem Feind Melaghlins Absicht.«

»Da bin ich aber erleichtert, dass es auch in Irland Schweinehunde gibt«, sagte Sam ernst.

»Hunderte.« Eric grinste breit.

»Und dann lauerten ihm die Engländer auf?«

Eric schüttelte den Kopf. »Matthew Mattison schickte einen Unterhändler zu Melaghlin und bot ihm ein ausgesprochen günstiges Abkommen an. Für das Versprechen, keinen Krieg gegen die englischen Besatzer zu führen, sollte ihm die Unversehrtheit des Stammesgebiets der O'Madricks zugesichert werden und als Zugabe sollte er weitere Ländereien im Süden erhalten. Melaghlin war so dumm, den Worten der Engländer zu glauben. Damals wussten wir wohl noch nicht, dass man den Worten eines Engländers niemals trauen kann.« Er steckte sich gedankenverloren einen weiteren Keks in den Mund. Diesmal griff auch Sam in die Packung, die er ihr hinhielt. Sie wollte gegen seine letzte Bemerkung protestieren, befürchtete aber, dann das Ende der Geschichte zu verpassen.

»Melaghlin machte sich mit der Hälfte seiner Männer für weitere Verhandlungen auf den Weg nach Galway. Er dachte, es sei besser, weniger zu erreichen und dafür nicht noch mehr seiner Leute zu verlieren, als einen Krieg mit ungewissem Ausgang zu führen, der seinen gesamten Stamm das Leben kosten konnte. Doch es war ein großer Fehler, das Heer zu teilen, wie sich bald herausstellte. Melaghlin hatte kaum den Ort erreicht, an dem er sich mit Matthew Mattison treffen wollte, als ihn die Engländer auch schon angriffen und seine Truppen vernichteten. Er selbst wurde nach Galway gebracht und dort als Warnung für all die anderen irischen Rebellen öffentlich erhängt. Das war im Jahre 1533.«

»Nicht gerade die feine englische Art«, murmelte Sam.

»Aber das war noch nicht alles«, fuhr Eric unbeirrt fort. »Während Melaghlin mit der Hälfte seiner Armee auf dem Weg nach Galway war, hatten sich englische Truppen auf den Weg in die andere Richtung gemacht.«

»Oh verdammt«, entfuhr es Sam. Sie schlug sich die Hand vor den Mund.

»Sie erreichten das Stammesgebiet der O'Madricks kurz nach der Ermordung ihres Anführers, töteten zuerst seine Frau und seine fünf Kinder und machten sich dann mit ihrem deutlich überlegenen Heer über die restlichen Truppen der O'Madricks her. Damit war nicht nur die Kriegsgefahr für die Briten beseitigt, sie hatten zugleich auch den gesamten Stamm ausgerottet.« Eric spielte mit der Kamera in seiner Hand, während er nachdenklich zu Boden starrte.

»Und das Zentrum des Stammesgebiets lag hier im verwunschenen Tal?«, fragte Sam, mit einem Mal aufgeregt.

»Nein. Die O'Madricks kamen aus Cranlock, das liegt ein ganzes Stück östlich von hier.«

»Aber warum ist Melaghlin dann ausgerechnet hier begraben worden?«, hakte sie mit ehrlichem Interesse nach.

»Das ist eine Frage, die sich Menschen wie dein Vater und mein Großvater stellen, seit sie wissen oder zu wissen glauben, dass Melaghlin O'Madrick hier begraben liegt.« Eric musterte sie eindringlich. »Es macht absolut keinen Sinn, ihn ausgerechnet hierher zu bringen, in ein Gebiet, das die Menschen schon zu Melaghlins Zeiten seit aberhunderten von Jahren gemieden haben.«

»Wer hat ihn überhaupt hierher gebracht, wenn alle aus seinem Stamm tot waren?«

»Oh, es gab schon noch einige Überlebende des Massakers, doch waren es nur alte Männer und Frauen, die nichts Neues mehr beginnen, sondern nur noch Altes zu Ende führen konnten. Sie setzten ihre letzten Kräfte daran, den Leichnam ihres Anführers aus Galway heraus und hierher zu bringen.« Er machte eine ausgreifende Armbewegung, die das gesamte Tal umfasste.

»Offenbar wussten sie irgendetwas über diesen Ort, was wir heute nicht mehr wissen«, sagte Sam. »Scheint doch so, oder?«, fügte sie hinzu, als sie Erics verwunderten Blick bemerkte.

Er nickte langsam. »Wenig später hat sich Heinrich VIII. dann zum König der Iren erklärt und die letzten Reste unseres Landes unter englische Herrschaft gebracht«, beendete er seine Geschichte.

Sam wusste nicht, was sie sagen sollte. Sie wandte betroffen den Kopf zur Seite – als sie mit einem Mal die Frau sah. Sie trug ein einfaches, langes Gewand mit einem silberglänzenden Gürtel um die Hüften. Ihr schwarzes Haar war zu einem dicken Zopf geflochten und um ihre Schultern trug sie ein Tuch, das sie wie einen Nebelschleier hinter sich herzuziehen schien. Sie rannte mit langen Schritten durch das Tal, den Blick fest auf den Raben gerichtet, der vor ihr herflog. Seine mächtigen schwarzen Flügel glänzten im Sonnenlicht.

Sam starrte entsetzt auf die geisterhafte Gestalt unter den dunklen Hügeln im Norden. »Oh …«, machte sie nur. In der nächsten Sekunde füllte erneut dichter Wald das Tal. Sie merkte, wie ihr das Blut in den Adern gefror. Die Frau war die gleiche, die sie tags zuvor unter der Eiche gesehen hatte, doch von den Kriegern fehlte diesmal jede Spur. Sam presste fest die Lippen zusammen.

»Was ist los mit dir? Sag doch was. Ist dir schlecht? Du bist ja leichenblass.« Eric kletterte aus dem Erdloch und zupfte besorgt an ihrem Arm.

Sam reagierte nicht und starrte nur ungläubig an Eric vorbei, doch wie die Krieger am Vortag war auch die Frau so schnell wieder verschwunden, wie sie aufgetaucht war.

Eric folgte ihrem Blick und runzelte die Stirn. »Was ist da? Siehst du irgendwas?«, fragte er.

»Ich sehe gar nichts«, rief sie heftig. Jäh wandte sie sich um und machte sich ohne ein weiteres Wort auf den Rückweg zum Cottage.

Was um Himmels willen war denn nur los mit ihr? Wieso fing sie plötzlich an Menschen zu sehen, die gar nicht da waren? Eric jedenfalls hatte nichts gesehen, also konnte da auch gar nichts gewesen sein. Sicher hielt er sie für vollkommen bescheuert. So ein Mist. Wieso fing sie denn ausgerechnet jetzt an zu halluzinieren? Sie presste sich die Hand gegen die Schläfe, denn ihr war schwindlig geworden.

Das Wetter verschlechterte sich zusehends. Am Nachmittag peitschte Regen durch das Tal, tränkte das Moor und setzte die Ausgrabungsstelle unter Wasser. Der Hügel war mit einer Plane überdeckt, unter der es sich arbeiten ließ, doch der Wind riss heftig an den Stangen im Boden. Auch das Zelt wurde ordentlich durchgeschüttelt, als Sam mit dem gefüllten Korb ins Tal zurückkam. Ein kleiner Heizkörper stand gegenüber dem Eingang, sodass es im Innern beinahe gemütlich war, dennoch zog niemand seine Jacke aus. Der lange Tisch war hereingeholt worden und stand nun quer in dem überdachten Viereck.

Sam ließ sich von Joe den schweren Korb abnehmen und stellte das Fahrrad neben dem Zelt ab.

»Geht doch besser mit aufgepumpten Reifen, oder?« Er grinste.

»Allerdings. Vielen Dank noch mal. Wo ist Eric?«, fragte sie mit möglichst gleichgültigem Gesichtsausdruck.

Sie wollte ihm ihr merkwürdiges Benehmen am Morgen erklären, auch wenn sie selbst kaum verstand, was eigentlich geschehen war. Sie versuchte immer wieder sich einzureden, dass alles nur Einbildung gewesen war, dass sie in

Wahrheit gar nichts gesehen hatte. Gleichzeitig fürchtete sie sich aber vor einer Wiederholung dieser Phantasien oder Visionen. Sie war nicht sicher, wie sie das nennen sollte. Einbildung. Aber konnte es tatsächlich nur eine Einbildung gewesen sein? Sie verspürte ein unangenehmes Gefühl in der Magengegend.

»Eric ist nicht da. Er musste nach Hause. Sein Großvater ist krank.«

»Oh, das tut mir Leid. Kann sich denn niemand anders um seinen Großvater kümmern?« Sie merkte zu ihrem Ärger, dass ihr Vater sie neugierig musterte.

»Nein.« Pete, der ihr gegenüber am Tisch saß und mit beiden Händen seine Teetasse hielt, um sich die Finger zu wärmen, schüttelte den Kopf. »Der alte Colm hat nur noch Eric und Eric hat nur noch seinen Großvater«, sagte er traurig.

»Aber was ist mit seinen Eltern?«

»Sein Vater ist vor vielen Jahren schon auf See geblieben. Seine Mutter ist aus Kummer darüber gestorben.« Er kratzte sich am Kinn.

Sam starrte ihn entsetzt an. Sie griff eilig nach ihrer Tasse, um ihr Gesicht dahinter verbergen zu können, in dem es plötzlich unkontrolliert zu zucken begann.

»Ihr zwei habt euch ja ganz gut verstanden, was?«, rief Mr Turner.

»Ja«, sagte sie schlicht, ärgerte sich aber darüber, dass ihr Vater nicht ein einziges Mal weniger neugierig sein konnte und weniger direkt. »Er hat mir von Melaghlin O'Madrick erzählt«, versuchte sie abzulenken.

»Wundert mich überhaupt nicht«, rief Mr Turner. »Eric liebt alte Geschichten.«

»Woher wisst ihr, dass dieser Melaghlin ausgerechnet hier im Tal beerdigt wurde?« Sam hatte sich vorgebeugt.

Ihr Vater sah sie erstaunt an. »Hundertprozentig wissen wir das im Moment noch nicht. Es gibt in nur einer einzigen Quelle, einem alten Kirchenbuch aus dem Jahre 1534, einen Hinweis darauf, dass Melaghlins Grab hier zu finden ist, doch ist der Eintrag wohl eher zufällig da hineingelangt. Es scheint, als sollte der genaue Ort, wo sich sein Grab befindet, geheim gehalten werden.«

»Du verlässt dich auf eine einzige Quelle?«

»Schriftliche Quelle, ja. Alles andere, was wir wissen oder zu wissen glauben, stammt aus mündlichen Überlieferungen und einer Portion verwegenem Wagemut.« Mr Turner lachte fröhlich und fuhr sich mit einer übertriebenen Geste durch die Haare.

»Es scheint, als sollte der Ort nur einem kleinen Kreis von Menschen bekannt sein, die ihr Wissen mündlich weitergegeben haben«, sagte Sam nachdenklich und knabberte an ihrer Unterlippe. Sie sah fragend zu Pete, der gleich hinter dem Dorf wohnte, doch er hob abwehrend die Arme.

»Ich habe keine Ahnung. Ich habe aberhunderte Geschichten über das Tal gehört, aber keine einzige, die erklären könnte, warum Melaghlins letzte Ruhestätte geheim gehalten werden sollte. Es gibt überhaupt nur Andeutungen darüber, dass er hier liegen soll, bewiesen werden muss das erst noch.«

Ihr Vater riss die Augen auf. »Du bist ja richtig im Entdeckerfieber«, rief er begeistert.

»Quatsch«, schimpfte Sam ärgerlich, doch ihr Vater hatte Recht. Sie hatte plötzlich ein Interesse für das verwunschene Tal entwickelt, das sie fast ängstigte. Was auch immer sie da gesehen hatte, die Armee, die Frau, es schien irgendetwas mit der Geschichte des Tals zu tun zu haben.

Die anderen saßen schweigend um den Tisch herum

und beobachteten neugierig den Wortwechsel zwischen Vater und Tochter.

»Es muss einen Grund dafür geben«, bekräftigte Sam.

»Deshalb sind wir ja hier«, sagte Mr Turner lächelnd, »um genau das herauszufinden.« Er saugte an seiner Pfeife.

»Aber mehr als Scherben und rostige Nägel haben wir leider bisher nicht gefunden«, warf Iris ein.

»Und eine kleine Fibel«, fügte Joe hinzu. »Du weißt schon, Iris, so eine Art Brosche, die …«

»Das ist keine Fibel.« Sie schüttelte den Kopf. »Eher ein Stück von einem Dolchgriff.«

Sam verdrehte die Augen. Sie hatte wirklich keine Lust, sich Fachsimpeleien anzuhören. Sie wollte Fakten über das Tal erfahren, etwas, das erklärte, warum sie plötzlich Menschen sah, die gar nicht existierten, und keine Diskussionen über Kleinigkeiten führen.

»Und du glaubst, Dolche wurden mit spiralförmigen Mustern verziert, mit bunten, blattförmigen Steinen in der Mitte?«, rief Joe.

Eigentlich hatte Sam aufstehen wollen, sie sank bei Joes Worten aber gleich wieder in ihren Stuhl zurück.

»Aber sicher.«

»Vielleicht war es auch Teil einer Schildverzierung«, versuchte Mr Turner den Gelehrtenstreit seiner Studenten zu schlichten, »oder diente religiösen Zwecken, wer weiß.«

Sam betastete den Ring an ihrem Mittelfinger. Sie befühlte den Stein und die feine Gravur. Dann drehte sie den Ring andersherum, damit niemand die auffälligen Verzierungen erkennen konnte.

»Kann ich das Stück mal sehen?«, fragte sie bemüht beiläufig. Spiralmuster um einen grünen Stein. War das nur ein Zufall?

»Sicher.« Ihr Vater schien sich immer noch über das plötzliche Interesse seiner Tochter zu wundern, holte aber gleich darauf einen durchsichtigen Plastikbeutel aus der Truhe, die hinter ihm stand, und legte ihn vor sie auf den Tisch.

Sam wollte den Beutel öffnen und das kleine Metallstück herausholen, um es genauer betrachten zu können, doch Mr Turner schüttelte den Kopf. »Besser nicht. Das Metall ist so bröselig, dass es fast auseinander bricht.«

»Es ist Eisen, doch der Erhaltungszustand ist ungewöhnlich schlecht«, erklärte Iris.

»Ja«, fügte Joe hinzu, »dafür dass er erst 450 Jahre alt ist!«

»Könnte es denn nicht auch älter sein?«, fragte Sam und beugte sich über das daumengroße Stück. Es war angelaufen und rostig, doch die fein gearbeitete spiralförmige Verzierung war noch gut zu erkennen.

»Möglich«, erwog Mr Turner.

»Wie kommst du darauf?«, fragte Melanie. Sie sah sie interessiert an.

Das Stück wies das gleiche Muster wie ihr Ring auf und war fast ebenso grazil gearbeitet. In die Mitte war ein flacher grüner Stein gesetzt.

Sam zuckte abwehrend die Schultern. »Nur so.«

Das Metallstück war ziemlich schlecht erhalten, ihr Ring aber war nur angelaufen und ansonsten noch recht stabil. Er konnte nichts mit dem Fundstück der Archäologen zu tun haben. Trotzdem schlug ihr das Herz plötzlich bis zum Hals.

»Spiralen als Verzierungen sind in der keltischen Welt insgesamt weit verbreitet gewesen«, sagte Melanie, »nicht nur vor 2000 Jahren. Die Stämme der späteren Jahrhunderte haben sich ihre Traditionen bewahrt, bis in die Neuzeit hinein. Der Stein in der Mitte ist offenbar eine Besonderheit der Kelten des westlichen Teils der Grafschaft hier.«

»Ja, wir haben bei früheren Ausgrabungen schon mehrere ähnliche Stücke entdeckt«, fügte Mr Turner hinzu. »Und auch Kopien aus späteren Jahrhunderten.«

»Die Spiralen deuten den Kreislauf des Lebens an. Das ist hübsch, nicht?« Melanie beugte sich vor.

Sam nickte und lehnte sich im Stuhl zurück. Einen Moment lang war sie versucht, ihrem Vater den Ring zu zeigen, den sie gefunden hatte. Doch sie verspürte einen merkwürdigen Unwillen, das silberne Schmuckstück wieder herzugeben. Und wenn die Spiralen tatsächlich so weit verbreitet gewesen waren, wie Melanie gesagt hatte – und es wurden ja selbst jetzt noch Ringe und Broschen mit keltischen Mustern und bunten Steinen hergestellt –, dann bedeutete die Übereinstimmung der Verzierungen auf ihrem Ring mit der des kleinen Metallstücks vor ihr auf dem Tisch keineswegs, dass sie aus der gleichen Zeit stammten. Sie schüttelte kaum merklich den Kopf. Nein, der Ring hatte ganz sicher nichts mit den Ausgrabungen ihres Vaters zu tun, zumal sie ihn fast am anderen Ende des Tals gefunden hatte, also weit weg von dem Hügelgrab. Aber merkwürdig war es trotzdem.

»Hast du das Rätsel damit gelöst?«, fragte ihr Vater.

»Was für ein Rätsel?« Sie schreckte aus ihren Gedanken.

»Na, warum Melaghlin O'Madrick hier im verwunschenen Tal beerdigt wurde.«

Sam warf ihrem Vater einen wütenden Blick zu. Warum hatte sie nur immer das Gefühl, dass er sie auf den Arm nehmen wollte?

»Ich arbeite dran«, murmelte sie kühl, und weil der Regen gerade für einen Moment nachgelassen hatte, schnappte sie sich das Fahrrad und machte sich auf den Rückweg.

Konnte es tatsächlich sein, überlegte sie, während sie das Fahrrad den steinigen Weg entlangschob, dass der Ring so alt war wie der Tote, den ihr Vater ausgrub? Konnte er vielleicht sogar noch wesentlich älter sein? Sie hatte sich bisher keine Gedanken über das Alter des Rings gemacht. Sie hatte angenommen, ein Wanderer, ein Tourist vielleicht, von denen sich allerdings nur sehr wenige in diese Gegend verirrten, hätte den Ring verloren. Es gab so viele silberne Ringe mit alten keltischen Mustern und bunten Steinen, die in den Touristenzentren verkauft wurden. Sie selbst hatte auch einmal einen besessen, ihr Vater hatte ihn aus Sligo mitgebracht vor vielen Jahren, doch sie hatte ihn verloren. Der Ring aber, den sie in der Quelle gefunden hatte, war dicker und viel schwerer. Sam seufzte und schob die Kapuze zurück, die ihr über die Augen gerutscht war.

Sie hatte die ganze Zeit über auf den Boden gestarrt, nun sah sie auf und schnappte plötzlich nach Luft.

Keine zweihundert Meter vor ihr hatte sich die Armee versammelt, die sie schon einmal gesehen hatte. Einige der Krieger waren ihr so nah, dass sie glaubte, nur die Hand ausstrecken zu müssen, um sie berühren zu können. Sie konnte das Leder ihrer Kleidung riechen, das Geklirre ihrer Kettenhemden und den Wind in den Bäumen hören. Die Waffen funkelten grell im Sonnenlicht. Der bärtige Krieger mit dem langen Haar, der in vorderster Reihe stand, zog ganz langsam sein Schwert aus der Scheide. Er trat wie in Zeitlupe einen Schritt vor, auf die gegnerischen Truppen zu, deren Krieger, in dunkle Gewänder gehüllt, sich scharf gegen das Grün des Waldes und den hellen Himmel abhoben. Auch aus ihren Reihen trat ein Krieger vor, das gezückte Schwert bereits in der Hand. Neben ihm stand ein Mönch, in eine pechschwarze Kutte gehüllt. Seine Augen glühten wie Feuer.

Sam schrie erschrocken auf. Sie presste sich in plötzlichem Entsetzen die Faust gegen die Brust. Der Mönch war alt und Falten hatten sich tief in sein aschgraues Gesicht gegraben. Um seine Lippen spielte ein böses Grinsen.

Ihr Herz schlug mit einem Mal so schnell, dass sie glaubte, es würde ihr jeden Moment aus der Brust springen. Das Fahrrad glitt ihr aus der Hand und fiel scheppernd zu Boden. Der Inhalt des Korbs entleerte sich auf dem schmalen Pfad und zwei der Teller gingen zu Bruch, doch sie bemerkte es nicht einmal. Mit weit aufgerissenen Augen starrte sie auf den alten Mönch. Seine Wangen waren tief eingesunken, sein Körper wirkte spitz und dürr. Er sah aus wie der Tod.

Dann rissen die Krieger ihre Waffen hoch und begannen zu schreien, doch wie schon einmal konnte Sam sie nicht hören.

Die geheimnisvolle Frau unter der Eiche betrachtete traurig die Männer, ehe sie sich umwandte und Sam ansah. Sie schien ihr direkt in die Augen zu blicken.

Sam stockte der Atem. Sie wollte weglaufen, doch sie konnte sich nicht bewegen. Dann aber verschwamm das Bild vor ihren Augen, und wo eben noch Bäume und Krieger gewesen waren, waren jetzt nur noch die dunklen Hügel und das Moor. Die Frau in ihrem langen Gewand verschwand als Letzte. Sie streckte die Hand nach ihr aus.

Sam schreckte zurück und sank erschöpft in die Knie.

4

Das Wetter blieb unverändert schlecht. Sturm und Regen peitschten durch das Tal und machten den Archäologen das Leben schwer. Die Grabungen gingen nur schleppend voran und Mr Turner, der sein Team von Sonnenaufgang bis Sonnenuntergang arbeiten ließ, wurde allmählich ungeduldig und mürrisch.

Sam verweigerte nach wie vor jede Unterstützung, immerhin hatte sie ja Ferien und war nicht als Gehilfin ihres Vaters mitgekommen, vor allem aber wollte sie nicht mehr ins Tal hinunter. Sie hatte nach dieser beängstigenden Vision fast eine halbe Stunde lang wie benommen im nassen Matsch gesessen, unfähig, einen klaren Gedanken zu fassen, denn sie fand einfach keine Erklärung für das, was sie da sah. Mr Peacock hatte sie schließlich auf seinem täglichen Spaziergang zum Grabungsfeld gefunden und schleunigst ins Haus gebracht. Ihr Vater hatte sofort alles stehen und liegen lassen und war für den Rest des Tages nicht mehr von ihrer Seite gewichen. Als sie am folgenden Tag keuchend zu husten angefangen hatte und ihre Temperatur erschreckend schnell angestiegen war, hatte er sie sofort zum Arzt nach Carrickbeg gefahren, der ihr Bettruhe und ein Medikament gegen Bronchitis verordnet hatte.

So verbrachte sie drei Tage mit einer Wärmflasche und

einer zusätzlichen dicken Decke im Bett, während vor dem Fenster der Sturm heulte und der Regen unablässig gegen die Scheibe prasselte. Sie versuchte zu lesen, doch die meiste Zeit kreisten ihre Gedanken nur um das, was sie im Tal gesehen hatte. Sie hatte den anderen kein Wort von dem erzählt, was wirklich passiert war. Es klang einfach zu verrückt. Aber sie konnte es nicht mehr als Einbildung abtun, immerhin hatte sie schon dreimal solche Visionen gehabt. Visionen! Was für ein abscheuliches Wort. Wieso denn ausgerechnet sie? Und wieso ausgerechnet hier?

Die Frau in Carrickbeg hatte also doch Recht gehabt. Merkwürdige Dinge geschahen in dem Tal. Doch wer waren die Krieger und die Frau, die sie immerfort sah? Sie stammten ganz sicher nicht aus der Zeit dieses O'Madrick, denn ihre Kleidung war anders, einfacher, außerdem gab es schon seit sehr langer Zeit keinen so dichten Wald mehr in der Gegend. Und welche Schlacht war es, die da gerade begonnen hatte? Matthew Mattisons englische Truppen waren nicht bis ins Tal gelangt, ganz abgesehen davon, dass die gegnerischen Krieger auch nicht wie Engländer des 16. Jahrhunderts ausgesehen hatten. Eher wie Menschen des frühen Mittelalters. Kelten. Christen. Sie dachte an den Mönch und erschauerte. Wer war dieser Mönch, der ihr eine solche Furcht eingejagt hatte?

Sam rieb sich das Gesicht. Oh, wie sie diesen Ort hasste. Sie hasste ihn mit einem Mal so sehr, dass sie keinen Schritt mehr vor die Tür setzen wollte. Und doch fühlte sie sich dem Tal merkwürdig verbunden. Sie verkroch sich tiefer unter ihrer Bettdecke und schloss die Augen.

Am Ende der Woche besserte sich das Wetter, die Wolken verzogen sich und Sonnenschein füllte die Winkel des Tals, die nicht allzu tief lagen. Auch Sam fühlte sich deutlich besser, der Husten verschwand ebenso wie ihre bedrückte Stimmung.

Helle Sonnenstrahlen fielen auf ihr Kopfkissen und sie warf einen fröhlichen Blick aus dem Fenster. Was für eine Schande, dachte sie, einen solchen Tag im Bett zu verbringen. Hastig zog sie sich an und verschwand in der Küche, ehe sie sich, wenn auch zunächst zögernd, auf den Weg zum Grabungshügel machte. Die Sonne tauchte das Tal in ein so warmes Licht, dass sie ihre Furcht vor einer möglichen neuen Vision bald vergaß und mit weit ausholenden Schritten den Pfad entlangrannte.

Die Plane über dem Ausgrabungsfeld war eingerollt worden, lag aber griffbereit neben dem Zelt, denn trotz des strahlend blauen Himmels konnte das Wetter ziemlich schnell wieder umschlagen. Die Ausgräber hockten am Boden neben dem Hügel und schienen in eine Diskussion vertieft. Sie sahen auf, als Sam angerannt kam.

»Na, da bist du ja endlich wieder«, rief Iris. »Wir hatten schon Angst um dich gehabt.« Die anderen nickten lachend und Joe, der gerade an ihr vorüberging, drückte ihr seine Hand auf die Schulter.

»Ja, es geht mir besser.« Sam grinste verlegen über so viel Wiedersehensfreude. »Hier sieht es gleich ganz anders aus, wenn die Sonne scheint, nicht wahr?«

»Allerdings!«, lachte Mr Turner.

Die Hügel sahen nicht mehr so finster aus und selbst das Moor, das einem bei Regen und Sturm einen eisigen Schauer über den Rücken jagte, wirkte einladend und freundlich.

Sam setzte sich einen Moment neben ihren Vater und sah den Ausgräbern bei der Arbeit zu, ehe sie um das Hügelgrab herum zu dem Krater über dem eingestürzten Stollen lief.

Eric hantierte mit einem Maßband am Boden herum und sah erfreut auf, als er sie sah. »Hallo«, rief er. »Schön dich zu sehen.«

Sie strahlte ihn an. »Gleichfalls. Kann ich da runterkommen?«

»Sicher.« Er streckte ihr die Hand entgegen und fing sie auf, als sie in den niedrigen Krater hinuntersprang. Seine Finger lagen warm auf ihrem Arm. »Du hast uns allen einen ordentlichen Schrecken eingejagt«, sagte er. Über seine Wangen zog eine leichte Röte und er sah ihr nicht ins Gesicht, als sie so dicht vor ihm stand.

Sam trat schnell einen Schritt zur Seite und unterdrückte ein freudiges Lachen. Offenbar mochte er sie genauso gern wie sie ihn. »Das tut mir Leid. Wie geht es deinem Großvater?«, fragte sie dann.

Er zuckte unsicher die Schultern. »Sein Kreislauf spielt nicht mehr so mit. Er hatte einen Schwächeanfall, weil er mal wieder stundenlang über die Moore wandern musste, statt einmal auf den Arzt zu hören. Jetzt liegt er seit einer Woche im Bett und kann kaum den kleinen Finger rühren.«

»Wohnt ihr weit von hier?«

»Nein, zwischen dem Tal und Carrickbeg, näher zur Küste. Mit dem Fahrrad bin ich in einer halben Stunde da.« Eric musterte sie von der Seite. »Ich bin froh, dass du wieder Farbe im Gesicht hast. Das letzte Mal warst du so blass, dass ich dachte, du hättest einen Blick auf die Wesen der anderen Welt geworfen.«

»Die … Wesen der anderen Welt?«, fragte Sam ein wenig atemlos. »Du meinst … Geister?«

»Nein.« Eric schüttelte den Kopf. »Ich meine Kobolde und Zwerge, Feen und Elfen und all die übrigen Wesen auf der anderen Seite, von denen wir zum Teil noch nicht einmal gehört haben.«

Sam starrte ihn an. »Du meinst das doch nicht ernst, oder?«

»Wo kommst du denn nur her, dass du noch nie von der anderen Welt gehört hast? Und von dem Pakt zwischen Elfen und Menschen?«, sagte er leise und runzelte ehrlich erstaunt die Stirn.

»Erzählst du schon wieder wilde Geschichten, Eric?«, rief plötzlich Mr Turner mit seiner durchdringenden Bassstimme. Er kam mit schnellen Schritten um den Hügel herumgelaufen und baute sich kopfschüttelnd vor den beiden auf. »Du willst meiner Tochter damit wohl den Kopf verdrehen, was? Hüte dich bloß vor dem Charmeur hier, Sam, hast du gehört?«

Sam rollte wütend die Augen. Wieso hielt ihr Vater nicht einfach mal den Mund? Er war wie ein Bär, den jemand aus Versehen in der Porzellanabteilung vergessen hatte. Sie warf Eric einen verzweifelten Blick zu, doch Eric hatte sich mit roten Ohren Mr Turner zugewandt.

»Mr Turner«, rief er empört, »die alten Geschichten sind keineswegs …«

»Ja, ja, schon gut, Eric. Entschuldige. Warum arbeitest du nicht?«, rief er gleich darauf und ging in die Hocke. Er starrte nachdenklich in das Loch hinunter. »Wenn es doch nur möglich wäre, von hier aus einen Zugang zu schaffen«, murmelte er versonnen und hatte seine Frage schon wieder vergessen, noch ehe Eric antworten konnte. »Wenn … da vorne dann … der alte Melaghlin … ich glaube …« Er gestikulierte mit den Armen, während er vor sich hin brummte. »Wir müssten von hier aus einen Zugang schaffen können«, schloss er.

»Wenn wir das Loch vergrößern, stürzt der Hohlraum vollständig ein«, sagte Eric, wieder ganz auf seine Arbeit konzentriert, und beugte sich vor.

»Ich weiß nicht recht.« Mr Turner spitzte versonnen die Lippen. »Ich denke, wenn wir weitergraben, stoßen wir irgendwann auf Felsen.«

Eric warf Sam einen verwunderten Blick zu. Sie hatte vor einigen Tagen genau das Gleiche gesagt. Er zog verwirrt die Stirn kraus und musterte Vater und Tochter, die einander nicht ansahen.

»Vielleicht finden wir so ja eine Art Hintertürchen«, murmelte Mr Turner und strich sich über den Bart. »Was machst du heute?«, schien ihm mit einem Mal seine Tochter wieder einzufallen.

Sam zuckte mit den Schultern. »Was kann ich hier schon machen?«, sagte sie. »Da du ja keine Zeit für mich hast, werde ich mir wohl mal das andere Ende des Tals ansehen, das kenne ich noch nicht, und morgen finde ich vielleicht noch ein paar Grashalme, die ich auf keinen Fall verpassen darf.« Sie verschränkte die Arme.

Ihr Vater sah sie verwundert an. »Was ist los mit dir, Sam? So kenne ich dich ja gar nicht.«

»Wie könntest du auch, du hast mich ja ewig nicht gesehen. Du hast mich überhaupt nicht oft gesehen die letzten Jahre.« Sie klang nicht wütend, eher resigniert.

»Aber das war nicht meine Schuld.«

»Nein, sicher nicht«, schnaufte Sam.

»Du bist es gewesen, die unsere Termine immer wieder abgesagt hat.«

»Warum bloß«, murmelte sie und warf einen langen Blick durch das Tal. Es war kaum möglich, mit ihrem Vater zusammen zu sein, ohne dass ihm auf die eine oder andere Weise seine Arbeit dazwischenkam, und manchmal landeten sie dann an Orten wie diesem. Auch wenn keiner dieser Orte bisher so furchtbar gewesen war wie das verwunschene Tal.

Mr Turner machte eine hilflose Geste. »Heute Abend hocken wir zwei uns mal ein bisschen zusammen, einverstanden?«

»Sicher, Dad, heute Abend sitzt du wieder mit deinen Studenten beisammen und brütest über irgendwelchen Zeichnungen und Büchern.« Sie winkte ab. »Wenn hier nur ein Kino wäre oder so was Ähnliches, ein Schwimmbad oder wenigstens ein See«, murmelte sie. »Mein Gott, ich habe Sommerferien.«

»Oh, aber den gibt es«, rief Eric, der die ganze Zeit über betroffen neben den beiden gestanden und dabei ein ziemlich unglückliches Gesicht gemacht hatte. »Den See, meine ich.«

»Wo?«, fragten Sam und ihr Vater wie aus einem Munde.

»Da oben.« Eric streckte den Arm aus und wies auf die Hügel im Norden. Seine Hand berührte dabei leicht Sams Wange, doch sie wich ihm nicht aus.

»Seht ihr den höchsten der drei Hügel da? Auf dem Sattel, der ihn mit seinem Nachbarn zur Rechten verbindet, da ist der See.«

»Der bodenlose See«, rief Pete, der gerade vorüberkam. »Ein ausgesprochen trostloser Ort.«

Sam verschluckte sich beinahe. Ausnahmslos alles in dieser Gegend war ausgesprochen trostlos. Der See auf dem Hügel konnte kaum schlimmer sein als das Tal und seine Umgebung. Dennoch sah sie neugierig den Hügel hinauf. Der Pfad, der in dem Dickicht aus grünem Moos und dunkelrotem Heidekraut kaum zu erkennen war, führte steil nach oben, ehe er kurz vor dem Gipfel in geschwungene Schlangenlinien überging und steinig wurde.

»Ist sicher ein schöner Spaziergang«, murmelte sie.

»Der See ist allerdings viel zu kalt zum Schwimmen.« Eric zuckte entschuldigend die Schultern.

»Also wenn ihr schwimmen wollt, dann solltet ihr besser an die Küste fahren.« Pete nickte. »Ihr könntet den Bus von Carrickbeg aus nehmen, das dauert aber eineinhalb Stunden.«

»Ist vielleicht ein bisschen zu lang«, meinte Sam.

Mr Turner hatte die Daumen in die Taschen seiner Weste gesteckt und starrte in das Erdloch zu seinen Füßen. Er schien dem letzten Teil des Gesprächs schon gar nicht mehr zugehört zu haben. »Aber wieso ist da bloß dieser Hohlraum?«

Sam verzog das Gesicht, doch als sie merkte, dass Eric sie ansah, wandte sie eilig den Kopf zur Seite.

»Da oben am See gibt es Wildblumen, die ziemlich einzigartig sind«, sagte er zögernd. »Also wenn du mal Lust hast ...« Die Spitzen seiner Segelohren färbten sich rosa.

Sam nickte eilig. »Sicher, gern. Wann?«

»Vielleicht –«

»Eric, komm doch mal her. Bring die Lampe mit.« Mr Turner bohrte die Finger in die feuchte Erde und legte den Kopf schief.

»... vielleicht nächste Woche? Dann geht es meinem Großvater auch wieder besser, hoffe ich.«

»Ja, gut. Falls mein Vater dich jemals aus seinen Klauen lässt«, rief Sam laut, doch ihr Vater reagierte nicht. Er schien sie gar nicht gehört zu haben. Wenn Eric doch bloß nicht für ihren Vater arbeiten würde, oder noch besser, wenn sie ihn irgendwo anders getroffen hätte, wo es weniger trostlos und deprimierend wäre. Sie lächelte betrübt.

»Mach dir darüber mal keine Sorgen.« Eric hatte sich schon umgewandt.

»Mach ich aber«, sagte sie leise, denn sie kannte ihren Vater genau.

War er erst einmal im Entdeckerrausch, wurde alles andere für ihn völlig bedeutungslos und seiner an Besessenheit grenzenden Arbeitswut untergeordnet. Nicht nur seine eigenen, auch die Bedürfnisse seiner Mitarbeiter und seiner Familie gerieten dabei völlig in Vergessenheit. Einmal hatte er tagelang nichts gegessen, weil ihn die Entdeckung einer kleinen Statue zu sehr in Anspruch genommen hatte. Das war in Norditalien gewesen. Sam lächelte plötzlich. Damals war sie zehn gewesen und hatte ihn dafür bewundert. Ein anderes Mal hatte er ihre Mutter in einer Höhle untergebracht, weil sie am nächsten an der Ausgrabungsstelle lag und er nicht einsehen mochte, dass sie seine Begeisterung für ein so einfaches Leben nicht teilte. Das war das letzte Mal gewesen, dass ihre Mutter zu einer seiner Ausgrabungen mitgekommen war. Zwei Jahre später waren sie geschieden und danach hatte auch Sam ihn nie wieder auf seinen Reisen begleitet, sie hatte auch nie wieder Interesse an seiner Arbeit gezeigt, die ihr als Kind doch so viel Freude gemacht hatte.

Sie beobachtete ihren Vater, der neben Eric auf der feuchten Erde hockte. Einen kurzen Moment lang hatte sie fast das Verlangen, sich neben die beiden zu setzen, aber dann kehrte sie der Ausgrabungsstelle hastig den Rücken.

Das Wetter war viel zu schön, um schon ins Cottage zurückzukehren, und so folgte Sam dem Pfad, der nach Westen führte, auf die kleine Quelle und das tiefe Moor zu. Alle paar Meter wandte sie sich um und versuchte auf dem Hügel im Norden den See zu erkennen, doch er lag zu hoch. Auch wenn sie in dem Gewässer nicht schwimmen konnte, die Aussicht von dort oben musste einfach großartig sein. Hoffentlich schaffte sie es überhaupt den Hügel hinauf und blamierte sich nicht vor Eric.

Sam schob wieder ihre Hände in die Hosentaschen und kickte mit der Schuhspitze einen Stein beiseite. Der bodenlose See. Was für ein komischer Name. Und wie ungewöhnlich für ein so poetisches Land wie Irland. »Der bodenlose See« klang ausgesprochen unpoetisch! Und konnte es denn überhaupt einen See geben, der keinen Boden hatte? Sicher nicht. Doch sie hatte sich am Ausgrabungshügel schon wieder so sehr über ihren Vater geärgert, dass sie gar nicht weiter über den Namen nachgedacht hatte. Sam drehte sich noch einmal um, der See blieb jedoch in den düsteren Schatten des Hügels verborgen.

Sie hatte schon fast wieder die Stelle erreicht, an der der Felsen den Pfad blockierte. Sie blieb stehen und wischte sich den Schweiß von der Stirn, denn sie war sich nicht sicher, ob sie wirklich weitergehen wollte. Sie kannte keinen Weg, der durch das Moor führte, und ihr letztes Erlebnis war ihr eine Lehre gewesen. Unschlüssig trat sie einen Schritt zur Seite, als sie vor sich mit einem Mal eine Bewegung wahrnahm.

Keine dreihundert Meter entfernt, hinter einem vereinzelten dürren Baum halb versteckt, sah sie den Mann. Seine flachsblonden Haare schimmerten hell im gleißenden Sonnenlicht. Er wandte ihr den Rücken zu, die Arme in die Seiten gestützt, als schnappte er nach Luft. Offenbar war er aus der gleichen Richtung gekommen wie sie selbst. Sicher hatte er erneut die Ausgräber beobachtet und war fortgelaufen, als sie ihm entgegengekommen war.

Sam blieb unbeweglich stehen. Sie wollte nicht, dass er sie bemerkte, auch wenn sie gar nicht recht wusste, warum. Doch jede hektische Bewegung hätte ihn nur auf sie aufmerksam gemacht und es gab kein Versteck, in das sie sich hätte flüchten können.

Gleich darauf setzte der Mann seinen Weg fort. Sie überlegte nur kurz, ehe sie ihm folgte. Direkt hinter dem Felsen wandte er sich nach rechts, ins tiefe Moor. Sam blieb so dicht hinter ihm, wie sie sich in der baum- und fast buschlosen Ebene nur traute.

Der Mann kannte die Gegend offenbar sehr genau, denn er eilte mit langen Schritten, immer wieder Haken schlagend, wie um dem dicksten Morast auszuweichen, vorwärts. Er schien einer Art Trampelpfad zu folgen, den Sam nur erahnen konnte, und sie hatte Mühe, sich den Weg einzuprägen, den er nahm. Manchmal blieb er unvermittelt stehen und sah sich suchend um, als gäbe es versteckte Hinweise im Moor, die ihm die Richtung wiesen. Mehrmals verschwand Sam hinter einem dürren Busch oder einem Fels, der sie kaum verdeckte, um nicht gesehen zu werden. Ihr Herz schlug ihr dabei bis zum Hals. Dann wieder war er so schnell, dass sie ihn fast aus den Augen verlor. Schließlich näherte er sich erneut den Hügeln im Süden. Er hatte das Moor an seinem äußersten Rand in einem weiten Bogen umrundet.

»Was für ein Umweg«, schimpfte sie schwer atmend. Aber offenbar war der direkte Weg, den sie einige Tage zuvor hatte nehmen wollen, der weitaus gefährlichere.

Der Pfad wurde steiniger und führte in einer geschwungenen Zickzacklinie am Fuß der Hügel entlang. Die tief eingeschnittenen Felsen, die sich weit ins Tal hineinschoben, boten ihr genügend Möglichkeiten, sich zu verstecken, aber auch der Mann vor ihr verschwand immer wieder aus ihrem Blickfeld. Er stieg über mehrere kleinere Felsbrocken hinweg, und einen Moment lang dachte sie, er würde den Hügel hinaufklettern. Sam beeilte sich, ihm zu folgen, als sie merkte, dass er bereits wieder auf dem Pfad unter ihr war. Sie rutschte eilig den Abhang hinunter und befand sich plötzlich direkt über ihm. Sie konnte ihn schnaufen hören.

»Elende Kreaturen … Teufelszeug …«, stieß er zwischen zusammengepressten Zähnen hervor.

Sam hielt den Atem an.

»Der Meister wird wissen … was zu tun ist … Aber wir sollten sie … fortschaffen … selber suchen … Die große Macht … Reinigung …«

Sie runzelte verwundert die Stirn. Was hatte das denn zu bedeuten? Der Kerl wurde ja immer unheimlicher. Einen Moment lang wagte sie nicht sich zu bewegen, dann sprang sie hastig den Hügel hinunter. Doch hinter der nächsten Biegung war der Mann mit einem Mal verschwunden.

Sam blieb wie angewurzelt stehen und sah sich ungläubig um. Er war keine hundert Meter vor ihr gewesen. Sie rannte vor und zurück und drehte sich suchend im Kreis, doch der Mann war wie vom Erdboden verschluckt. Sie ließ sich wütend gegend den Felsen fallen. Wie konnte sie bloß so unfähig sein? Wütend verschränkte sie die Arme.

Wer war der Kerl bloß? Warum trieb er sich im Tal herum? Welches Interesse hatte er an der Ausgrabung ihres Vaters? Ein zufällig vorbeigekommener Wanderer, der sich nur die Gegend ansehen wollte, war er sicherlich nicht. Er war ihr schon zum zweiten Mal im Tal begegnet und beide Male hatte er sich offenbar sehr für die Gegend um den Grabungshügel interessiert. Sam fröstelte. Ein kalter Windhauch schien mit einem Mal durch das Tal zu wehen. Der Kerl hatte etwas Beängstigendes an sich. Da waren vor allem diese kleinen, kalten Augen, die ihr einen eisigen Schauer über den Rücken gejagt hatten. Und wie komisch er gerade geredet hatte. Sie verzog das Gesicht. Wohin war er nur unterwegs gewesen? Wenn sie ihn doch nur nicht verloren hätte. Sie musste unbedingt herausfinden, wer er war. Sie war sicher, dass er irgendetwas vorhatte, und das konnte nichts Gutes sein. Aber wenn er sie bemerkt hatte?

Sam stieß sich von dem Felsen ab. Vielleicht beobachtete er sie jetzt in diesem Moment. Sie ließ den Blick ängstlich durch das Tal und über die Hügel schweifen. Er würde ihr sicher kaum glauben, dass sie nur zufällig den gleichen Weg genommen hatte wie er. Nein, sie wollte dieser finster aussehenden Gestalt ganz sicher nicht allein mitten im Nirgendwo gegenüberstehen. Mit einem Mal hatte sie es ziemlich eilig und wandte sich hastig wieder dem Moor zu, als sie in der Mitte des Tals eine Gestalt ausmachte. Sie kniff die Augen zusammen.

Tatsächlich! Die hellen Haare waren in dem dunklen Grün und Braun des Tals kaum zu übersehen. Der Mann lief nach Westen. Er folgte dem Pfad, der in einer geraden Linie direkt auf die Hügel zuführte. Doch er war schon viel zu weit entfernt, sie konnte ihn unmöglich einholen. Sam verfolgte ihn mit den Augen, bis er nicht mehr zu erkennen war. Ihr Blick wanderte an den niedrigen Bergen entlang. Was nur war dort hinten? Einen Moment lang war sie versucht, den westlichen Teil des Tals zu erkunden, denn bisher hatte sie sich kaum weiter als bis zu der Quelle gewagt. Dann aber schüttelte sie den Kopf und kehrte um.

Doch der Rückweg durch das Moor gestaltete sich schwieriger, als sie gedacht hatte. Sie fand den Trampelpfad kaum wieder, auf dem sie dem Mann gefolgt war, und alle paar Schritte musste sie nach festem Untergrund tasten. Bald war sie mitten im Moor gelandet, statt den gefährlichen Morast zu umrunden. Sie hatte sich verlaufen. Voller Panik wollte sie zurückrennen, nur wusste sie nicht mehr, woher sie gekommen war. Sie schloss die Augen, um nachzudenken, dann suchte sie sich einen Stock, den sie bei jedem Schritt vor sich in die Erde stach. So konnte sie erkennen, wo der Sumpf zu tief war. Einmal sackte sie trotzdem fast bis zu den Knien in den schlammigen Boden ein. Vor

Schreck begann sie laut zu schreien, bis es ihr gelang, sich mühsam wieder zu befreien. Den Tränen nahe blieb sie einfach auf der feuchten Erde sitzen, bis ihr kalt wurde und sie sich aufraffte weiterzugehen.

Schließlich gelangte sie an einen Hügel aus aufeinander gelegten Steinen. Verwirrt blieb sie stehen. Was machte so ein Hügel mitten im Moor? Dann lachte sie erleichtert auf. Wenn jemand Steine bis hierher geschleppt hatte, dann konnte der Weg vor ihr nicht mehr allzu gefährlich sein. Von jetzt an lief sie schneller und nur wenig später erkannte sie vor sich die Quelle.

»Dem Himmel sei Dank«, rief sie und wischte sich den Angstschweiß aus dem Gesicht. Sie warf den Stock beiseite und hastete auf die Quelle zu. Neben dem Fels, aus dem das Wasser floss, standen zwei Gestalten.

Sam glaubte, zwei der Ausgräber vor sich zu haben. Sie hob die Hand und rannte auf sie zu, blieb dann aber wie angewurzelt stehen.

Vor ihr stand der bärtige Krieger. Er stützte sich schwer auf den Knauf des Schwertes in seiner Hand und starrte auf das Wasser. An seiner Seite stand hoch aufgerichtet die Frau in ihrem langen Gewand. Ihr schwarzes Haar war offen und hing ihr bis weit über die Schultern herab. Auch sie starrte auf das Wasser, während sie mit unbeweglichem Gesicht auf den Krieger einredete. Sam verstand kein Wort von dem, was sie sagte. Sie wollte einem Impuls folgend einen Schritt vortreten, doch sie konnte sich nicht bewegen. Neben ihr schoss plötzlich ein Rabe aus dem Geäst des dürren Baums und sie sah ihm wie hypnotisiert hinterher, wie er, mit seinen schwarzen Schwingen die Luft durchschneidend, immer höher und höher stieg. Als sie endlich zu dem leise fließenden Wasser zurücksah, waren der Krieger und die Frau verschwunden.

Sam stöhnte leise auf. Sie vergrub ihr Gesicht in den Händen und atmete tief durch. Dann ging sie langsam auf die Quelle zu. Sie suchte den Boden nach Fußabdrücken ab, doch nichts wies darauf hin, dass dort eben jemand gestanden hätte. Im Grunde hatte sie auch nichts anderes erwartet. Wie vor ihr der Krieger und die Frau sah sie auf das Wasser hinunter, konnte aber nichts Ungewöhnliches entdecken. Was um Himmels willen hatte das nur zu bedeuten? Sie presste sich die Hände gegen die Schläfen. Wieso tauchten immer wieder die gleichen Gestalten in ihren Phantasien, ihren Visionen auf, wieso sah sie immer wieder diese Frau? Bildete sie sich das tatsächlich nur ein? Aber selbst dann musste das doch irgendetwas zu bedeuten haben. Ja, sie musste herausfinden, wer diese Menschen waren, was für ein Krieg das war, warum nur sie sie sah. Hatte es vielleicht etwas mit den Ausgrabungen ihres Vaters zu tun? Mit dem Grund, warum Melaghlin O'Madrick im Tal beerdigt worden war, mit dem verlorenen Wissen der Alten seines Stammes? Warum wurde das Tal von allen gemieden? Warum war es zugleich der Mittelpunkt aller Legenden und Geschichten?

Sam stand auf und drehte den Ring an ihrem Finger. Sie betrachtete versonnen die Spiralmuster. Ob der Ring mit all dem etwas zu tun hatte?

5

In den folgenden Tagen sollte das Wetter unverändert freundlich bleiben. Der eisig kalte Wind war einer warmen Brise gewichen und die Sonne gab sich alle Mühe, auch in die letzten Winkel des Tals vorzudringen.

Sam trat am nächsten Morgen in ihrer ältesten Jeans vor die Tür des Cottage, die fast rabenschwarzen Haare mit einer Klammer aufgesteckt, und machte sich entschlossen auf den Weg zum Grabungshügel. Sie konnte den Ausgrabungen nicht mehr länger fernbleiben, auch wenn sie ihrem Vater die Genugtuung kaum gönnte, sie doch wieder für seine Arbeit eingespannt zu haben. Aber sie musste unbedingt herausfinden, welche Verbindung es zwischen ihren Visionen und der Geschichte des verwunschenen Tals gab. Was sie da immerzu sah, machte ihr Angst, denn sie fand einfach keine logische Erklärung für das, was geschah. Aber nichts war schlimmer, als untätig herumzusitzen und darauf zu warten, dass es wieder passierte. Sie musste irgendetwas tun, und den Archäologen zur Hand zu gehen schien ihr der beste Weg zu sein, hinter das Geheimnis dieser finsteren Gegend zu gelangen. Denn in Erics Nähe und der ihres Vaters konnte sie auch mehr über die Umgebung in Erfahrung bringen. Obwohl sie lieber in Erics Nähe war als in der ihres Vaters, wie sie sich eingestand. Wenn er sie aus seinen großen grünen Augen so aufmerksam ansah, wurde sie manchmal richtig nervös.

Sam lächelte verträumt, während sie mit energischen Schritten auf das Hügelgrab zurannte.

Das Beste wäre es sicher gewesen, den Ort sofort zu verlassen. Sie war überzeugt, dass dann auch diese Visionen aufhören würden, die ohne Zweifel mit dem verwunschenen Tal in Zusammenhang standen. Doch daran war gar nicht zu denken. Ihr Vater würde sicher niemals, und schon gar nicht wegen dieser ausgesprochen verrückt klingenden Geschichte, seine Ausgrabung abbrechen. Sie musste einen anderen Weg finden, diese Visionen zu beenden, die anfingen ihr den Schlaf zu rauben. Sie musste herausfinden, was sie zu bedeuten hatten.

»Hallo, Dad.«

»Na, das ist ja …« Mr Turner staunte nicht schlecht, als er seine Tochter in ihren ältesten Klamotten vor dem Eingang des Zelts sah. Er verschwendete keine Zeit mit Fragen, sondern drückte ihr wortlos einen kleinen Spachtel und den Besen, der neben ihm lag, in die Hand.

»Wohin?«

Er wies auf eine Stelle am Hügel neben Iris, die ihr erfreut entgegenlachte.

»Wie schön, noch zwei Hände mehr dabeizuhaben. Meine fallen mir bestimmt bald ab, so steif fühlen sie sich schon an.«

»Dann mach doch mal Pause«, rief Joe, der keine drei Schritte von ihr entfernt saß. »Du gräbst schon seit Sonnenaufgang wie besessen an dem Stück Erde da herum.«

»Na, jetzt, wo ich meine eigene Privatsklavin habe«, sie deutete mit dem Kopf auf Sam und zwinkerte ihr zu, »da brauche ich mich ja nicht mehr so anzustrengen.«

»Vorsicht«, murmelte Sam grinsend, »ich bin die Tochter des Chefs.«

Iris hob beschwichtigend die Arme und beugte sich wieder über ihren Abschnitt des Hügelgrabs.

Joe schüttelte den Kopf und winkte ab. »Dir ist nicht mehr zu helfen.«

Sam brauchte keine Stunde, um sich wieder an alles zu erinnern. Sie hatte bei mehr als einer Ausgrabung ihres Vaters mitgeholfen, und obwohl sie damals noch sehr viel jünger gewesen war, hatte sie nichts vergessen. Auch die anderen nahmen sie schnell als Mitglied des Teams auf, zumal sie sich als äußerst fähig erwies. Erst half sie Iris dabei, den Boden umzugraben und die Erde beiseite zu schaffen, dann griff sie nach dem Zeichenblock und vermerkte den genauen Fundort jeder einzelnen Scherbe und jedes kleinen Metallstücks, das sie ausgruben. Der Morgen verging wie im Flug.

Am frühen Nachmittag kam Mr Peacock mit Tee und Kuchen und dem Korb voller Brote und Obst zum Ausgrabungsfeld hinunter und Sam machte sich so gierig über ihren Teller her, als hätte sie seit Tagen nichts mehr zu essen bekommen. Erst jetzt sah sie Eric wieder, der den Vormittag auf der anderen Seite des Hügels in dem kraterartigen Loch verbracht und versucht hatte, eine provisorische Karte des Orts anzufertigen.

Er riss erstaunt die Augen auf, als er sie sah. »Ich hätte nicht gedacht, dass du's dir noch anders überlegst. Und wie du aussiehst.« Er wies auf ihre völlig verdreckte Hose und lachte.

»Ich dachte, das gefällt dir.«

»Kann Sam mir nicht bei dem Hohlraum zur Hand gehen?«, wandte Eric sich an Mr Turner. »Es sei denn, sie möchte nicht. Aber wenn wir da zu zweit sind, ist es sicherer und wir kommen auch viel schneller voran.« Er sah ihn fragend an.

Mr Turner nickte geistesabwesend und drehte sich gleich wieder zu Mr Peacock um, mit dem er sich eben unterhalten hatte. »Wie geht es Tim denn jetzt?«, hörte Sam ihn fragen.

»Den Umständen entsprechend.«

»Willst du nicht lieber nach Dublin zurück?«

Mr Peacock schüttelte den Kopf. »Emily und die Kinder sind bei ihm. Ich kann im Moment ja doch nichts für ihn tun.« Er seufzte und raufte sich die Haare. »Außerdem brauchst du mich hier.«

Sam bemerkte Mr Peacocks trauriges Gesicht, wagte aber nicht, ihn nach seinem Sohn zu fragen. Hastig trank sie ihre Tasse leer und sprang auf. Eric war bereits hinter dem Grabungshügel verschwunden und sie beeilte sich, ihm zu folgen.

»Weißt du, was mit Mr Peacocks Sohn ist?«, fragte sie leise.

»Er ist schwer krank. Ich glaube, er hat einen Herzfehler und muss operiert werden.« Eric hob traurig die Schultern. »Und so eine Operation ist teuer. Er muss dafür nach Amerika.«

»Oh.« Sam starrte betroffen zu Boden. Sie wusste nicht recht, was sie sagen sollte. Sie mochte Mr Peacock sehr gern, aber sie hatte seinen Sohn nie kennen gelernt. Trotzdem tat es ihr Leid. Sie seufzte. Das Leben war ungerecht. Die meiste Zeit war man krank oder unglücklich oder mit Dingen beschäftigt, die einem keine Freude machten, und dann war man plötzlich alt und starb und hatte doch nie richtig gelebt. Sie starrte deprimiert vor sich hin.

Eric schien ihre veränderte Stimmung bemerkt zu haben. »Was ist? Willst du da oben stehen bleiben und vor dich hin grübeln oder mir endlich helfen?«

Sam blinzelte mit den Augen, als würde sie aufwachen, und sprang eilig in die kraterartige Vertiefung hinunter. Was für unsinnige Gedanken! Sie war doch jung und eigentlich ziemlich zufrieden im Moment.

Sie lachte Eric an. »Was soll ich tun, Chef?«

»Nun, dein Dad sagt, wir sollen den Boden hier untersuchen und den Hohlraum an der Einsturzstelle freilegen, so gut es geht. Er hofft auf einen weiteren Zugang zu dem Grab.«

Sam kniete sich vor das noch immer ziemlich schmale Loch und starrte in die Dunkelheit dahinter. »Hast du da mal reingeleuchtet?« Sie griff nach der Taschenlampe, die neben ihr lag.

»Sicher hab ich das. Da ist nichts als Erde.«

Sie beugte sich vor. »Hallo!«, rief sie in die Dunkelheit und lachte plötzlich.

»Was machst du denn da?«

»Nachsehen, ob jemand zu Hause ist.« Sie schob einen Arm durch das Loch, bekam aber nichts als feuchte Erde und Wurzeln zu fassen.

»Mach keine Scherze«, sagte Eric ernst. »Das Volk der kleinen Menschen haust in Löchern wie diesen.«

Sam sah ihn verdutzt an. »Du meinst Zwerge?«, rief sie.

»Ich glaube nicht, dass sie diese Bezeichnung sehr mögen würden. Sie waren nämlich einmal mächtige Krieger, weißt du, vor langer Zeit, als noch nicht einmal der Pakt zwischen den Elfen und den Menschen bestand.«

»Du glaubst wirklich an solche Geschichten?«, fragte sie ungläubig.

»Hm«, machte Eric nur und zuckte die Schultern.

»Wenn sie tatsächlich so mächtige Krieger waren, warum verstecken sie sich dann in der Erde?«, bohrte Sam weiter, halb aus Neugier, halb um Eric zu ärgern.

»Vorsicht«, flüsterte er. »Sie könnten dich hören.«

»Was?«

»Du kennst also die Geschichte der Schlacht von Mochtnabay nicht?«

»Eine Schlacht?« Sie horchte auf. »Wo? Hat das was mit dem Tal zu tun? Wo liegt Mochtnabay?« War das vielleicht die Schlacht, die sie in ihren Visionen sah? Sie wurde ganz aufgeregt.

»Mochtnabay ist der alte Name des Tals in der Sprache der Darka, die heute niemand mehr spricht. Es heißt so viel wie ›Tal der tausend Sterne‹.«

»Klingt zumindest besser als ›verwunschenes Tal‹«, sagte Sam.

»Nach der Schlacht hieß es ›Tal der tausend Toten‹.« Eric grinste breit.

»Wer waren die Darka?« Sam schlang ihre Arme um sich. Sie hatte das ungute Gefühl, dass die Geschichte alles andere als schön werden würde.

»Die Menschen, die damals hier lebten. Die Schlacht von Mochtnabay gilt als der Anfang der blutigen Geschichte des Tals«, fuhr Eric fort. »Damals, vor vielen, vielen aberhunderten von Jahren, so heißt es, kam das Volk der Tramada nach Irland, auf der Suche nach einer neuen Heimat. Die hier in der Gegend lebenden Darka aber weigerten sich, ihr Land mit ihnen zu teilen, und so war ein Krieg unausweichlich.«

»Hätten sie ein wenig von ihrem Land abgegeben, hätten sie sich vermutlich eine Menge Ärger erspart«, murmelte Sam.

»Hätten sie nicht versucht um ihr Land zu kämpfen, wäre ihnen der Ärger auch nicht erspart geblieben«, sagte Eric. »Der Boden hier hat noch nie sehr viel hergegeben. Er ist entweder steinig oder schlammig und konnte auch damals nur eine begrenzte Anzahl von Menschen ernähren«, erklärte er.

Sie hob beschwichtigend die Arme.

»Die beiden Armeen trafen in der Mitte des Tals aufeinander, so heißt es, hinter dem großen Moor. Sie waren einander an Waffen- und Körperkraft durchaus ebenbürtig, doch kannten sich die Neuankömmlinge in der Magie aus.«

»Das war keine faire Sache, wie mir scheint.«

»Sicher nicht. Trotzdem dauerte die Schlacht um das Tal ganze vier Tage. Mehr als 100 000 Männer sollen daran beteiligt gewesen sein.«

»100 000?«, rief Sam. »Hier? Mitten im Nichts? So viele Menschen haben damals sicher kaum in ganz Irland gelebt.«

»Der Chronist hat möglicherweise ein wenig übertrieben«, lenkte Eric lachend ein. »Es müssen auf jeden Fall eine ganze Menge Menschen gewesen sein. Soll ich weitererzählen? Jetzt wird es richtig blutrünstig.«

Sam verzog das Gesicht, nickte aber.

»Die Tramada stürmten gegen die Darka an, angestachelt von den wilden Gesängen ihrer Barden, wurden aber zunächst zurückgeworfen. Am Abend des ersten Tages brachte sogar jeder Krieger der Darka den Kopf eines erschlagenen Feindes und einen Stein mit zu seinem König. Die Steine wurden übereinander gelegt und formten auf diese Weise bald einen Hügel, der in den folgenden Tagen noch weiter anwuchs.«

»Ist das der Steinhaufen im Moor?«

»Nein.« Eric schüttelte den Kopf. »Aber ungefähr so musst du dir diesen Hügel aus Steinen vorstellen, nur noch höher.«

»Noch höher?« Der Hügel im Moor erschien ihr schon hoch genug, wenn sie daran dachte, dass jeder Stein für einen abgeschlagenen Kopf stand. Kein Wunder, dass die Toten nicht alle im Tal beerdigt werden konnten, wie ihr Vater gesagt hatte.

»Der Steinhaufen befand sich im Norden des Tals, fast gegenüber dem Ausgrabungsfeld, aber er ist schon lange verschwunden. Ich glaube, ein Teil der übrig gebliebenen Steine ist für den Bau des Cottage verwendet worden.«

»Was?« Sie riss entsetzt die Augen auf. »Du willst mich ja nur ärgern«, rief sie, doch Eric blieb ernst.

»Am zweiten Tag der Schlacht wurden die Darka bereits schwächer«, fuhr er fort, »am dritten mussten sie zurückweichen. Die Armeen versammelten sich an den jeweils entgegengesetzten Enden des Tals und standen sich eine Weile in tödlichem Schweigen gegenüber. Jeder wartete darauf, dass der andere angriff. Schließlich gab Bondaghla, der König der Darka, das Zeichen. Oh, was für eine furchtbare Schlacht das war. Die besten Krieger der Darka wurden getötet und auch die Söhne der beiden Könige kämpften gegeneinander und töteten sich gegenseitig.«

»Mir scheint, dir macht das wirklich Spaß«, sagte Sam, der bei so viel Heldenmut ganz schlecht wurde. Sie war längst sicher, dass die Geschichte, die Eric ihr erzählte, nichts mit ihren Phantasien oder Visionen zu tun hatte. Sie sah Kelten, Menschen, die vor nicht mehr als 2000 Jahren gelebt hatten, vielleicht sogar später, und keine Halbwilden aus der Steinzeit. Trotzdem verfolgte sie gebannt das Ende der Geschichte.

»Am nächsten Morgen begann die große Entscheidungsschlacht, in der es für beide Völker ums nackte Überleben ging. Die Krieger gaben ihr Letztes und kämpften bis in den späten Nachmittag hinein, als der König der Darka mit einem Mal vor Durst fast umkam. Er verließ das Schlachtfeld und machte sich auf die Suche nach Wasser, doch die

Magier der Tramada ließen jeden Fluss und jedes Rinnsal, jede Quelle und jeden Tümpel hinter dichtem Nebel verschwinden. Halb wahnsinnig vor Durst fiel Bondaghla schließlich feindlichen Truppen in die Hände und wurde ermordet. Seine Armee war besiegt und die Überlebenden mussten Frieden schließen. Doch die Darka weigerten sich noch immer ihre Heimat zu verlassen und forderten einen Teil des Landes für sich. Die kriegsmüden Tramada, die nicht noch mehr Blut vergießen wollten, willigten schließlich ein. Aber da das Land nicht sehr groß war und das Volk der Darka noch immer sehr zahlreich, verfielen die Tramada auf einen Trick. Sie verwandelten ihre Feinde in das kleine Volk, das noch heute in Irland lebt.«

»Du bist kein Archäologe, du bist ein Geschichtenerzähler«, rief Sam.

»Warte, bis du meinen Großvater kennen lernst«, lachte Eric. »Über dem toten König der Darka wurde von seinen Feinden dann ein weiterer Hügel aus Steinen errichtet, ein so genannter Cairn, um den gefallenen Krieger zu ehren«, beendete er die Geschichte. »Das ist der, den du offenbar am Rande des Moors gesehen hast.«

»Aber was hat es nun eigentlich mit dem Pakt zwischen den Elfen und den Menschen auf sich, von dem du immerzu redest?«

»Arbeitet ihr zwei eigentlich auch mal, wenn ihr zusammen seid?«

Die beiden sahen erschrocken auf, als Mr Turner sich auch schon vorsichtig zu ihnen herunterließ. »Habt ihr den Zugang endlich freigelegt?« Er trat ein paar Schritte vor, wagte sich aber nicht bis an das hintere, kleine Loch heran, um den Hohlraum nicht noch weiter zum Einsturz zu bringen. Er war zu schwer.

»So gut wie, Mr Turner«, rief Eric fröhlich. »Aber Ihre

Tochter ist wirklich keine große Hilfe. Sie steht nur rum, mit den Händen in den Hosentaschen, sehen Sie.«

»He«, rief Sam und sah an sich herunter. Sie hatte tatsächlich die Hände in den Hosentaschen. »Du erzählst doch die ganze Zeit Geschichten!«

»Welche war es diesmal?«, rief Mr Turner grinsend.

»Wie viele gibt es denn?«

»Oh, unendlich viele. Ermuntere den jungen Mann nur nicht noch mehr zu erzählen, sonst stehen wir Weihnachten noch hier rum.«

Eric hatte sich bei seinen Worten eilig vorgebeugt und begann vorsichtig die Erde um das Loch herum beiseite zu schieben. Er summte leise vor sich hin.

Sam kniete sich neben ihn und schob erneut ihren Arm in den Hohlraum. Sie versuchte das Loch zu vergrößern, ohne dass der Stollen dabei ganz einsackte, indem sie die feste Erde von seinem Rand abbrach. Alle paar Minuten griff sie nach der Lampe, konnte aber nicht viel mehr erkennen als zuvor.

Mr Turner inspizierte derweil den Boden um sie herum und wurde dabei bald von Melanie unterstützt, die begann die feine Erde auf der Rückseite des Grabungshügels durch ein Sieb rieseln zu lassen.

Sam steckte ihren Arm ein weiteres Mal in das Loch, als sie plötzlich leise aufschrie.

»Was ist passiert?«, rief Mr Turner.

»Oh Gott, hat dich was gebissen?« Eric war richtig erschrocken.

»Stein«, rief Sam aufgeregt und rutschte weiter vor, »da ist fester Stein.«

Sie tastete mit der Hand umher und hing plötzlich kopfüber in dem Loch. Eric griff eilig nach ihren Beinen, sonst wäre sie in den Hohlraum gestürzt.

»Pass auf, Sam!« Mr Turner rannte auf sie zu, blieb dann aber abrupt wieder stehen.

»Du kannst ruhig näher kommen«, rief Sam, »aber von der anderen Seite.« Sie wies mit der Hand auf den Boden beim Grabungshügel. »Der ganze Bereich da besteht aus Stein, der den Stollen abstützt, vielleicht ist der Stollen auch in den Stein getrieben, das musst du rausfinden, das ist dein Job.« Sie sah kurz zu ihrem Vater herüber. »Nur der Teil hier hinten besteht aus Erde, sonst wäre sicher schon längst alles eingesackt.«

Mr Turner stand mit zwei langen Schritten neben ihr und griff nach der Lampe. Sam, Eric und Melanie lagen der Länge nach auf dem Bauch, als der Lichtkegel über den dunklen Stein in dem Hohlraum glitt. Er war klein und nicht sehr breit. Doch einen Gang, der weiter durch die Erde führte, entdeckten sie nicht.

»Mist«, entfuhr es Mr Turner enttäuscht.

»Vielleicht ist es einfach nur eine Höhle«, schlug Sam vor, »und der Zugang ist irgendwann verschüttet worden.«

Melanie schüttelte den Kopf. »So sieht das nicht aus.«

»Aber wozu ist so ein Hohlraum gut, wenn es keinen Zugang gibt, außer von oben, wenn die Decke einstürzt?«, überlegte Sam. »Da unten muss irgendetwas sein.«

»Die Verbindung zum Rest des Stollens muss durch den Einsturz verschüttet worden sein.« Mr Turner zupfte an seinem Bart. »Sonst ergibt das keinen Sinn. Ich vermute einen Gang da unten.«

»Kann ich da runter?«, rief Eric aufgeregt. »Vielleicht finde ich ja was.«

»Das ist im Moment zu gefährlich. Sag lieber Pete Bescheid, dass wir den Teil hier abstützen, so gut es geht, und das Loch bis zu dem Felsen weiter vergrößern. Ich will nicht, dass der Rest der Decke runterkommt, wenn einer von uns da unten ist. Auch wenn es nicht sehr tief ist, es ist mir zu gefährlich.« Er sah Erics enttäuschtes Gesicht. »Ich habe die Verantwortung für dich, Junge«, fügte er hinzu und stand auf. »Na, mach dich schon an die Arbeit. Wo sind die Balken?«

So vergrößerten sie erst einmal das Loch, bis sie bequem auf dem Felsboden liegen und den Bereich unter sich genauer betrachten konnten. Dann setzten sie von oben Bretter gegen die Erde im Hohlraum, um die Wände zu stabilisieren. Schließlich fügte Pete zwei Balken ein, die die Decke des einsturzgefährdeten Bereichs absichern sollten.

Am späten Nachmittag war die Arbeit noch immer nicht ganz fertig, doch sie waren alle ziemlich erschöpft und machten sich früher auf den Rückweg als sonst. Auch die Arbeiten auf der anderen Seite des Hügels waren recht gut vorangekommen und es schien, als stünden sie endlich kurz vor der großen Entdeckung.

Sobald sie das Cottage erreicht hatten, verschwanden Joe und Eric gleich in der Küche und zauberten einen Eintopf, für den die Gegend um Carrickbeg in ganz Irland berühmt war. Dazu gab es warmes Brot und als Nachspeise Pudding und Schokolade. Die Archäologen waren so guter Dinge, dass sich der frühe Abend ziemlich in die Länge zog, bis Pete schließlich aufstand.

»Es wird dämmrig. Ich mache mich dann mal auf die Socken.«

Petes Angewohnheit, das Tal jedes Mal bei Anbruch der Dämmerung fluchtartig zu verlassen, hatte am Anfang für einige Witzeleien gesorgt, doch mittlerweile hatten sich die anderen daran gewöhnt.

»Bis morgen.«

Eric machte sich ebenfalls auf den Heimweg. Mr Turner

wollte ihn fahren, aber er bestand darauf, sein Fahrrad zu nehmen.

Sam begleitete ihn noch bis zum Anfang der Straße, die nicht weit vom Cottage entfernt aus dem Tal herausführte, und blieb dann stehen. Es war längst dunkel geworden und die Hügel warfen tiefe Schatten. Sie verschränkte die Arme und zog unwillkürlich die Schultern hoch, als sie ihren Blick durch die fortschreitende Finsternis schweifen ließ. Das Tal wirkte bei Nacht weitaus furchteinflößender als bei Tag.

»Dann wird das diese Woche wohl nichts mehr mit dem See, was?«, sagte sie und kratzte mit der Fußspitze am Boden herum.

»Aber wieso denn nicht?«

»Na, wir haben den ollen Melaghlin so gut wie gefunden. Da können wir doch nicht einfach freinehmen.«

»Du bist ja noch schlimmer als dein Vater.« Eric lachte und schwang sich auf sein Fahrrad. »Also, wir sehen uns dann morgen.«

Sie nickte und trat einen Schritt zurück, doch Eric zögerte. Er sah sie unsicher an und schien noch etwas sagen zu wollen, überlegte es sich dann jedoch anders und trat eifrig in die Pedale.

Sam sah ihm nach, bis ihn die Dämmerung verschluckte. Sie atmete tief durch, ehe sie sich umwandte und lächelnd zum Haus zurückschlenderte. Sie hatte schon lange nicht mehr so viel Spaß gehabt wie an diesem Tag. Wie hatte sie nur vergessen können, wie viel Freude es machte, in der Erde zu buddeln?

Sie warf einen Blick in den Sternenhimmel. Der Große Wagen war noch kaum zu erkennen, doch der Abendstern strahlte bereits hell. Über dem Cottage stand der Halbmond. An einem anderen Ort war dies sicher eine schöne Nacht, so klar und mild, doch im verwunschenen Tal wirkten selbst die schönen Dinge ein wenig unheimlich.

Noch nicht weit vom Anfang der Straße entfernt kam sie an einem Busch vorüber, dessen dürre Äste feine Schatten auf die Erde warfen. Sie sah auf. Mitten in dem spinnennetzartigen Geflecht aus dunklen Linien entdeckte sie eine Gestalt.

Zuerst dachte sie, es wäre der Mann, den sie tags zuvor verfolgt hatte. Sie erschrak. Er beobachtete sie also. Dann erkannte sie, dass es ein Mönch war.

Sie stand einen Moment wie erstarrt.

Er trug eine pechschwarze Kutte. Die Kapuze war ihm nach hinten über den Kopf gerutscht, sodass sie sein Gesicht sehen konnte. Er war sehr jung. Sein dunkles Haar war kurz geschnitten und um seine vollen Lippen spielte ein Lächeln, während er mit traurigen Augen die Straße hinabblickte, auf der Eric eben erst verschwunden war. Dann wandte er sich um und ging davon.

Sams Herz schlug nicht mehr ganz so wild, als sie feststellte, dass es nicht der böse grinsende, alte Mönch war, der ihr in ihrer Vision vor ein paar Tagen einen solchen Schrecken eingejagt hatte. Sie folgte der Gestalt, die jedoch gleich darauf in der Dunkelheit verschwand.

Sam fuhr sich mit beiden Händen über das Gesicht. Sie war nicht wirklich sicher, ob der Mönch nun real oder nur wieder Teil einer Phantasie gewesen war. Verdammt, wie konnte sie normal weiterleben, wenn sie nie wusste, ob das, was sie sah, auch wirklich existierte?

Sie starrte wütend in das Tal. »Lasst mich in Ruhe«, sagte sie laut. »Hört ihr? Lasst mich doch endlich in Ruhe!«

Die nächsten Tage erschien Sam pünktlich jeden Morgen am Hügelgrab. Sie arbeitete wie die anderen ungeduldig darauf hin, Melaghlin O'Madricks Überreste zu entdecken, und versuchte nebenher durch unauffällig platzierte Fragen mehr über die Geschichte des Tals zu erfahren. Sie wollte nicht zu neugierig erscheinen, um nicht erklären zu müssen, woher ihr plötzliches Interesse stammte.

Eric schien oftmals viel besser informiert zu sein als die anderen, nur war bei ihm nicht immer deutlich zu unterscheiden, was nun Realität und was Fiktion war. Doch sie erfuhr, dass das Tal seit den Zeiten der frühen Christen als verwunschen galt und gemieden wurde, wenn die Gründe dafür auch nicht ganz klar waren. Einmal galt das Tal als Ort, an dem in alten Zeiten heidnische Kulte praktiziert worden waren, die einen Menschen nach christlicher Überzeugung die Seele kosten konnten. In einer anderen Version der Geschichte war das Böse erst nach dem Ende der keltischen Zeit in das Tal gelangt. Tatsache aber war, dass sich alle kriegerischen Auseinandersetzungen, die für die Gegend von Bedeutung waren, in jenem Tal abgespielt hatten. So galt der Ort als Sammelpunkt aller unheilvollen Dinge, die überhaupt vorstellbar waren. Manche Menschen hatten behauptet Geister gesehen zu haben, doch sosehr Sam sich auch bemühte, sie konnte nicht herausfinden, wie diese Geister ausgesehen haben sollten und ob sie mit den Gestalten aus ihren Phantasien oder Visionen identisch waren. Manchmal waren auch nur Lichter gesehen worden, Menschen und Tiere waren im Tal verschwunden, was sicher nicht ungewöhnlich war, gab es doch das Moor, aus dem auch manchmal gefährliche Dämpfe emporgestiegen sein sollten. Nach mittelalterlichem Glauben sollte sogar der Teufel selbst dort sein Unwesen getrieben und seine dämonischen Helfer ausgesandt haben, die Menschen der Gegend ins Unglück zu stürzen. Tatsächlich war die Umgebung des Tals über Jahrhunderte hinweg vom Pech verfolgt gewesen, Unwetter, schlechte Ernten und mehr als eine Hungersnot, Kriege und Armut, bis die ohnehin nur spärlich besiedelte Gegend fast menschenleer geworden war, weil die jüngeren Generationen fortzogen, um woanders ihr Glück zu versuchen. Sicher war dies auch das Schicksal vieler anderer Gegenden in Irland, doch in der Umgebung dieses Tals schien es seit langer Zeit keinen Moment der Freude und des Glücks mehr gegeben zu haben. Immer noch war das Leben dort einfach und sehr hart und die Arbeitslosigkeit sehr hoch. Es gab in dieser trostlosen Gegend auch kaum Touristen, die der Region zu einem gewissen Reichtum hätten verhelfen können.

Mr Turner brachte es auf den Punkt: »Als hätten die Götter ihre schützende Hand von den Menschen und dem Land hier genommen«, schloss er, als er ihr davon erzählte.

»Die Götter?«

»Die Götter, ein Gott, das Göttliche, wie du magst«, brummte er.

Sam sah ihren Vater an. Er war noch nie sehr religiös gewesen, erinnerte sie sich. Er hielt Religionen nur für historische Erscheinungen, die entstanden und vergingen wie die Menschen und ihre Kulturen, was aber keineswegs bedeutete, dass er an gar nichts glaubte. Nur konnte er das, woran er glaubte, nicht in Worte fassen, und so hatte Sam die Vorstellungen ihres Vaters auch nie verstanden. Sie hatte irgendwann aufgehört, sich überhaupt mit dem Thema zu befassen, was ihr manchmal als Fehler erschien. Sie seufzte und wandte sich ab.

Die Informationen, die sie über die Zeit vor den Christen sammeln konnte, waren spärlicher. Kelten hatten in dem Tal gelebt, doch auch damals schon war der Boden nicht sehr fruchtbar gewesen und so hatten sich nur wenige Menschen dort angesiedelt. An den Hängen und auf den Gipfeln der Hügel war dichter Wald gewachsen und im Tal selbst hatte es unzählige Eichen gegeben, die heiligen Bäume der Kelten. Doch hatten sie ihre Geschichte, ihre Religion und Traditionen ausschließlich mündlich weitergegeben und keine schriftlichen Überlieferungen hinterlassen. So basierte fast alles von dem, was spätere Zeiten über ihr Volk in Erfahrung bringen konnten, auf Erzählungen und den wenigen Ausgrabungen, die in der Gegend stattgefunden hatten. Demnach schien das Tal, zumindest zeitweise, eine Art religiöses Zentrum gewesen zu sein, in dem heilige Männer gelebt und die Stammesfürsten der umliegenden Ländereien sich Hilfe suchend an die Druiden und Priesterinnen gewandt hatten. Doch ein wirklich klares Bild der Vergangenheit konnte Sam aus all den vereinzelten Informationen nicht formen, und ein besonderes Ereignis, das ihre Visionen erklärte, fand sie nicht. So widmete sie sich noch entschlossener als zuvor der Suche nach dem Grab des letzten Fürsten der O'Madricks.

Nachdem der Hohlraum hinter dem Grabungshügel gesichert worden war, durfte Eric endlich in den Stollen hinunter. Sams Vater hatte eine Leiter an der Wand anbringen lassen, die in dem Fels über dem Loch verankert war.

Er band Eric das breite Seil um den Körper. »Schau dir die Wände an, ob es da irgendwo einen Hinweis auf einen Gang oder einen weiteren Hohlraum gibt, der vielleicht verschüttet wurde.« Er drückte ihm die Lampe in die Hand. »Und schau dir besonders den Boden genau an, hörst du? – Falls irgendwo ein Erdklumpen ins Rutschen kommt, zieht ihr ihn sofort wieder hoch«, wandte er sich an Pete und Joe, die das andere Ende des Seils in der Hand hielten und nickten.

Eric kletterte aufgeregt die Leiter hinunter, während die anderen ihn von oben beobachteten. Er war keine eineinhalb Meter unter ihnen. Sam lag auf dem Bauch und verfolgte jede seiner Bewegungen. Er begann damit, den Boden abzusuchen, um nicht aus Versehen auf etwas zu treten, das wichtig sein konnte, fand aber nichts. Dann widmete er sich den Wänden. Die Bretter, die sie eilig in die feuchte Erde gedrückt hatten, um den Hohlraum zu stabilisieren, machten seine Aufgabe nicht gerade leichter. Schließlich sah er zu den anderen hinauf und schüttelte den Kopf.

»Hier kommen wir nicht weiter«, rief er und stemmte die Arme in die Seiten. »Hier neben dem Fels ist die Decke runtergekommen, aber ob hinter der Wand da ein Gang liegt oder nicht, kann ich nicht sagen.«

Mr Turner biss sich vor Ärger in die geballte Faust. »Diese elende Ausgrabung kommt einfach nicht voran«, brummte er. »Was soll nur dieser ver… dieser Hohlraum da?« Er bedeutete Eric, wieder heraufzukommen, und ließ dann noch einmal Joe hinunter. Der kam mit den gleichen schlechten Nachrichten zurück.

»Der Hohlraum ist sicher schon vor langer Zeit eingesackt.« Joe wischte sich den Schweiß aus dem Gesicht und schmierte sich dabei mit seiner verschmutzten Hand braune Streifen über die Stirn. Er merkte es und zog ein Tuch aus seiner Hosentasche. »Man müsste die Wände durchbrechen, um herauszufinden, ob der Hohlraum dahinter weitergeht und tatsächlich Teil eines Ganges ist, aber das erscheint mir viel zu gefährlich.«

Mr Turner nickte enttäuscht. »Das war's dann wohl. Die ganze Arbeit für nichts.«

Auch die anderen waren mürrisch und unzufrieden und kehrten nur widerstrebend an ihre Arbeit auf der gegenüberliegenden Seite des Grabungshügels zurück.

Doch schon am frühen Nachmittag sollte sich ihre Stimmung ändern.

Iris und Joe hatten sich seit Tagen intensiv dem nördlichen Teil des Ausgrabungsfelds gewidmet und sich bereits über einen halben Meter tief in die Erde gegraben. Sie hatten Tonscherben gefunden und einige der Eisensplitter, die aussahen wie dünne Nägel. So wussten sie zwar, dass sie die richtige Fährte verfolgten, hatten aber noch immer keinen Beweis dafür entdeckt, dass dies tatsächlich das Grab war, das die Archäologen suchten. Doch keine Stunde, nachdem sie die Untersuchung des Hohlraums auf der anderen Seite des Hügels ergebnislos abgebrochen hatten, sprang Iris plötzlich auf.

»Hallo?«, rief sie, ihr versagte vor Aufregung fast die Stimme. Die anderen hatten sie nicht gehört, merkten aber an ihrer hektischen Bewegung, dass sie auf etwas gestoßen war.

»Sieht aus wie eine kleine Eisenplatte.« Sie hatte sich wieder vorgebeugt und entfernte mit dem Pinsel die Erde, die noch auf dem faustgroßen Stück Metall lag. Sie nahm es vorsichtig in die Hand. »Könnte das eine Schildverzierung sein?«

Mr Turner sah ihr über die Schulter. Seine Augen glänzten, während er auf das erste echte Fundstück starrte, das Erfolg versprechend war.

»Was sind das für Zeichen, die da eingraviert sind?« Joe bog den Kopf umständlich zur Seite, um etwas sehen zu können. »Symbole?«

»Das sind keine Zeichen und Symbole.« Mr Turner strich sich über den Bart. »Das ist ein Wappen.« Er funkelte die anderen begeistert an.

»Das Wappen der O'Madricks!«, rief Iris. »Das gleiche Wappen, das auch auf der alten Flagge war, die Sie uns gezeigt haben, Professor.«

»Mein Gott! Wir haben ihn tatsächlich gefunden.« Joe schüttelte ungläubig den Kopf.

»So gut wie. Hol Mr Peacock, schnell, er sollte dabei sein«, rief Mr Turner Eric zu. Er lehnte mit der Schulter gegen den Erdwall und ließ die kleine Eisenplatte in Iris' Hand nicht aus den Augen.

»Möchten Sie …« Sie hielt ihm das Artefakt entgegen.

»Nein, nein.« Er winkte ab. »Es ist Ihr Fund, Iris. Untersuchen Sie's, verpacken Sie's und lassen Sie sich auf keinen Fall zu viel Zeit damit.«

Noch ehe Mr Peacock am Grabungshügel angekommen war, hatten sie bereits damit begonnen, die Gegend um die Fundstelle herum genauer zu untersuchen. Joe fand ein silbernes Schmuckstück, eine Gewandspange, und Pete sammelte vorsichtig die Reste eines zerbrochenen Krugs ein. Sam starrte ihnen dabei gebannt auf die Finger.

Sie überdeckten das Ausgrabungsfeld erneut mit der Plane, um den Ort, nun da sie dabei waren, auf wichtige Artefakte zu stoßen, nicht über Nacht dem unbeständigen Wetter ausgesetzt zu lassen, und arbeiteten, bis es längst dunkel war.

Mr Turner hatte eine Lampe unter der Plane aufgestellt und stachelte seine Mitarbeiter unermüdlich an und auch Mr Peacock war nicht mehr dazu zu bewegen, ins Cottage zurückzukehren. Er untersuchte im Zelt die wenigen Fundstücke, versuchte die Scherben des Krugs zusammenzusetzen und kehrte immer wieder zum Grabungshügel zurück, um sich nach dem Stand der Dinge zu erkundigen.

Sam verbrachte den Tag mit einem Zeichenblock auf den Knien und fiel am späten Abend todmüde ins Bett. Sie träumte von einer blühenden Landschaft, in der farbenprächtige Gärten mit lichten Wäldern abwechselten und Eichenbäume eine weite, sonnenbeschienene Ebene füllten – bis am Himmel plötzlich Gewitterwolken aufzogen und sie mit einem unerträglich schrillen Lachen im Ohr aus dem Schlaf schreckte.

6

In den folgenden Tagen legten die Archäologen das gesamte Grab Melaghlin O'Madricks frei. Sie gruben systematisch die Überreste eines eisernen Kettenhemdes, ein Stück von einem Helm, einen silbernen Becher, Pfeilspitzen, eine silberne Gürtelschnalle, ein bronzenes Kreuz und einen langen Dolch aus, der kunstvoll mit Tier- und Pflanzenmotiven verziert und offenbar als Kultgegenstand gedacht war. Seine eigenen Waffen aber fehlten in seinem Grab, etwa ein Schwert oder ein Bogen, denn Melaghlin hatte den Tod in Gefangenschaft gefunden und sein Leichnam war nur unter Mühen von seinen Getreuen aus Galway fortgeschafft worden. Sie fanden außerdem eiserne Ringe, die von einer Kette zu stammen schienen, und eine Schale, bis sie schließlich auf die Knochen des Toten stießen, so weit sie noch erhalten waren.

Sam half dabei, die Position jedes einzelnen Fundstücks sorgsam zu vermerken und die Artefakte mit einem Zettel und einer Nummer zu versehen. Doch als sie die Knochen entdeckten, da gab sie den Block, der auf ihrem Schoß lag, an Melanie weiter und hob entschuldigend die Arme.

»Ich glaub, das kann ich nicht.«

Melanie nickte und nahm den Stift entgegen. »Das ist am

Anfang ein bisschen komisch. Später gewöhnt man sich daran.«

»Ich will mich gar nicht daran gewöhnen.« Also ging sie Iris zur Hand, die dabei war, die Schale zu reinigen, die sie gefunden hatten, während Joe und Pete einen Behälter heranschleppten, in dem die Knochenfunde vorübergehend verwahrt und für weitere Untersuchungen nach Dublin geschickt werden konnten.

Sam war enttäuscht über das bisherige Ergebnis der Ausgrabungen, denn nichts von dem, was sie gefunden hatten, lieferte einen Hinweis darauf, warum der letzte O'Madrick ausgerechnet hier im Tal beerdigt worden war, und so fand sie auch nichts, das ihre beängstigenden Visionen erklären konnte. Mr Turner zufolge war das Grab alles andere als ungewöhnlich. Neben dem Kreuz gab es auch auf dem Becher und der Schale christliche Symbole und der Tote war offenbar nach christlicher Tradition beerdigt worden.

Sam kehrte noch einmal zu Melanie zurück und starrte wie gebannt auf die dunklen, teilweise zerbrochenen Knochen. Komisch, dachte sie, das Einzige, das einmal von einem übrig bleibt, ist das da. Und irgendwann ist auch das nicht mehr da. Sie blickte von den feinen, kurzen Fingerknochen zu ihrer gespreizten Hand und wieder zurück.

»Schau mal da!«, rief sie plötzlich und beugte sich vor. Zwischen den Fingerknochen des Toten lag ein kleiner Gegenstand.

Melanie legte den Block beiseite. »So weit war ich noch gar nicht.«

»Was ist das?«

»Eine Götzenfigur - denke ich«, sagte sie ein wenig ungläubig.

Die kleine Statuette war kaum größer als Sams Zeigefinger. Der Kopf war oval, mit wulstartigen Augen, einer breiten Nase und einem schmalen Strich als Mund. Der Rest des Körpers bestand aus einem viereckigen Block, auf dem mit dünnen Linien Arme und Beine eingeritzt waren. In den verschränkten Händen hielt die Figur einen Vogel, der kaum noch zu erkennen war.

Mittlerweile hatten sich auch die anderen um sie geschart.

»Das ist Sandstein«, stellte Melanie fest.

»Melaghlin muss die Figur in der geschlossenen Hand gehalten haben, als er beerdigt wurde«, vermutete Joe.

Mr Turner zog die Stirn kraus. »Eine ziemlich einfache, primitive Arbeit.«

»Wie alt ist sie?«

»Ich habe keine Ahnung. Ich kannte solche Figuren bisher nur aus der frühen Zeit der Kelten.« Er zupfte nachdenklich an seinem Bart. »Es erscheint mir ziemlich verwunderlich, dass jemand im 16. Jahrhundert eine solche Figur nachgemacht haben sollte. Andererseits kann ich nicht glauben, dass sie um die 2000 Jahre alt ist. Wer sollte die Figur gefunden oder gar über einen so langen Zeitraum verwahrt haben, um sie dann ausgerechnet O'Madrick mit ins Grab zu geben? Welchen Sinn sollte das haben? Äußerst merkwürdig.«

»Aber wen stellt sie dar?«, rief Sam aufgeregt.

Mr Peacock sah ihr über die Schulter. »Eine Gottheit, würde ich sagen.«

»Eine keltische Gottheit? Welche?«

Er zuckte die Schultern. »Es gab wohl sehr viele Gottheiten, aber wir kennen nur einen kleinen Teil von ihnen. Manche waren in der ganzen keltischen Welt bekannt, wie Lug, der mit dem Licht und der Sonne in Verbindung gebracht wird, andere hingegen waren nur auf bestimmte Regionen begrenzt, und von ihnen wissen wir meistens gar nichts mehr. Das hier ist vermutlich eine lokale Gottheit. Siehst du den Vogel? Vielleicht konnte sie die Gestalt wechseln zwischen Mensch und Vogel, so was war keineswegs ungewöhnlich für die keltischen Götter.«

»Aber was hat sie im Grab eines christlichen Fürsten zu suchen?«, fragte Sam.

»Oh, wir haben uns hier viele Traditionen bewahrt über die Jahrhunderte«, warf Pete ein. »Zwar verehren wir die alten Götter nicht mehr, aber sie sind immer noch Teil unserer Tradition und werden als solche von Generation zu Generation weitergegeben, auch wenn im Laufe der Zeit sicher einiges verloren gegangen ist und ich die Figur da nicht kenne. Aber wahrscheinlich hat der alte O'Madrick das ebenfalls getan, nur dass vor 400 Jahren die Erinnerung an viele Dinge noch lebendiger war als heute.«

»Dann wäre die kleine Statuette hier so eine Art Erinnerung an die Vergangenheit?«

Er nickte. »Ich denke schon.«

»Eine Erinnerung an eine Vergangenheit, die von vielen für besser gehalten wird, als es die Gegenwart ist«, sagte Mr Peacock und steckte das Figürchen vorsichtig in einen kleinen Plastikbeutel.

Mittlerweile war es spät geworden und auch Mr Turner konnte bei aller Begeisterung für ihre Entdeckung ein Gähnen kaum noch unterdrücken. Er rieb sich müde die Augen und zog mit Eric zusammen die Plane über das Ausgrabungsfeld.

»Schluss für heute«, rief er den anderen aufmunternd zu und seine Stimme hallte laut von den Wänden der Hügel wieder.

Einige der Artefakte mussten erst einmal gründlich gereinigt werden und so nahmen sie die wichtigsten Funde für weitere Untersuchungen mit ins Cottage hinüber.

»Was es nun aber mit dem Hohlraum hinter dem Hügel auf sich hat, das wissen wir immer noch nicht«, sagte Mr Turner. »Ich hatte tatsächlich gehofft, dass wir im Grab auf einen weiteren Hohlraum treffen, der mit dem anderen irgendwie verbunden ist.«

Eric erschien am nächsten Morgen nicht auf der Ausgrabungsstelle. Sie hatten am Abend noch geplant, in dem Stollen Probegrabungen vorzunehmen, für die er sich freiwillig gemeldet hatte, und so war Mr Turner ausgesprochen beunruhigt.

Er fuhr noch vor dem Mittag zum Haus von Erics Großvater hinüber und kam wenig später mit bedrücktem Gesicht wieder zurück.

»Was ist mit ihm?«, fragte Sam besorgt.

»Seinem Großvater geht es schlechter. Der Arzt war gerade bei ihm. Der alte Colm braucht seinen Enkel im Moment, wie es aussieht.«

»Warum hat er nicht angerufen?«

»Das hat er in der Aufregung völlig vergessen.«

Sam nickte traurig. »Dann kommt Eric also gar nicht wieder?«

»Oh doch. Eine Nachbarin wird sich um den alten Herrn kümmern, aber sie kann erst am Nachmittag und leider auch nicht jeden Tag.« Mr Turner hatte sich in den Sessel im Wohnzimmer sinken lassen und seufzte aus tiefstem Herzen. »Der Junge hat es nicht leicht. Er ist ausgesprochen begabt, weißt du, für die Arbeit hier, meine ich. Ich habe ihn schon die letzten beiden Jahre in den Sommerferien beschäftigt und werde ein Auge auf ihn haben, aber ich wünschte, ich könnte mehr für ihn tun.«

»Kann ich ihn besuchen?«, drängelte Sam. »Auch wenn du dann noch einen Arbeiter weniger hast?«

»Natürlich.« Mr Turner rieb sich das Gesicht und sah seine Tochter einen Moment lang schweigend an, ehe er aufsprang. »Ich fahr dich hin, wenn du möchtest.«

Sam hatte das verwunschene Tal seit ihrer Ankunft noch kein einziges Mal verlassen. Auf der Hinfahrt war sie entsetzt gewesen über die so trostlose Landschaft, doch nachdem sie nun fast drei Wochen im Tal verbracht hatte, erschien ihr die Umgebung mit einem Mal beinahe freundlich. Schafe grasten auf den steinigen Feldern und einmal jagte ein Hund bellend hinter ihrem Auto her. Sie kamen an einem kleinen Haus vorüber, hinter dem ein Garten üppig blühte.

»Es gibt ja Leben hier«, brummte sie.

Sie folgten der Straße in Richtung Carrickbeg, ehe Mr Turner auf einen schmalen, mit Schlaglöchern übersäten Weg abbog, der nach Westen führte. Der Jeep hüpfte auf und ab und Sam stieß sich den Kopf an der Decke des Wagens. Sie schimpfte laut vor sich hin.

»Ja, das ist Abenteuer pur, was?«, rief Mr Turner begeistert und zwinkerte ihr zu. Er wechselte den Gang und trat aufs Gaspedal.

Sam hielt sich aufschreiend am Sitz fest und warf ihrem Vater böse Blicke zu.

»Da hinten ist schon Erics Haus, siehst du?« Er wies durch die schmutzige Windschutzscheibe auf ein weiß gestrichenes Gebäude ein paar Meilen vor ihnen.

»Hätte ich nicht besser vorher anrufen sollen?«

»Ach, der Junge freut sich sicher über deinen Besuch.« Mr Turner hielt direkt vor der Eingangstür und ließ sie aussteigen. »Dass du mir nur ja keine Dummheiten machst«, rief er. »Ich hole dich ab, bevor es dunkel wird.« Er fuhr mit aufheulendem Motor davon.

Sam rollte mit den Augen und wandte sich um, als Eric

auch schon in der Tür stand. Der Fahrstil ihres Vaters war kaum zu überhören gewesen.

»Hallo!«, sagte er und lächelte. Die Spitzen seiner abstehenden Ohren färbten sich rot. »Hätte ich gewusst, dass du kommst, hätte ich aufgeräumt.«

Er führte sie ein wenig verlegen ins Wohnzimmer, das ziemlich chaotisch und nicht sehr sauber aussah. Die Reste des Frühstücks standen herum wie auch die Überbleibsel des Abendessens. Dicker Staub lag auf den dunklen, alten Möbeln, die den kleinen Raum füllten, und die Fenster waren schmutzig.

»Das ist eben ein Junggesellenhaushalt«, sagte Eric wie zur Entschuldigung und strich sich dabei über die Haare.

Eilig machte er sich daran, die herumliegenden Kleidungsstücke, Zeitungen, Torfbrocken und Teller wegzuräumen, die auf dem Sofa lagen, trat einen Sack mit Feuerholz in die Ecke und wischte über den Tisch.

»Lass doch. Ich bin auch nicht so ordentlich.« Sam wollte nicht, dass er sich für sein Zuhause schämte, denn abgesehen davon, dass es nicht besonders aufgeräumt und sauber war, war es ziemlich gemütlich. Zwei alte Ohrensessel standen zu beiden Seiten des Kamins, ein riesiger Teppich war über die abgenutzten, dunklen Holzdielen gebreitet und die schwere Kommode an der Wand war voll gestapelt mit Büchern.

Sam legte den Kopf schief. »Geschichtsbücher, irische Legenden, Ausgrabungstechniken. Ich nehme an, das sind deine Bücher?«

»Einige davon hat mir dein Vater geschenkt.«

»Er will einen Archäologen aus dir machen«, sagte sie missmutig.

»Ja, was ist denn so schlimm daran?«

»Nichts.« Sie zuckte die Schultern und wandte sich ab.

Neben der Tür hingen mehrere Fotografien. Einige davon zeigten die Umgebung des Tals und Häuser in Carrickbeg, doch ein besonders kostbar gerahmtes Foto zeigte einen jungen Mann in einem schwarzen Anzug und neben ihm eine Frau, die ein langes weißes Kleid trug. Der Mann hatte Segelohren.

»Das sind deine Eltern«, sagte Sam leise.

Eric stand hinter ihr. »Das Bild ist am Tag ihrer Hochzeit gemacht worden. Da waren sie 20.«

»Erinnerst du dich noch an sie?«

»An meinen Vater eigentlich kaum noch. Ich war sehr klein, als sein Boot gekentert ist. Damals haben wir direkt an der Küste gewohnt, hat mein Großvater erzählt, aber das weiß ich nicht mehr. An meine Mutter erinnere ich mich nur als an eine Frau mit großen, traurigen Augen. Eines Tages war sie dann auch fort.«

Sam konnte ihn hinter sich leise aufschluchzen hören. »Entschuldigung«, sagte sie.

»Ist schon gut. Ich sollte mir das Bild da nicht zu oft ansehen.«

»Hey, wo ist denn nun eigentlich dein Großvater?«, rief sie schnell, um ihn von seinen düsteren Gedanken abzulenken.

»Er ist oben in seinem Zimmer. Willst du ihn kennen lernen?«

»Na, sicher.«

»Aber Vorsicht, er ist ein brummeliger, alter Mann.« Eric lachte. »Zumindest tut er manchmal so.« Er führte sie zurück in den Flur und die schmale Treppe hinauf, ehe er an die Tür neben dem Badezimmer klopfte.

Sam trat hinter ihm in das kleine Schlafzimmer und warf einen Blick auf die Gestalt, die ihnen gegen die Kissen gelehnt erwartungsvoll entgegensah. Sie stutzte.

»Na, wie sehen Sie denn aus?«, rief sie überrascht. »Das letzte Mal, als wir uns getroffen haben, waren Sie aber noch ziemlich gut dabei. Ich dachte, Sie wollten mich mit Ihrem Stock erschlagen.«

»Ach, du bist das.« Der alte Mann lachte und begann gleich darauf heftig zu husten.

»Ihr kennt euch?«, rief Eric überrascht.

»Dein Großvater hat mir das Leben gerettet, drüben im Moor.«

»Colm«, sagte der alte Mann. »Nenn mich doch Colm. ›Großvater‹ klingt so alt, und so alt bin ich noch gar nicht.« Seine Runzeln gerieten in Bewegung, als er sie nun ebenfalls neugierig musterte.

Sam setzte sich auf einen Stuhl vor seinem Bett.

»Ich habe dir doch von dem jungen Fräulein erzählt, das ich im Moor getroffen habe«, wandte er sich an Eric. »Hörst du mir eigentlich nie zu? Ich habe dir von einer bildhübschen, schwarzhaarigen kleinen Fee erzählt, die ganz plötzlich weggelaufen ist.«

»Ich dachte, das wäre nur wieder eine Geschichte gewesen«, murmelte Eric.

Sam war rot geworden. »Sie sind auch so ein Geschichtenerzähler wie Ihr Enkel, was?«, sagte sie, um von ihrer Verlegenheit abzulenken.

»Allerdings, das bin ich. – Hast du nichts zu tun?«, raunzte er Eric an. »Koch Tee für meinen Besuch und versuch nur ja nicht, ihn mir abspenstig zu machen, hörst du? Du glaubst doch nicht im Ernst, dass eine so hübsche, junge Frau *dich* besuchen kommt?«

»Eigentlich …«, murmelte Eric und war nun ebenfalls feuerrot geworden. Er warf Sam einen unsicheren Blick zu, doch sie nickte ihm grinsend zu. Er verschwand kopfschüttelnd durch die Tür.

»Ich bin ein viel besserer Geschichtenerzähler«, sagte Colm, nachdem Eric verschwunden war. »Muss an meiner zusätzlichen Lebenserfahrung liegen.« Er zog sich die Wolldecke bis ans Kinn und verschränkte die Finger vor der Brust. »Was willst du hören?«

»Aber Sie sind krank«, rief Sam. »Sie müssen sich ausruhen.«

»Ach, dummes Zeug. Es geht mir gut.« Er begann wieder heftig zu husten, hielt sie aber fest, als sie aufstehen wollte. »Bist du etwa nicht wegen der Geschichten gekommen?«

»Nun, nicht direkt.« Sam zögerte. Sie hatte ihm einen kurzen Krankenbesuch abstatten und nicht dafür verantwortlich sein wollen, dass er noch kränker wurde. Es war sicher nicht gut, wenn er sich anstrengte und Geschichten erzählte. Aber dann platzte es doch aus ihr heraus: »Was hat es mit dem Pakt zwischen Elfen und Menschen auf sich?« Aus der Küche hörte man Eric mit dem Geschirr hantieren.

»Der Pakt zwischen Elfen und Menschen«, sagte Colm langsam, so als ließe er sich jedes einzelne Wort auf der Zunge zergehen. »Hat Eric dir davon erzählt?«

»Nein, er hat es nur mehrmals erwähnt, um mich neugierig zu machen.«

Colm versuchte sich in seinem Bett aufzurichten, lehnte Sams Hilfe aber ab. »Lass das. Das kann ich schon alleine«, schimpfte er.

Sie achtete nicht auf seinen brummigen Ton. »Was bedeutet das?«, fragte sie stattdessen.

»Nun, vor vielen aberhunderten von Jahren, fast ein Jahrtausend bevor die ersten Christen auf unsere Insel kamen, schlossen die Menschen dieser Gegend, deren Mittelpunkt seit jeher das Tal war, einen Pakt mit den Völkern der anderen Welt.«

»Mit Feen, Zwergen und so weiter?«

Colm nickte. »Und aberhundert andere, von denen wir schon lange nichts mehr gehört haben.«

»Aber was genau ist denn diese ›andere Welt‹?«

»Sie ist eine Welt, die gleichzeitig mit unserer existiert, die wir aber doch die meiste Zeit nicht sehen können. Es gibt bestimmte Orte und auch Menschen, die einen Zugang zu dieser Welt schaffen können, aber heute haben wir das Wissen darüber zum größten Teil verloren.« Er sah sie eindringlich an. »Diese Welt ist voller Lebewesen, die sich von unseren unterscheiden, aber doch genauso real sind wie wir. All die Märchen über Zwerge, Trolle und Einhörner stammen ursprünglich aus einer Zeit, in der diese Welt für uns Menschen noch zugänglich war, nur erinnern wir uns nicht mehr daran und halten sie deshalb für pure Erfindungen.« Er schwieg einen Moment, als müsste er Kräfte sammeln.

»Dieser Pakt kam zustande, weil die Menschen nach langer Zeit, die sie in Dunkelheit und mit Grausamkeiten zugebracht hatten, endlich bewiesen hatten, dass sie auch zu höheren Dingen fähig waren«, fuhr Colm fort. »Sie hatten damit begonnen, sich Gedanken über die Welt zu machen, sie entwickelten die Malerei und die Dichtkunst. Einige ihrer Werke rührten sogar die Elfen zu Tränen, sodass sie nun die Zeit für gekommen hielten, die Menschen in den Bund der alten Völker mit einzubeziehen.«

»Die Elfen waren die Anführer dieser alten Völker?«

»Ja, denn sie waren die weisesten Geschöpfe, die zu jener Zeit lebten, und sie waren bereit, ihr Wissen von nun an auch mit den Menschen zu teilen, wenn sie uns auch noch keineswegs als gleichwertig betrachteten.« Colm schloss die Augen, doch Sam wagte nicht noch einmal aufzustehen.

»Sie sind nämlich auch ein ausgesprochen arrogantes

Völkchen, musst du wissen, bildschön und intelligent, aber eben auch sehr arrogant.« Er hustete und presste sich dabei die Hand gegen den Mund.

»So schloss der König der Elfen also einen Bund mit Naichmodh O'Dary, dem Stammesfürsten der Kelten, die damals hier lebten. Sie schworen einander Treue und Freundschaft und der Elfenkönig überreichte dem Kelten als Zeichen des Bundes ein sagenhaftes Schwert, das Schwert von Cromlaigh, von dem auch in der Elfenwelt nur ehrfürchtig gesprochen wurde. Es besaß magische Kräfte und verlieh dem, der es führte, beinahe übermenschliche Kräfte, damit er die alten Werte verteidigen und die zwei Welten vor allen Gefahren beschützen konnte.«

»Die alten Werte?«, fragte Sam.

»Eine Art ritterlicher Ehrenkodex«, hustete Colm, »verbunden mit religiösen Überzeugungen, von denen wir heute nicht mehr viel wissen. Es geht dabei um den Glauben an die Natur, die sich in verschiedenen Erscheinungen und Gottheiten offenbart. Der Stamm der O'Darys jedenfalls regierte fast 1000 Jahre lang das Gebiet um das Tal. Oh, das müssen goldene Zeiten gewesen sein.« Er starrte mit leerem Blick vor sich hin, ehe er sich daran erinnerte, dass Sam vor ihm saß und ihn erwartungsvoll ansah.

»Goldene Zeiten, weil dieser Pakt nun endlich die Völker beider Welten einte, die von nun an kriegerische Auseinandersetzungen im Inneren mieden und sich gegen äußere Feinde gegenseitig unterstützten.«

»Gab es denn noch Feinde, wenn sich alle Völker vereint hatten?«

»Oh, aber sicher. Feinde gab es auch so genug. Die Zauberer vom Grauen Berg aus Ishtakil oder der blutrünstige Haufen der Gmerk, der immer wieder mordend und brandschatzend in die Länder der Trolle einfiel, aber stets zurückgeschlagen werden konnte. Es hat wohl niemals Zeiten gegeben, in denen der Friede absolut war, die gibt es auch heute nicht, aber es hat eine Zeit gegeben, die so friedlich war, wie sie nur sein konnte.« Colm verlagerte sein Gewicht, sodass das Bett Furcht erregend zu quietschen begann. »Das Land blühte damals wie ein einziger großer Garten, der Boden war fruchtbar, die Erde selbst schien glücklich zu sein.«

»Jetzt übertreiben Sie aber schon ein bisschen.«

Er funkelte sie lachend an. »Aber nein, nein. So war das damals. Die O'Darys hielten ihre Bündnisverpflichtungen treu ein und das Schwert wurde innerhalb ihres Stammes von einer Generation an die nächste weitergegeben, über viele Jahrhunderte lang, bis es in die Hände von Thain O'Dary gelangte, dem Letzten der O'Darys. Er wurde der Legende zufolge mit dem Schwert zusammen beerdigt.«

»Wann soll das gewesen sein?«

»Vor ungefähr 1500 Jahren. Da war die alte Welt längst untergegangen.«

Vor 1500 Jahren! Sam dachte an die kleine Figur, die sie im Grab von Melaghlin gefunden hatten. Konnte sie aus jener Zeit stammen? Sie dachte an ihre Visionen. Einen Moment zögerte sie noch. Sie vertraute diesem alten Mann, der tatsächlich an das zu glauben schien, was er ihr erzählte. Würde er sie auslachen, wenn sie ihm von ihren Visionen erzählte? Aber vielleicht konnte er ihr auch sagen, was sie zu bedeuten hatten? Sie hatte sich gerade zu einer Entscheidung durchgerungen, als plötzlich die Tür aufflog.

»Es hat einen Unfall gegeben.« Eric stand in der Tür. Er war blass.

Sam starrte ihn geistesabwesend an. »Was …?« Sie war so konzentriert auf die Geschichte und all ihre Fragen, dass sie gar nicht recht begriff, was Eric gesagt hatte.

»Dein Vater ist in Melaghlins Grab durch den Boden gebrochen. Joe holt uns ab, er müsste jeden Moment hier sein.« Er griff nach ihrer Hand.

»Was denn für ein Boden? Da ist doch gar kein Boden.« Sie ließ sich in Richtung Tür ziehen und warf dabei noch einen Blick zurück. »Ich komme wieder«, rief sie und prallte plötzlich gegen eine ältere Frau, die gerade das Zimmer betrat. »Entschuldigung.«

»Das ist Mrs Mordon, unsere Nachbarin. Sie wird sich um meinen Großvater kümmern, solange ich weg bin. Danke Ihnen, Mrs Mordon.«

»Nicht so hektisch, mein Junge.«

Aber auch Sam rannte bereits die Treppe hinunter und riss ihre Jacke vom Haken.

»Ist er schwer verletzt?«, rief sie.

»Ich habe keine Ahnung. Mr Peacock konnte das nicht so genau sagen. Sie sind im Moment beim Arzt in Carrickbeg.«

Auf der Straße kam ihnen bereits Joe entgegen, der den Wagen in einer scharfen Kurve wendete, ehe er die beiden einsteigen ließ und Gas gab.

»Beruhige dich, Sam.«

»Ich bin ruhig.«

»Ist sicher nichts Schlimmes. Dein Vater hatte bestimmt Glück.«

Sam biss sich auf die Lippen und nickte. »Was denn für ein Boden?«, fragte sie dann noch einmal völlig verwirrt. »Wie kann denn da der Boden einbrechen?« Was hatte ihr Vater nur wieder angestellt?

»Unter O'Madricks Grab ist ein Hohlraum«, rief Joe, »genau so einer wie auf der anderen Seite des Hügels. Die beiden sind Teil eines langen Stollens unter der Erde, der direkt unter dem Grab vorbeiführt, genau wie dein Vater sich das gedacht hat.«

»Aber es macht doch keinen Sinn, unter einem Grab einen Stollen anzulegen«, murmelte Sam, die noch immer nicht verstand.

»Es macht sehr wohl Sinn, wenn unter Melaghlin O'Madricks Grab noch etwas anderes liegt«, sagte Joe langsam, »das mit ihm vielleicht gar nichts zu tun hat.«

Sam nickte geistesabwesend. Sie war in Gedanken schon wieder bei ihrem Vater. »Wenn ihm nur nichts Schlimmes passiert ist«, murmelte sie.

Mr Turner hatte sich bei seinem Sturz in den kaum eineinhalb Meter tiefen Stollen vor allem Prellungen und Quetschungen zugezogen, dazu einen tiefen Riss in der Wange, der ihm eine ordentliche Narbe hinterlassen würde. Ansonsten hatte er ziemliches Glück gehabt, denn er war unter der schweren, feuchten Erde begraben gewesen und hatte einen dicken Stein auf den Kopf bekommen. Er betrachtete sich gerade sorgenvoll im Spiegel, als Sam in das Behandlungszimmer stürzte.

»Dad!«

Mr Turner humpelte auf sie zu und verzog dabei das Gesicht. Sein linkes Knie war geschwollen.

»Du siehst ja furchtbar aus.« Sie musterte ihn besorgt, war aber gleichzeitig erleichtert, dass nichts Schlimmeres passiert war.

»Na, besten Dank auch.« Er griff nach ihrem Arm. »Kann ich jetzt gehen?«

Doktor Witherspoon nickte. Er hatte ihm einige Tage Bettruhe verordnet, doch wie Sam ihren Vater kannte, würde er sich kaum daran halten.

Die Grabungen mussten für einige Zeit eingestellt werden, denn zunächst einmal war es wichtig, die Einsturzstelle genauer zu untersuchen und die Wände und die Decke des neu entdeckten Stollens abzustützen, sofern das überhaupt möglich war. Pete und Joe machten sich sofort an die Arbeit, während die anderen Sams Vater ins Cottage zurückbrachten und ihn nur mühsam davon abhalten konnten, statt in seinem Schlafzimmer im Arbeitszimmer zu verschwinden.

Am späten Nachmittag warfen auch Sam und Eric noch einen Blick auf die Ausgrabungsstelle. Das Grab, das sie etwa einen Meter tief in der Erde entdeckt hatten, war fast vollständig verschwunden. Stattdessen blickten sie nun in ein Loch, das größer, aber kaum tiefer als das auf der anderen Seite des Hügels war. Sams Vater hatte wahrscheinlich die letzten Funde verzeichnet und dabei auf der dünnsten Stelle der Decke des Hohlraums gestanden. Er war nicht unbedingt der Leichteste des Teams.

Vom hinteren Ende des Lochs zog sich ein Stollen durch den Hügel hindurch direkt auf den zweiten Hohlraum zu, in dem eine Wand eingebrochen und der nun tiefer gelegen war. Neben dem Felsen dort führte der Gang ein Stück in die Erde hinein.

»Da geht es also doch weiter«, rief Eric begeistert.

Die beiden verrenkten sich fast den Hals, konnten aber nicht viel erkennen.

»Hier vorne wird einmal der Eingang gewesen sein«, sagte Joe, der sich zu ihnen gesellte, »von dem aus der Stollen dann schräg nach hinten und tiefer in die Erde geht.«

»Wie tief?«

»Ich habe keine Ahnung.«

»Könnte da ein weiteres Grab sein?«

»Ein Grab oder vielleicht auch eine Höhle, die religiösen Zwecken diente.« Er zuckte die Schultern. »Aber mit Sicherheit haben das hier Menschen gemacht und nicht Mutter Natur.«

»Der Gang ist in die Erde gegraben worden und nicht in den darüber liegenden Hügel«, murmelte Sam mit gerunzelter Stirn.

»Wir vermuten, dass der Ort früher ebenerdig war.«

»So konnte man nicht erkennen, was darunter liegt«, folgerte Sam.

»Es sei denn, der Eingang war gekennzeichnet. Der Hügel scheint allerdings erst viel später aufgeschichtet worden zu sein, vielleicht zu Melaghlins Zeiten, vielleicht auch schon ein wenig früher. Die Bewohner der Gegend haben ihn sicher lange Zeit für eine natürliche Erhebung gehalten.« Er sah Eric fragend an.

»Die meisten, die sich überhaupt jemals ins Tal gewagt haben, haben ihn für einen Feenhügel gehalten und sich von ihm fern gehalten.«

»Einen … was?«, fragte Sam.

»Einen von Feen erbauten Hügel, in dem Feen hausen«, erklärte Joe.

»Also einen Ort, den man besser meidet, will man keinen Schaden davontragen«, ergänzte Eric. »Ein Nachbar von uns, Mr McBridy, hatte einen solchen Hügel auf einem seiner Felder. Er hat ihn weggemacht, der verrückte Kerl, weil er das Feld für seine Schafe nutzen wollte.«

»Und was ist dann passiert?«, fragte Joe erwartungsvoll, als wäre es vollkommen logisch, dass etwas passiert sein musste.

»Die Tiere sind gestorben, alle miteinander.«

»Das hat sicher einen anderen Grund gehabt.« Sam starrte die beiden ungläubig an.

»Vielleicht.« Joe zuckte die Schultern und wandte sich Pete zu, der nach ihm gerufen hatte.

»Das hat doch sicher einen anderen Grund gehabt«, wiederholte Sam noch eindringlicher, doch Eric grinste nur.

»Ich will da runter«, flüsterte er ihr zu. »Ich bin zu neugierig, was wir da unten wohl finden werden.« Er warf einen verstohlenen Blick auf die beiden Männer, die damit beschäftigt waren, Balken heranzuschleppen und Erde beiseite zu schaufeln. »Kommst du mit?«

Sam nickte. »Aber wir sollten warten, bis die beiden verschwunden sind.«

Erst drei Stunden später, nach dem Abendessen, als die anderen es sich im Wohnzimmer des Cottage gemütlich gemacht hatten, kehrten Sam und Eric heimlich zum Grabungshügel zurück.

Eric ließ sich in das schmale Loch hinunter.

»Hilf mir mal.« Sam rutschte mit den Füßen voran etwas umständlich hinter ihm in die Erde. »Ist das eng hier.«

Doch schon nach wenigen Schritten konnten sie bequem nebeneinander, wenn auch nicht aufrecht, stehen.

»Hast du die Lampe?«

Sie nickte. »Wie lange hier wohl schon niemand mehr war?«

»Seit hunderten von Jahren nicht«, flüsterte Eric mit begeistert blitzenden Augen, »vielleicht schon seit Jahrtausenden nicht.«

»Ist schon ein wenig unheimlich, oder?«, murmelte Sam, während sie ihm den Stollen hinunter in den zweiten Hohlraum folgte. Über sich konnte sie den Himmel sehen. Es wurde langsam dämmrig.

Eric wandte sich ihr zu und grinste. Dann trat er eilig in den Gang neben dem Felsen, der durch den Einsturz des Grabes freigelegt worden war.

Sam schaltete die Lampe ein. Sie zog ihre Jacke enger um sich, denn ihr war trotz der sommerlichen Temperaturen mit einem Mal kalt geworden.

»Der Ort fühlt sich komisch an«, flüsterte sie. Sie hatte keine Angst, doch sie war merkwürdig angespannt.

»Nun komm schon«, ermunterte sie Eric.

Der Gang war muffig und finster und führte in einer leichten Biegung nach rechts. Die Wände bestanden aus dunklem Stein und feuchter Erde, die an einigen Stellen in großen Brocken heruntergekommen war.

»Das sieht nicht gerade Vertrauen erweckend aus.«

»Der Fels stützt den Stollen, da kann nichts passieren. Ziemlich clever gemacht, wenn du mich fragst.« Er klopfte gegen den Stein und lief erwartungsvoll um die nächste Biegung. Doch nach kaum hundert Metern endete der Gang plötzlich.

»Mist, elender«, fluchte Eric.

Sam ließ den Lichtkegel der Lampe über die Mauer aus Erde und Steinen vor ihnen gleiten und drückte gegen die Wand. »Da geht es nur mit Schaufel und Spitzhacke weiter.«

Eric zog einen Spachtel aus seiner Tasche. »Na, wir werden ja sehen«, murmelte er hoffnungsvoll und begann damit, Erdklumpen aus dem Tunnelende zu schlagen.

Doch nach einer halben Stunde war er so schweißgebadet, dass er schließlich laut schimpfend aufgab. »Das hat keinen Sinn. Ohne die anderen kommen wir nicht weiter.«

Sam nahm ihm den Spachtel aus der Hand. »Schauen wir uns lieber mal den Boden an. Vielleicht finden wir ja einen Hinweis darauf, wozu der Ort diente und was sich hinter der Mauer da befindet.« Sie hatte sich bereits an die Arbeit gemacht und kroch auf allen vieren durch den Stollen.

Eric musterte sie von der Seite. »Jetzt siehst du aber wirklich wie dein Vater aus.«

Sie warf ihm einen bösen Blick zu. »Hast du nichts zu tun?«, rief sie.

Lachend fiel er neben ihr auf die Knie und begann in der

Erde herumzustochern. Doch sie fanden nichts. Schließlich standen sie schmutzig und verschwitzt wieder am hinteren Ende des Stollens.

Eric ließ sich erschöpft gegen die Wand sinken und rutschte langsam zu Boden. »Was machen wir jetzt?«

»Ich habe keine Ahnung.« Sam setzte sich neben ihn. »Ich bin nur froh, dass ich nicht allein hier unten bin.« Sie sah sich unbehaglich um und rückte ein Stück näher auf Eric zu.

»Ja, ich auch.« Er legte die Lampe auf die Erde. »Ich bin froh, dass ich mit dir hier unten bin«, fügte er nach einem kurzen Moment hinzu.

Sam sah ihn an, aber im Schatten hinter dem Lichtkegel konnte sie sein Gesicht nicht erkennen. »Warum?«, fragte sie mit angehaltenem Atem.

»Ich ... bin ziemlich gern mit dir zusammen.« Er kratzte sich am Kopf und wandte eilig den Blick ab.

»Danke, gleichfalls«, sagte Sam. Sie war mit einem Mal froh, dass es so dunkel war, sonst hätte Eric sehen können, wie rot sie geworden war. Sie presste sich die Hand gegen die glühende Wange und berührte mit der anderen Erics Arm.

»Ehrlich?«, rief er. Er nahm ihre Hand in seine und drückte sie ganz leicht. »Ich dachte ... ich meine ... du bist ja immerhin so ein Stadtmädchen und ich ...«, stotterte Eric.

»Und du bist so ein Landei, darauf fliegen wir Stadtmädchen ja, wusstest du das etwa nicht?« Sie lachte.

»Ehrlich?«, sagte Eric wieder und drückte noch einmal ihre Hand. Mit der anderen schlug er sich plötzlich vor die Stirn. »Normalerweise stottere ich nicht wie ein Dorftrottel herum«, sagte er etwas unglücklich. »Ich meine ...«

Im selben Moment fegte ein eisig kalter Wind durch den Stollen.

»Was ist das?« Sam erschauerte. Ihr standen die Haare zu Berge. Hastig griff sie nach der Lampe.

»Das …« Erics Stimme ging in einem ohrenbetäubenden Heulen unter. Der ganze Gang schien plötzlich von tausend flüsternden Stimmen widerzuhallen.

Den beiden gefror das Blut in den Adern.

»Oh mein Gott, Eric, was ist das nur?«

»Keine Ahnung, aber wir sollten schleunigst hier weg.« Er sprang auf und zog sie hinter sich her auf den Ausgang zu.

Es war bereits dämmrig und die ersten Sterne standen am Himmel, als sie aus dem Loch geklettert kamen und keuchend über das Gras rollten. Hundert Meter von der Ausgrabungsstelle entfernt blieben sie einen Augenblick lang erschöpft liegen.

Sam kam mühsam wieder auf die Beine. Ihr war übel und sie wollte nur so schnell wie möglich zum Cottage zurück, als Eric plötzlich aufsprang und wieder auf den Hügel zurannte.

»Was zum Henker treibt ihr da?«, brüllte er.

Sam zuckte zusammen und starrte ihm entgeistert nach. Erst dann sah auch sie die Gestalten, kaum mehr als Schatten in der fortschreitenden Dunkelheit, die um die Grabungsstelle standen und sich über den Hohlraum zu ihren Füßen beugten. Es war keiner der anderen Ausgräber dabei, das sah sie sofort.

»Was habt ihr hier zu suchen?«, rief Eric.

Einer von ihnen wollte sich eben in den Stollen hinunterlassen, den sie auf der anderen Seite des Hügels gerade erst verlassen hatten.

»Haut gefälligst ab!«

Die Schatten gerieten plötzlich in Bewegung. Sam dachte, sie wollten auf sie zukommen. Im fahlen Mondlicht sah sie etwas aufblitzen. Ein Messer! Entsetzt rannte sie hinter Eric her. Die Kerle waren bewaffnet. Sie hatten Messer dabei.

»Eric!«, schrie sie.

In der nächsten Sekunde liefen die Gestalten um das Hügelgrab herum. Sie verschwanden in Richtung Moor, nicht ohne sich noch einmal zu ihnen umzudrehen.

Sam blieb verdutzt stehen. »Wer waren denn die?«, fragte sie atemlos.

»Das möchte ich auch gerne wissen. Sie sind weggelaufen, als sie *dich* gesehen haben.« Er sah sie fragend an.

»Was?« Sie wusste nicht recht, ob er das ernst meinte. »Wieso denn? Ich habe nichts getan.«

»Warum hast du so geschrien?«

»Ich habe ein Messer gesehen. Glaube ich zumindest«, fügte sie nicht mehr ganz so sicher hinzu. »Aber sie hatten irgendwas aus Metall dabei.« Sie fuhr sich mit zitternden Händen durch die Haare. »Gott, hab ich vielleicht Angst gehabt.«

»Um mich?«

»Natürlich um dich, du dummer Kerl. Du warst keine fünf Schritte mehr von denen entfernt«, entfuhr es Sam.

Eric lächelte. »Vielleicht waren das gar keine Messer. Vielleicht waren das nur Schaufeln«, sagte er dann.

»Ziemlich kleine Schaufeln aber«, murmelte sie.

Eric sah sie unsicher an. »Komm, wir müssen das deinem Vater erzählen.«

Er rannte auch schon auf das Cottage zu, blieb dann aber abrupt wieder stehen und knabberte besorgt an seiner Unterlippe.

»Was ist?«

»Wir sollten vielleicht nicht unbedingt erwähnen, dass wir im Stollen waren, meinst du nicht auch?«

»Nicht, dass ich das jemals vergessen könnte«, murmelte Sam. Der eisige Wind und das furchtbare Heulen und Flüstern waren mehr als unheimlich gewesen.

»Ich auch nicht«, sagte Eric betont, doch sie hatte den Eindruck, dass er etwas ganz anderes meinte.

Sie griff nach seiner Hand und zog ihn hinter sich her, bis sie keuchend das Cottage erreichten und ins Wohnzimmer stolperten. Die anderen sahen ihnen erstaunt entgegen.

»Ihr seid ja ganz aufgeregt. Was ist denn passiert?«, rief Mr Turner erschrocken und wollte aufspringen. Doch sein schmerzendes Knie ließ ihn gleich wieder in den Sessel zurücksinken.

Mit gerunzelter Stirn hörte er den beiden in seinem Sessel vorgebeugt aufmerksam zu. Als Sam von den vermeintlichen Messern erzählte, zuckten die anderen zusammen.

»Na, das wird ja immer besser«, rief ihr Vater erbost. »Erst werden wir beobachtet und jetzt werden die auch noch handgreiflich.«

»Aber wer sind die?«, fragte Melanie.

»Ja, wer könnte ein Interesse an dem Hügel haben?«, rief Sam.

»Grabräuber«, schloss Mr Turner.

»Aber was vermuten die denn Kostbares in dem Grab?« Sam verstand nicht.

»Oh, die Schmuckstücke, die wir bisher gefunden haben, sind schon einiges wert«, sagte Mr Turner nachdenklich. Er strich sich über den Bart. »Ich fürchte, ich muss euch noch einmal ins Tal schicken«, wandte er sich dann an seine Studenten. »Ich würde ja selbst gehen, aber ich kann nicht.« Er wies entschuldigend auf sein Bein.

»Ich bin ausgesprochen feige, wissen Sie, Professor«, beschwerte sich Melanie, wollte die beiden anderen dann aber doch nicht allein gehen lassen. Sie nahm eine starke

Taschenlampe mit und bewaffnete sich mit dem Nudelholz aus der Küche.

An der Grabungsstelle angekommen, prüften die drei, ob nichts fehlte oder in Unordnung gebracht worden war. Dann zäunten sie den Bereich um das Grabungsfeld mit Plastikbändern ein. Zusätzlich stellten sie ein Schild auf, das Unbefugten das Betreten der Ausgrabungsstelle unter Androhung von Strafe verbot. Bisher hatten sie das nicht für notwendig gehalten, da sich ohnehin nur selten jemand ins Tal verirrte. Erleichtert darüber, niemandem begegnet zu sein, kehrten sie schließlich wieder ins Cottage zurück.

»Das war sicher nur so eine blöde Mutprobe unter Jugendlichen«, versuchte Mr Peacock sie alle zu beruhigen.

»Da bin ich mir nicht so sicher«, murmelte Mr Turner.

Da war bestimmt dieser blonde Kerl dabei, der die ganze Zeit durchs Tal geistert, überlegte Sam. Sie hatte ihn zwar nicht gesehen, aber sie war überzeugt davon, dass eine der dunklen Gestalten er gewesen war. Ob er tatsächlich ein Grabräuber war? Finster genug ausgesehen hatte er ja.

Sicherheitshalber schickte Mr Turner am nächsten Morgen Joe nach Carrickbeg, um den Vorfall der Polizei zu melden. Er hatte vor lauter Sorge um seine Ausgrabung sogar vergessen Sam und Eric zu fragen, was sie so spät am Abend noch am Grabungshügel zu suchen gehabt hatten. Sam war das nur recht, wenn sie sich andererseits auch darüber ärgerte, dass es ihn überhaupt nicht zu interessieren schien.

7

Die Ausgrabungen wurden auch in den nächsten Tagen nicht fortgeführt. Pete und Joe kümmerten sich um den Stollen, die anderen widmeten sich den bisher gefundenen Artefakten. Iris versuchte die Scherben zusammenzukleben, während Mr Peacock die Schmuckstücke reinigte und Melanie über ihrem Computer brütete. Mr Turner, der um keinen Preis etwas verpassen wollte, humpelte ins Arbeitszimmer, überließ die Wortführung aber Mr Peacock. Er hatte Eric freigegeben, damit er sich um seinen Großvater kümmern konnte. Sam wollte ihn besuchen, doch ihr Vater hielt es für besser, ihn erst einmal ein, zwei Tage in Ruhe zu lassen, was sie widerstrebend auch tat.

Am darauf folgenden Morgen allerdings machte sie sich ungeduldig auf den Weg zu seinem Haus. Sie wollte nicht nur Eric wieder sehen, sie hoffte auch, dass Colm ihr trotz seiner Krankheit noch ein wenig mehr über das Tal erzählen konnte.

»Soll ich dich nicht doch besser fahren?« Mr Turner warf einen zweifelnden Blick auf das Fahrrad, das trotz Joes fachmännischer Hilfe noch immer sehr klapprig und verrostet aussah.

»Nein, das geht schon.« Sie schwang sich auf den Sattel und fuhr eilig davon. Das Wetter war perfekt für eine Fahrradtour, und noch ehe sie die Straße erreicht hatte, begann sie fröhlich zu pfeifen. Sie sah das Tal hinunter, das friedlich und beinahe freundlich im Sonnenschein lag, und schüttelte gleich darauf den Kopf. Friedlich und freundlich! Sie musste lachen. Das Tal war alles andere als friedlich und freundlich. Menschen gewöhnten sich tatsächlich an alles, auch an die furchtbarsten Orte.

Sie wandte sich wieder dem Weg zu und ließ vor Schreck fast die Lenkstange los. Neben dem Pfad, schon fast am Anfang der Straße, standen plötzlich zwei Gestalten. Sie vergaß völlig zu treten und das Fahrrad rollte aus. Für einen Moment war sie nicht sicher, ob es nicht zwei der Männer waren, die sie am Abend zuvor am Grabungshügel gesehen hatten. Dann aber erkannte sie den Krieger und die Frau. Die beiden standen unter einer mächtigen alten Eiche und waren, den Blick unverwandt auf den Baum gerichtet, in ein Gespräch vertieft, wie einige Tage zuvor an der Quelle.

Sam war wie erstarrt. Sie wollte vortreten, wie schon einmal, doch wieder konnte sie sich nicht bewegen – bis das Bild vor ihren Augen sich auflöste, zerfloss wie ein Gemälde, das in Wasser zerrann, und schließlich verschwand. Sie schüttelte sich. Menschen gewöhnen sich an alles, dachte sie, nur nicht an diese plötzlichen Erscheinungen. Warum denn nur wurde ausgerechnet sie davon heimgesucht? Mit zittrigen Händen schob sie das Fahrrad bis zur Straße, dann trat sie kräftig in die Pedale. Der Wind, der ihr so früh am Morgen noch kühl um die Ohren wehte, vertrieb ihre trübe Stimmung. Das Beste war, einfach nicht zu viel darüber nachzudenken. Was sollte sie sonst auch tun?

Eric schien sie erwartet zu haben, denn er stand schon in der Tür, als sie vor Anstrengung keuchend endlich an seinem Haus ankam, und auch das Wohnzimmer war aufgeräumt.

»Mein Vater hat mich erst heute kommen lassen. Er meinte, du brauchtest Ruhe vor mir.«

»Niemals!« Er strahlte sie an. »Hast du schon gefrühstückt?«

Sie schüttelte den Kopf und warf ihre Jacke auf das Sofa. Im Kamin glühten einige Torfbrocken und sie hielt dankbar ihre verfrorenen Finger über die Glut.

»Dann mach ich mal Tee.«

»Kann ich derweil zu deinem Großvater?«

»Also kommst du tatsächlich nur wegen ihm?« Eric sah sie herausfordernd an.

»Weswegen denn sonst?« Sie grinste frech, wurde aber gleich wieder ernst. »Du Dummkopf.«

»Ich glaube, er würde sich sehr über deinen Besuch freuen. Aber bestimmt nicht so sehr wie ich.« Er strich ganz sacht über ihren Arm, als er an ihr vorüber in die Küche ging. »Nimmst du ihm das Glas da mit rauf?«

»Sicher.« Sie rannte auch schon die Treppe hoch.

Colm sah ihr neugierig entgegen, als sie die Tür aufschob. »Ah, du bist das!«, rief er. »Ich dachte schon, du hättest keine Lust mehr, mich alten Brummbär zu besuchen.«

»Ach, so ein Unsinn!«, lachte sie. »Mein Vater hat mich nicht aus diesem verflixten Tal herausgelassen. Ich mag Sie gern, wieso sollte ich nicht kommen wollen?« Sie stellte das Glas auf den Nachttisch.

»Und meinen Jungen, magst du den auch?« Der alte Mann musterte sie forsch aus dem Augenwinkel.

Sam starrte ihn an. »Ja, den mag ich auch gern«, sagte sie dann, ein wenig verlegen. »Aber was geht Sie das an?«, fügte sie frech hinzu.

»Na, ich will schon wissen, was der Knabe so anstellt.« Er lachte und zwinkerte ihr zu, als Eric auch schon mit dem Tablett hereinkam.

Er zog einen Tisch an das Bett. »Hab ich was verpasst?« Er füllte die Teller mit Toast, Ei und Speck.

»Nein.«

Sam merkte erst jetzt, wie hungrig sie war nach der langen Fahrradfahrt.

»Aber eigentlich bist du wegen der Geschichten gekommen«, sagte Colm, der sich von Eric die Kissen aufschütteln ließ, »nicht wahr?«

Sie nickte zögernd, schwieg aber. Eigentlich war sie gekommen, um ihm von ihren Visionen zu erzählen, doch sie wusste nicht, wie sie anfangen sollte. Sie stellte den leeren Teller beiseite und nahm dankbar den Tee an, den Eric ihr reichte.

»Mrs Mordon braucht noch Mehl und Eier«, sagte er. »Ich fahre eben zu den Thackereys hinüber, dann kann ich gleich noch für uns einkaufen.« Er sah Sam an. »Ist das in Ordnung, wenn ich dich für ein paar Minuten mit ihm alleine lasse?«

»Sicher, aber ich kann dir auch helfen, wenn du magst.«

»Lass sie mal schön bei mir, mein Junge. Wir werden uns sicher nicht langweilen, wir zwei, was?«, brummte sein Großvater. »Geh nur und lass dir ruhig Zeit.«

Eric warf Sam einen viel sagenden Blick zu.

Sie sah ihm nach, wie er mit langen Schritten das Zimmer durchquerte und durch die Tür verschwand. Dann wandte sie sich wieder Colm zu und holte tief Luft.

»Mir scheint, du bist nicht gekommen, um Geschichten zu hören, sondern um eine zu erzählen«, sagte er, als hätte er ihre Gedanken erraten.

Sie stellte ihre Teetasse etwas zu heftig auf dem Tisch ab. »Ich sehe Dinge«, sagte sie ganz unvermittelt. Ihre Stimme klang merkwürdig fremd und weit weg.

Er nickte nur und schaute sie abwartend an.

»Ich sehe Dinge, die irgendwann einmal passiert sein müssen«, sagte sie, »vor langer Zeit, meine ich. Glauben Sie, ich bin verrückt?«

»Manche Menschen haben besondere Gaben, das bedeutet nicht, dass sie verrückt sind.« Er senkte den Kopf auf die Brust und schien einen Moment nachzudenken. »Ein Mädchen hier aus der Gegend, wie war doch gleich ihr Name, eine Schülerin meiner verstorbenen Schwester, Jemma hieß sie, ja genau, das Mädchen konnte zaubern.«

»Sie wollen mich veralbern.«

»Wieso zweifelst du an ihren Fähigkeiten, Mädchen, wenn du doch selber ungewöhnliche Fähigkeiten besitzt?« Colm sah sie ernst und fast ein wenig ärgerlich an. Er begann heftig zu husten. »Manche Menschen können so etwas eben«, fuhr er dann fort, »wir können das nicht erklären. Du hast offenbar die Gabe, die Vergangenheit zum Leben zu erwecken.«

»Und welchen Sinn hat das?«, rief Sam. »Ich interessiere mich ja nicht einmal für die Vergangenheit des Tals. Zumindest bis vor kurzem nicht«, fügte sie hinzu.

»Vielleicht ist genau das der Grund. Vielleicht sollst du dich damit beschäftigen.«

»Wer will das?«

Colm zuckte die Schultern.

»Ist das vielleicht so wie in einer dieser Geistergeschichten, in der noch alte Rechnungen zu begleichen sind?«

»Ich weiß nicht. Manchmal machen die Dinge für uns auch einfach keinen Sinn. Das muss nicht heißen, dass sie keinen Sinn haben.« Er musterte sie. »Was siehst du denn?«

»Krieger, zwei Armeen, die sich zum Kampf aufstellen in einem Tal voller Wald, eine Frau, eine Priesterin vielleicht, die mich ansieht, als würde sie mich kennen und versuchen, mit mir zu reden. Kelten, denke ich, aber die gegnerische Armee scheint aus einer anderen Gegend zu stammen.« Sie zögerte. »Und einen alten Mönch, der wie der Teufel persönlich aussieht.«

Colm starrte sie an. »Das scheint die Schlacht von Breghda zu sein, die du da siehst«, rief er.

»Breghda?«

»Die Schlacht von Breghda, so wird sie in den Annalen genannt. Das war die letzte Schlacht zwischen den Kelten des alten Bundes und den frühen Christen. – Falls man sie als Christen bezeichnen kann.«

»Was … heißt das?«

»Du erinnerst dich an die O'Darys, von denen ich dir erzählt habe?« Colm hatte sich aufgeregt vorgebeugt und sank gleich darauf wieder erschöpft in die Kissen zurück.

»Bleiben Sie doch liegen«, rief Sam. »Ich sollte besser wieder gehen.« Sie war aufgesprungen, doch Colm hielt sie fest.

»Das ist nicht irgendeine Geschichte«, flüsterte er heiser. »Das ist die Geschichte, die den Untergang der Kelten des Tals beschreibt. Und die Frau, die du siehst, müsste Moira sein, ihre letzte Priesterin.«

Sam sank von ganz allein auf den Stuhl zurück. Sie sah Colm erwartungsvoll an. Nun schien sie endlich die Antworten zu bekommen, die sie suchte.

»Mit den Priesterinnen des Tals hatte es eine besondere Bewandtnis«, fuhr er fort. »Sie waren hoch angesehene Frauen, die einer sehr viel älteren Religion dienten und Kenntnisse und Fähigkeiten besaßen, die manchmal sogar die Elfen in Erstaunen versetzten.« Colm schloss für einen Moment die Augen und Sam wagte nicht, ihn mit den Fragen zu überschütten, die ihr auf der Zunge lagen.

»Nun, wie auch immer. Der Krieger, den du siehst, groß gewachsen und bärtig, müsste Thain O'Dary selbst sein.«

Sam starrte ihn an.

»Auch der Letzte der O'Darys hielt noch immer treu am alten Bund und dem alten Glauben fest und er war unumstößlich entschlossen seine Welt vor dem Untergang zu bewahren, was ihm mithilfe des Schwerts und der Priesterin auch viele Jahre gelang. Damals trieben die Christen in Irland ihr Unwesen, um ihren Glauben zu verbreiten. Sie fällten die heiligen Eichen, verpesteten die heiligen Quellen, zerschlugen die Bildnisse keltischer Gottheiten und legten ganze Landstriche in Schutt und Asche. Sie verfluchten die Priesterinnen als Hexen und verbrannten sie, sie töteten die Druiden und zerstörten damit das Gleichgewicht zwischen den beiden Welten für immer, denn die Priester und Priesterinnen hatten jahrhundertelang das alte Wissen darüber bewahrt. Schließlich gelangten sie auch in unsere Gegend.« Colm hustete und schwieg einen Moment. »Du sollst nicht töten, lehrt uns unser Glaube, aber die Männer, die da im frühen 6. Jahrhundert in das Tal einfielen, hatten das offenbar schon lange vergessen.«

»Wie sinnvoll, nicht wahr, eine Lehre zu verbreiten, die durch die Art ihrer Verbreitung schon wieder bedeutungslos wird.«

Er nickte nachdenklich. »Denke aber nicht, ich wäre kein treuer Mann der Kirche«, sagte er. »Ich glaube sehr wohl an dieses Büchlein da«, er wies auf den Nachttisch, auf dem die Bibel lag, »auch wenn es Dinge gibt, die ich verurteile.«

Sam wollte etwas erwidern, schwieg dann aber. Für sie ergab nicht unbedingt Sinn, was er sagte.

»Viele Jahre lang konnte Thain die christlichen Krieger immer wieder abwehren, bis es zu jener Entscheidungsschlacht kam, die das Schicksal des Tals endgültig besiegelte.« Er starrte nachdenklich aus dem Fenster. »Die Kelten kämpften tapfer, sie waren ihren Gegnern an Stärke und

Anzahl ebenbürtig, Thain hatte das Schwert und damit die Unterstützung ihrer Verbündeten, so weit das zu jener Zeit noch möglich war. Doch sie verloren die Schlacht trotzdem.«

»Warum?«

»Weil der Ring fehlte.«

Sam verschluckte sich. Sie begann keuchend zu husten und wandte eilig den Kopf zur Seite.

»Jetzt hab ich dich angesteckt«, sagte der alte Mann besorgt.

»Nein, nein, es ist nichts.«

Colm sah aus halb geschlossenen Lidern verträumt vor sich hin. »Der Ring der Priesterin«, murmelte er. »So ist Thain in der Schlacht getötet worden wie auch viele andere seiner tapferen Männer. Ein See aus Blut füllte das Tal und die Toten waren so zahlreich, dass der Ort zu einem einzigen riesigen Friedhof wurde. Seither meiden die Menschen das Tal und nennen es das verwunschene, denn manchmal scheinen die Verstorbenen noch immer hier unterwegs zu sein. Aber das weißt du ja selber.« Er musterte sie und schloss dann wieder für einen Moment die Augen. »Die letzten Überlebenden des Stammes beerdigten ihren toten König, den sie in der folgenden Nacht eilig vom Schlachtfeld bargen, zusammen mit dem Schwert der Elfen, denn sie mussten um jeden Preis verhindern, dass das Schwert in die falschen Hände geriet.«

»Warum?« Sam wagte kaum noch Luft zu holen. Sie befühlte den Ring an ihrem Finger. Der Ring der Priesterin! War vielleicht …? Nein, es konnte sicher nicht ihrer sein.

»In den falschen Händen, so heißt es in der Legende, kann das Schwert großes Unheil über die zwei Welten bringen.«

»Warum haben sie es nicht einfach zerstört?«

»Ein von den Elfen geschmiedetes Schwert kann nicht so ohne weiteres zerstört werden.«

»Warum haben sie es den Elfen dann nicht einfach zurückgegeben?«

»Weil durch den Tod der Druiden das Gleichgewicht zwischen den Welten zerstört und deshalb ein Zugang zu der anderen Welt nicht mehr so leicht zu finden war. Thains Männer hatten nicht viel Zeit, sie mussten schnell einen Ort finden, an dem sie ihren König begraben und das Schwert verstecken konnten, ehe sie die Gegend für immer verlassen haben. Vielleicht hätte es eine bessere Lösung gegeben, aber sie wussten keine.«

»Aber wo war Moira, die Priesterin?«

»Sie war tot.«

Sam zuckte zusammen.

»Erschlagen …«

»… unter der Eiche«, beendete sie gedankenverloren den Satz.

Colm starrte sie an. »Du kennst die Geschichte?«

Sie schüttelte den Kopf. »Wo ist Thain O'Dary beerdigt worden?«, fragte sie schnell.

»Das frage ich mich seit Ewigkeiten. Ich hatte gehofft, dein Vater hätte ihn gefunden, aber leider …« Er hob bedauernd die Schultern und seufzte.

»Wer sein Grab findet, findet auch das Schwert, nicht wahr, und wenn das Schwert gefunden wird, ist das der Beweis für … alles.«

Colm strahlte sie an.

»Wir haben einen Stollen gefunden unter dem Grab des alten O'Madrick«, sagte sie langsam.

Der alte Mann setzte sich so ruckartig auf, dass er sich die Hand gegen die Stirn pressen musste, weil ihm schwindlig geworden war.

»Aber es sind auch Männer im Tal unterwegs, die sich sehr für den Grabhügel interessieren«, fügte sie nachdenklich hinzu. »Wer könnten die sein? Mein Vater nimmt an, dass es Grabräuber sind.«

»Du musst das Schwert vor ihnen finden«, flüsterte Colm, »du musst es finden und zurückbringen.«

»Was um Himmels willen meinen Sie damit?«

»Es darf auf gar keinen Fall in die falschen Hände geraten«, flüsterte Colm noch einmal, viel leiser, ehe ihn ein erneuter Schwächeanfall zurück in die Kissen warf.

Als Eric wenig später zurückkam, schlief der alte Mann tief und fest. Sam hatte das Geschirr in die Küche gebracht, wo sie, die Hände auf die Spüle gestützt, geistesabwesend aus dem Fenster starrte. Der Ring der Priesterin. Aber nein, das wäre ein zu unglaublicher Zufall. Trotzdem: Wenn der Ring, den sie gefunden hatte, Moiras Ring war, war dann nicht vielleicht der Ring verantwortlich für ihre Visionen? Konnte das sein? Wie konnte denn so etwas funktionieren? Sie starrte auf das silberne Schmuckstück an ihrem Finger. Was nun, wenn sie den Ring fortwarf? Würden dann auch die Visionen vorüber sein? Sie zog an ihm, schob ihn aber gleich darauf wieder zurück. Nein, sie konnte ihn nicht fortwerfen. Sie wusste nicht warum, aber der Ring schien an ihren Finger zu gehören. Vielleicht war es doch kein Zufall, dass sie ihn gefunden hatte. Ach, verdammt, egal, wie herum sie auch dachte, sie kam zu keinem Ergebnis. Sie wusste einfach nicht, was sie tun sollte.

»Mrs Mordon kommt nachher vorbei«, rief Eric und packte die Tüten mit den Einkäufen auf den Tisch. »Hast du Lust … Was ist denn mit dir?« Er bemerkte erst jetzt ihre veränderte Stimmung.

Sie wandte sich um und zwang sich zu lächeln. »Wozu habe ich Lust?«

Er runzelte die Stirn. »Vielleicht magst du zum See hinaufwandern. Das Wetter ist gut und dein Vater vermisst uns heute sicher nicht.«

»Eine gute Idee.«

»Geht es ihm gut?« Er wies mit dem Kopf nach oben.

»Er ist ziemlich erschöpft. Ich sollte ihn besser nicht mehr besuchen, er erzählt mir Geschichten und hinterher geht es ihm viel schlechter als vorher.« Sie sah Eric entschuldigend an, doch der lächelte.

»Ich glaube, ohne deine Besuche ginge es ihm noch schlechter.« Er öffnete den Kühlschrank. »Was brauchen wir denn?«

Am frühen Nachmittag machten sich die beiden auf den Weg ins Tal. Sam verschwand kurz im Cottage, um ihre Wanderschuhe und einen zusätzlichen dicken Pullover zu holen. Dann liefen sie auf die Hügel im Norden zu, vorbei am Ausgrabungsfeld, auf dem Pete, Joe und Iris noch immer damit zugange waren, den Stollen abzusichern.

Der Pfad war ebenerdig und sie kamen zunächst schnell voran, doch dann begann der steile Aufstieg durch die Moos- und Heidekrautfelder der Hügelflanke.

Sam ging schon nach wenigen hundert Metern die Puste aus. Die Knie taten ihr weh und ihre Oberschenkel fühlten sich wie Pudding an. Sie sah verstohlen zu Eric hinüber, der solche Wanderungen öfters unternahm, doch auch er hatte zu schnaufen begonnen.

»Pause!«, rief sie, ließ sich zu Boden fallen und streckte alle viere von sich.

Eric griff lachend nach ihrem Arm und zog sie wieder hoch, doch bis sie den oberen Teil des Weges erreichten, der nicht mehr so steil war, hatten die beiden mehr als einmal Halt gemacht und waren nass geschwitzt. Schließlich erreichten sie den Sattel zwischen den Hügeln und hinter einer Bodenwelle entdeckten sie den See.

»Oh Gott!«, rief Sam entsetzt. Pete hatte nicht gelogen. Der Ort war tatsächlich trostlos bis zur Unerträglichkeit.

Eric grinste sie an. »Es gefällt dir also, ja?«

Der See war fast schwarz. An seinen Ufern wuchs nur spärliches Gras, das im ständigen heulenden Wind hin und her gerissen wurde. Eric zeigte ihr wie versprochen die Wildblumen, die wie kleine Farbflecken in die Ödnis gesetzt waren, doch auch sie machten den Ort nicht wirklich schöner. Das Gebiet um den See war mit Steinen und kleinen Felsbrocken übersät, die bei jedem Schritt unter ihren Schuhen wegzurutschen drohten.

Eric setzte sich und holte die Thermoskanne mit dem Tee, Brot und Käse aus seinem Rucksack, während Sam wie hypnotisiert auf das tintenfarbene Wasser starrte.

»Warum heißt der See eigentlich der bodenlose See?«, fragte sie. Sie zog den Kragen ihres Pullovers höher und verschränkte die Arme. Auf den Gedanken, hier baden zu wollen, kam sie wirklich nicht.

»Weil niemand weiß, wie tief er wirklich ist. Es ist noch niemandem gelungen, das herauszufinden. Manche behaupten tatsächlich, er habe keinen Grund, andere meinen, er sei über Flüsse im Berginneren mit dem Meer verbunden.«

»Du meinst, wenn ich hier ertrinke, lande ich irgendwann in der Irischen See?«

»Oder auch im Atlantik, aber ich hoffe sehr, dass du das nicht ausprobieren willst.«

»Es gibt bei Gott schönere Orte zum Sterben«, murmelte sie.

Doch so trostlos der Ort auch sein mochte, die Aussicht war einfach umwerfend. Sie konnten nicht nur das gesamte

Tal, das tief unter ihnen lag, bis zu den Hügeln dahinter überblicken, sie sahen sogar das nächstgelegene Tal mit seinen niedrigen Berghängen auf der anderen Seite.

Eric gab ihr das Fernglas, das er mitgebracht hatte.

Sam drehte sich einmal im Kreis. Die Gegend war menschenleer und kaum bewachsen, so weit das Auge reichte. Nur selten stand ein Haus auf dem steinigen Boden der Einöde und kaum sah man grasende Schafe.

»Was ist das dahinten?«, rief sie plötzlich und wies in das andere Tal hinüber. »Ist das noch so ein Steinhaufen wie im Moor?«

Eric nahm ihr das Fernglas aus der Hand. »Das ist ein Dolmen«, sagte er nach einer Weile. »Eine Grabanlage aus der Steinzeit.«

Ein halbes Dutzend senkrecht stehender Steine wurde von einer riesigen Deckplatte gekrönt, sodass eine Art Kammer entstanden war.

»In einem Loch unterhalb der Deckplatte wurden die Knochen der Toten verwahrt«, fuhr Eric fort, »nachdem man zuvor ihre Leichname den wilden Tieren zum Fraß vorgeworfen hatte, um sie ...« Er hatte durch das Fernglas geblickt, während er sprach, und bemerkte zu spät Sams entsetzten Blick. »Es gibt in manchen Gegenden hier mehr solcher Steinzeitbauten als bewohnte Häuser«, beendete er schnell das Thema. »Möchtest du noch Tee?«

Sam war aufgesprungen. »Lass uns gehen. Ich bin halb erfroren.«

Der Rückweg war nicht mehr ganz so anstrengend, ging es doch nur bergab. Trotzdem war der steile Weg nicht ungefährlich und Sam rutschte auf dem glitschigen Moos aus und schlitterte an Eric vorbei in Richtung Tal. Als sie ein gutes Stück weiter endlich zum Stehen kam, vergaß sie vor lauter Lachen glatt verlegen zu sein.

»Auch eine Möglichkeit der Fortbewegung«, grinste Eric und half ihr auf die Beine.

Sie klopfte sich die Hose ab. »Aber nicht unbedingt die bequemste, glaub mir. Das Beste wird sein, wenn du mich festhältst.«

»Ausgesprochen gern«, murmelte Eric und legte zaghaft den Arm um ihre Schulter. »Meintest du das so?«

Sie nickte und schob sich lächelnd noch ein bisschen näher an ihn heran, als sie mit einem Mal den Mönch sah. Er stand auf dem Pfad direkt vor ihnen und für einen kurzen Moment nur wandte er ihr sein böses, faltiges Gesicht zu.

Sam schnappte nach Luft. Es war der alte Mönch aus ihrer Vision, der vor ihnen den Hügel hinunterrannte. Entsetzt klammerte sie sich an Erics Arm.

»Ist dir schwindlig?«, rief er erschrocken. »Hast du dich bei dem Sturz verletzt?« Er fasste sie nun auch mit dem anderen Arm an der Schulter, um sie festzuhalten.

Sam starrte noch immer auf den Pfad. Der Mönch hatte den Hügel hinter sich gelassen und rannte durch das Tal, doch kurz vor dem Ausgrabungsfeld war er plötzlich verschwunden. Stattdessen stand dort neben dem Zelt der Archäologen eine nur zu bekannte Gestalt. Sie war blond.

Sam war im ersten Moment zu verblüfft, um reagieren zu können. Sie wollte etwas sagen, als Eric auch schon losbrüllte.

»Ja, was zum Henker will dieser Kerl denn da? Was soll das denn? Jetzt machen die sich auch schon tagsüber an unserem Zelt zu schaffen. So eine Unverschämtheit.« Er rannte los, doch Sam hielt ihn am Ärmel fest und zog ihn zurück.

»Der Kerl ist schon tagelang im Tal unterwegs«, sagte sie leise.

»Hast du ihm gesagt, dass er hier nichts zu suchen hat?«

»Komm schon«, drängte sie statt einer Antwort.

»Was hast du vor?«

»Ich will wissen, wo er hinwill. Das letzte Mal ist er mir entwischt.«

»Das letzte Mal?« Eric starrte sie entgeistert an, folgte ihr dann aber nur zu bereitwillig, als sie, ohne sich noch einmal nach ihm umzudrehen, das letzte Stück ins Tal hinunterstürzte.

»Der Kerl ist mir mehr als unheimlich, Eric«, erklärte sie, als sie unten angelangt waren. »Wie er mich angesehen hat aus diesen kleinen, kalten Augen … uah. Und was für komisches Zeug er vor sich hin gemurmelt hat, als ich ihm das letzte Mal gefolgt bin.« Sie schüttelte sich. »Er hat den Grabungshügel beobachtet und mit Sicherheit war er auch vor drei Tagen am Hügel mit dabei. Nur waren da noch mehr Gestalten, Eric, du hast sie selbst gesehen, und das macht mir ziemliche Sorgen. Er ist nicht allein. Offenbar gibt es eine ganze Bande, die sich für das Grab interessiert. Wir müssen herausfinden, warum.« Sie dachte an die Geschichte, die Colm ihr erzählt hatte. Ob es etwas mit dem sagenhaften Schwert zu tun hatte? Hatten die Kerle etwa geglaubt, dass sie das Schwert finden würden? Ernst fügte sie hinzu: »Wir sollten vorsichtig sein.«

Der Mann nahm wie schon einmal den Pfad, der auf die Quelle zuführte, bog hinter dem Felsen nach rechts ab und umrundete das Moor.

Sam und Eric hatten Schwierigkeiten, ihm zu folgen, denn zu zweit hatten sie noch weniger Möglichkeiten, sich zu verstecken, außerdem waren sie von ihrer langen Wanderung schon ziemlich erschöpft. Mehr als einmal dachten sie, er hätte sie bemerkt, doch er eilte weiter, ohne stehen zu bleiben, und näherte sich erneut den Hügeln.

»Hier hab ich ihn das letzte Mal aus den Augen verloren«, flüsterte Sam. Diesmal wusste sie aber, wohin er wollte, und gleich darauf folgten sie ihm durch die Ebene nach Westen. Schließlich erreichten sie die Hügel am anderen Ende des lang gestreckten Tals.

»Wo will der nur hin?«, murmelte Eric kaum hörbar.

Es gab keine Straße und noch nicht einmal einen schmalen Pfad. Die einzige Möglichkeit, hier das Tal zu verlassen, war der Weg über die Berge, der ziemlich steil und kaum begehbar war, doch auch diesen Weg schlug er nicht ein.

Die beiden sahen sich verwundert an.

»Scheinbar weiß er was, was nicht mal du über das Tal weißt.« Sam kam hinter dem Baumstamm hervor, der ihnen als notdürftiges Versteck gedient hatte, und lief ein Stück weiter, um den Mann im Auge behalten zu können.

Er lief geradewegs auf die nackte Felswand zu und … verschwand.

Sie blieb so plötzlich stehen, dass Eric in sie hineinrannte. Er schnaubte in ihr Ohr. »Hast du das auch gesehen?«, fragte er.

»Ich bin mir nicht sicher.«

Unschlüssig näherten sich die beiden dem Fuß des Hügels vor ihnen.

»Ist da irgendwas Ungewöhnliches?«, fragte Eric leise.

»Nein.« Sam begann den Stein abzutasten. An einigen Stellen ragten Kletterpflanzen, Büsche und Gras von höher gelegenen Felsspalten nach unten und verdeckten teilweise die Wand. Hinter einem der Büsche griff sie mit einem Mal ins Leere. »Na, hallo«, rief sie überrascht und schlug sich gleich darauf die Hand vor den Mund.

»Da ist ja ein Loch im Fels«, flüsterte Eric und trat aufgeregt einen Schritt vor.

»Sieht aus wie ein Eingang.« Sam schob sich auch schon an ihm vorbei. In der nächsten Sekunde stand sie in einer Höhle. Mattes Licht erhellte den niedrigen Raum, das von

Fackeln an den seitlichen Wänden kam. Sam hatte das Gefühl, durch einen Schleier in eine andere Welt gegangen zu sein. Fast erwartete sie, die Wesen der anderen Seite zu sehen, von denen Eric und Colm ihr erzählt hatten. Dann sah sie den Mann, den sie verfolgt hatten. Er hatte das andere Ende der Höhle erreicht und verschwand durch eine Art Torbogen, der in den Fels gemeißelt war.

Sie folgten ihm in eine zweite, weitaus größere Höhle. Lampen hingen an den Wänden und tauchten den Raum in spärliches Licht, Steinsäulen ragten bis an die hohe Decke, sodass es fast aussah wie in einer mittelalterlichen Kirche.

Eric blieb der Mund offen stehen. Er drückte Sams Schulter.

Von der Haupthöhle gingen unzählige kleinere Torbögen ab, die offenbar in weitere, niedrigere Höhlen führten.

»Der ganze Hügel scheint unterhöhlt zu sein«, flüsterte Sam und zog Eric hinter einen Felsvorsprung.

»Was ist das hier?«, hauchte er fassungslos.

»Keine Ahnung. Wir sollten dem Kerl da folgen, dann kriegen wir sicher die Antworten, die wir suchen.«

»Ich weiß nicht. Vielleicht sollten wir erst die anderen holen? – Wer um Himmels willen sind denn die da?« Er wies auf ein halbes Dutzend dunkel gekleideter Gestalten, die gerade durch einen der Nebeneingänge die Höhle betreten hatten. Sie waren in lange Kutten gehüllt.

Sam schluckte. Mönche! Sie presste sich eng gegen den Fels. Konnte es geschehen, dass Albträume plötzlich real wurden? Ausgerechnet Mönche!

»Lass uns gehen!«, unterbrach Eric ihre Gedanken.

Sie schüttelte den Kopf. Es kostete sie zwar einige Überwindung, nicht einfach davonzulaufen, aber der Ort schien der Schlüssel zu dem Rätsel zu sein, das sie lösen musste, wollte sie ihre beängstigenden Visionen begreifen. Sie trat hinter dem Felsen hervor und lief gebückt, sodass die Gestalten sie nicht sehen konnten, auf den zweiten Torbogen zu.

Eric hinter ihr japste vor Schreck. »Eh, ich denke, das ist keine so gute Idee.«

»Wir treffen uns am Ausgang. In einer halben Stunde.« Doch als sie in die nächste Höhle trat, hörte sie hinter sich leise Schritte.

»Ich kann dich doch nicht alleine lassen«, murmelte Eric.

»Du musst mich nicht beschützen«, flüsterte sie lächelnd, aber doch dankbar. »Das hier geht nur mich was an.«

»Was meinst du damit?«

»Es ist jetzt nicht der richtige Zeitpunkt, dir das zu erklären. Wir müssen weiter.«

Den blonden Mann aber hatten sie längst aus den Augen verloren. Stattdessen waren sie in einer Art Gang gelandet, der zu weiteren kleinen Höhlen führte, von denen einige offenbar als Wohnräume genutzt wurden.

»Da ist ein Bett«, rief Eric ungläubig. Er wies auf eine Matte am Boden, auf der säuberlich zusammengefaltet eine Decke lag. Ein schmaler Felsvorsprung in der Wand diente als Tisch, auf dem eine Kerze stand. »Das sieht ja fast wie eine Zelle aus, eine Mönchszelle!«

Doch abgesehen von den Gestalten in der Haupthöhle und dem Mann, den sie verfolgt hatten, war der Ort wie ausgestorben.

Die nächste Höhle war ein wenig größer als die anderen und besaß zwei Eingänge an den einander gegenüberliegenden Seiten. Sam und Eric blieben mit offenen Mündern auf der Schwelle stehen.

In der Mitte des Raums war ein geschmückter Altar. Ein Tuch lag über dem sorgfältig bearbeiteten Felsblock, auf dem eine Schale, ein Becher und eine dicke Kerze standen.

Daneben ragte ein großes metallenes Kreuz, in dem ein heller Stein eingesetzt war, bis fast an die Decke, und an den Wänden waren lange Sitzbänke in das Gestein geschlagen worden. Die Höhle sah aus wie eine kleine Kapelle. In der Ecke stand sogar eine Vase mit einem abgestorbenen Zweig.

Sam war neugierig vorgetreten, als Eric sie plötzlich zurückriss. Sie wollte ihn empört anschnauzen, doch er legte ihr eilig die Hand auf den Mund.

In der nächsten Sekunde trat von der anderen Seite her ein Mann in den Raum. Er trug ebenfalls eine Mönchskutte und hatte wie die anderen die Kapuze tief in die Stirn gezogen, doch als Einziger trug er eine purpurrote Stola um die Schultern. Er lief zum Altar, wobei er Sam und Eric den Rücken zuwandte, und senkte den Kopf.

Hinter ihm hatte der blonde Mann die Kirche betreten. »Oleander!«, sagte er. Doch der Mönch gab ihm ein Zeichen zu schweigen. Der Blonde nickte ergeben und trat eilig in den Hintergrund zurück.

Der Mönch zündete die Kerze an und der Stein in der Mitte des Kreuzes begann zu leuchten. Dann breitete er die Arme aus und sprach mit monotoner Stimme eine Art Gebet, das Sam nicht verstand. Fragend blickte sie Eric an, doch der zuckte die Schultern.

Schließlich senkte der Mönch erneut den Kopf und wandte sich, nach einer ganzen Weile, dem Mann im Hintergrund zu.

»Was gibt es zu berichten, Adolfo?«

»Sie haben es bisher nicht gefunden«, begann der Angesprochene. »Das Grab ist zweifellos das des letzten O'Madricks.«

»Habt ihr euch den Ort ansehen können?«

»Ja, gerade eben. Gestern haben uns das Mädchen, für das du dich so interessierst, und dieser Knabe gestört.«

Sam verschluckte sich beinahe. Was hatte das denn zu bedeuten? Sie spürte Eric dicht neben sich, der sich weiter vorgebeugt hatte, um alles verstehen zu können.

»Ignatius war letzte Nacht in dem Haus, doch alle Funde deuten auf die Zeit dieses Ketzers Heinrich.«

Sam kniff die Augen zusammen und starrte die Männer an. Das wurde ja immer besser. Einer von den Kerlen war im Cottage gewesen, aber niemand hatte ihn bemerkt. »Der Ketzer Heinrich« – damit musste der englische König Heinrich VIII. gemeint sein, von dem Eric schon erzählt hatte. Er hatte sich von der katholischen Kirche losgesagt und statt des Papstes in Rom die englischen Könige zum Oberhaupt der Kirche in England bestimmt. Aber was für eine merkwürdige Formulierung, ihn als Ketzer zu bezeichnen. Der Begriff gehörte für sie in eine andere Zeit.

Eric legte ihr die Hand auf den Arm, denn sie hatte plötzlich zu zittern begonnen.

»Aber es *muss* hier im Tal sein, wir haben alle anderen Möglichkeiten ausgeschlossen.« Der Mönch stützte die Hände auf den Altar. »Wie geschickt von den alten Kriegern, es direkt vor den Augen unserer Brüder zu verstecken, nicht wahr? Unser Orden hätte sich die langen Jahre der Suche ersparen können, wenn wir nur früher darauf gekommen wären. Wir hätten die Suche gar nicht erst beginnen müssen, wenn Bruder Oleander, Gott sei seiner Seele gnädig, sich damals nicht hätte ablenken lassen.«

»Aber er hatte keine andere Wahl, Meister Oleander.«

»Warum nicht?« Der Mönch wirbelte so plötzlich herum, dass ihm die Kapuze in den Nacken rutschte und sein Gesicht im Schein der großen Kerze deutlich zu erkennen war.

Sam wich erschrocken zurück. Nur mühsam unterdrückte sie einen Schrei und presste die Lippen aufeinander. Der Mönch, der Oleander hieß wie einer seiner Vorgänger, hatte das gleiche böse Funkeln in den Augen wie der Mönch in ihren Visionen. Sein spitzes, dürres Gesicht erzitterte vor Wut.

»Wir hätten das hier schon vor hunderten von Jahren beenden können, Adolfo, wenn nur Oleander dieser Hexe nicht so viel Zeit gewidmet hätte. Die Welt wäre dann schon seit vielen 100 Jahren so, wie sie bestimmt ist zu sein.«

»Aber du vergisst, wie wichtig es war, der Hexe ihre Geheimnisse zu entreißen.«

»Aber sie hat nichts gesagt, Bruder, kein Wort, das von Bedeutung wäre und unsere Macht vergrößert hätte, nicht ein Wort, das uns geholfen hätte ihre Freunde, die Dämonen, zu vernichten. Seine Bemühungen waren umsonst und die kostbare Zeit verschwendet. Nur gelacht hat die Hexe«, er ballte eine Faust, die er gegen einen imaginären Gegner erhob, »nur gelacht, Adolfo.«

»Es war schon richtig, sie zu töten.«

»Ja«, seufzte der Mönch, »manchmal sind solche Opfer notwendig. Doch unsere Seelen bleiben davon unbehelligt, mein Bruder, wir haben nichts zu befürchten, denn wir vernichten nur den Teufel und seine Helfer. Ein anderer wird über uns richten. – Gibt es sonst noch etwas von Bedeutung?«

»Einer der Archäologen, der Vater des Mädchens, ist in dem Grab durch den Boden gebrochen und in einen darunter liegenden Gang gestürzt«, sagte Adolfo, der den Worten Oleanders zufolge offenbar ebenfalls ein Mönch war.

Sam bohrte die Fingernägel in den harten Stein der Wand, vor der sie kauerte. Die Kerle wussten ziemlich gut Bescheid.

Meister Oleander beugte sich interessiert vor. Er legte einen Finger an die Lippen. »Ein Gang, sagst du? Oder ein weiteres Grab?«

»Das wird sich erst noch herausstellen müssen.«

»Aber das würde durchaus Sinn machen«, rief der Mönch in einem freundlicheren Ton. »Den letzten freien Iren über dem letzten der Alten und seinem legendären Schwert zu begraben. Die Weiber der O'Madricks haben ihr Wissen gut gehütet. Verflucht sollen sie sein, alle miteinander.«

»Aber das Schwert der Elfen könnte auch an jedem anderen Ort im Tal sein«, warf Adolfo ein. »Thain O'Dary könnte ebenso gut mit ihm im Moor versenkt oder an der Quelle bestattet worden sein.«

Der Mönch schnaufte verärgert. »So nah am –« Er hob plötzlich den Kopf und lauschte. »Was war das? Hast du das gehört?«

Eric hatte bei dem Wort »Schwert« ein leises Geräusch von sich gegeben, das in den Höhlen überdeutlich zu hören gewesen war. Er sprang auf.

In der nächsten Sekunde eilten die Männer auf den Torbogen zu, neben dem die beiden sich versteckt hatten.

Sam und Eric zögerten keinen Moment. Ohne sich noch einmal umzudrehen, rannten sie den Gang zurück in die Haupthöhle. Aus einem der Torbögen links kam ein Mann, doch sie machten sich gar nicht erst die Mühe, sich zu verstecken, dazu war keine Zeit.

»Wo ist der Ausgang?«, keuchte Eric.

»Mist, da sind so viele Ein- und Ausgänge, ich weiß nicht.« Sam bekam Panik, dann wies sie nach vorn. »Da!«

Sie stürzten ins Freie und warfen sich hinter einem Felsen einige hundert Meter vom Höhlenausgang entfernt auf die Erde.

»Sind sie uns gefolgt?« Erics Kopf ragte über den Stein. »Vielleicht haben sie uns gar nicht gesehen.« Tatsächlich war außer ihnen niemand im Tal unterwegs. »Gott, war das unheimlich. Bist du sicher, dass wir wirklich gesehen haben, was wir gesehen haben?«

»Ich bin mir nur nicht sicher, ob ich wirklich gehört habe, was ich gehört habe.« Sam lehnte sich mit dem Rücken gegen den Fels und schnappte nach Luft. »Meinst du, das sind nur Spinner gewesen?«, fragte sie hoffnungsvoll, auch wenn sie selbst nicht daran glaubte.

»Wenn das Spinner waren, dann ist mein Großvater auch einer. Und ich auch«, keuchte Eric.

Sie tippte nachdenklich mit dem Zeigefinger gegen ihre Nase. »Die Kerle beobachten uns, seit wir im Tal angekommen sind.«

»Ja, weil sie das Schwert suchen«, sagte er, »das legendäre Schwert von Cromlaigh. Und weil du aus irgendeinem Grund von Interesse für die bist. Warum? Was bedeutet das? Wer waren diese Mönche? Ich hatte eher das Gefühl, das waren Teufelsanbeter, so finster sahen die aus.« Er musterte sie mit gerunzelter Stirn. »Wieso hast du in der Höhle gesagt, dass das nur dich was angeht?«

»Wir sollten zurück und meinen Vater verständigen«, wich sie einer Antwort aus.

»Wir sollten auch gleich die Polizei verständigen, immerhin sind die Kerle ins Cottage eingebrochen. Abgesehen davon, dass sie sich ständig unbefugt an der Grabungsstelle aufhalten.« Er ließ sie noch immer nicht aus den Augen, wiederholte seine Frage aber nicht.

Sam war schon wieder auf den Beinen. »Nur leider weiß ich den Weg zurück durch das Moor nicht mehr«, gab sie kleinlaut zu.

»Na, du bist mir ja eine schöne Abenteurerin.« Eric lachte. »Ich aber. Komm schon.«

Sams Gedanken kreisten unablässig um die gleichen Fragen, während sie durch das Tal lief. Wer waren die Mönche? Was war das für ein Orden, dem sie angehörten? Hatten sie etwas mit den Mönchen aus ihren Visionen zu tun? Warum wollten sie so dringend das Schwert haben? In den falschen Händen, hatte Colm gesagt, konnte das Schwert großes Unheil über die zwei Welten bringen. Was genau bedeutete das? Was auch immer - die Hände dieser Männer jedenfalls schienen ihr zweifelsfrei die falschen zu sein. Sie hatten vor langer Zeit eine Frau getötet, sie oder andere Mitglieder ihres Ordens, eine Frau, die sie als Hexe bezeichnet hatten. Sam hatte das ungute Gefühl, sehr genau zu wissen, von welcher Frau sie gesprochen hatten. Sie rannte schneller.

Mittlerweile war es kühler geworden. Der Nachmittag war vorüber und langsam dämmerte der Abend herauf.

Die Ausgräber saßen noch immer im Arbeitszimmer und waren in die Untersuchung der Fundstücke vertieft, als Sam und Eric atemlos das Cottage erreichten. Die anderen sahen die beiden verwirrt an, als sie, sich immer wieder gegenseitig unterbrechend, von den Männern in den Höhlen erzählten.

Sam ließ sich schließlich erschöpft auf einen Stuhl fallen.

Mr Peacock kratzte sich am Kopf. »Und ihr meint, das sind die Gleichen, die letzte Nacht am Grabungshügel rumgeschlichen sind?«

»Wahrscheinlich.«

»Jetzt noch mal langsam zum Mitschreiben«, meldete sich Mr Turner zu Wort, das verletzte Bein von sich streckend. »Da gibt es Höhlen in den Hügeln, in denen Mönche leben, die offenbar einem Orden angehören, der seit hunderten von Jahren nach einem Schwert sucht, das es möglicherweise gar nicht gibt?«

»Ja, so ungefähr«, sagte Sam und verschränkte die Arme.

»Das klingt schon ein bisschen verrückt.«

Doch Eric funkelte ihn mit einem Mal wütend an. »Ob Sie nun an das Schwert glauben oder nicht, Mr Turner, ist im Moment völlig irrelevant. Die Kerle beobachten uns und sind sogar schon in das Cottage eingebrochen, weil sie glauben, dass wir etwas finden, das sie gerne hätten.«

Mr Peacock nickte nachdenklich und stand auf. »Dann wollen wir besser mal nachsehen. Wir können die Polizei erst einschalten, wenn wir Beweise haben. Die Geschichte klingt wirklich zu phantastisch und von den Männern letzte Nacht wissen sie ja bereits.«

Die anderen stimmten ihm zu und bis auf Mr Turner, der mit seinem geschwollenen Knie die lange Strecke kaum schaffen konnte, folgten sie Sam und Eric halb ungläubig, halb neugierig noch einmal durch das Moor.

Schließlich erreichten sie die Felswand und begannen hinter den Kletterpflanzen und Büschen nach dem Eingang zu suchen, fanden ihn aber nicht wieder.

»Das gibt es doch gar nicht!«, rief Sam ungläubig.

»Seid ihr denn sicher, dass es hier war?«, fragte Joe.

Die beiden sahen sich um. Eigentlich waren sie sicher gewesen. Da war der Fels, hinter dem sie sich versteckt hatten, da war der Busch vor dem Stein. Aber waren es wirklich derselbe Fels und derselbe Busch? Manche Stellen sahen genau gleich aus.

Sam warf Eric einen fragenden Blick zu, doch er zuckte nur unsicher die Schultern.

Mr Peacock gähnte. »Es wird gleich zu dunkel sein, um noch weiterzusuchen«, sagte er müde. »Na, wir wissen ja jetzt, dass wir beobachtet werden und können entsprechende Maßnahmen treffen.«

Die Ausgräber sahen sich skeptisch an, dann trat die Gruppe den Rückweg an. Sam und Eric hielten sich ein wenig abseits.

»Die glauben uns kein Wort«, murmelte Eric.

»Dabei haben wir ihnen noch nicht einmal die ganze Geschichte erzählt.« Sam grinste schief.

»Die werden schon noch merken, dass wir uns das nicht einfach nur ausgedacht haben.«

»Das fürchte ich auch.«

Bevor sie das Cottage betraten, warf Sam einen Blick zurück auf die Hügel.

In der Nacht träumte sie von einer grauenhaft verzerrten Fratze. Augen und Mund waren verdreht und glühten feuerrot. Dann nahm die Fratze die Züge des alten Mönchs an, der sie höhnisch angrinste. Sein Gesicht verschwamm mit dem Gesicht des Mönchs in den Höhlen.

Schreiend schreckte Sam aus dem Schlaf.

8

Früh am nächsten Morgen fand Sam die Archäologen in der Küche versammelt vor. Sie war blass und rieb sich noch immer müde die Augen, denn sie hatte nach ihrem Albtraum nicht wieder einschlafen können.

»Ich habe schlecht geschlafen«, beantwortete sie die fragenden Blicke der anderen.

»Hast du etwa die ganze Nacht darüber nachgedacht, wo der Eingang zu diesen Höhlen sein könnte?«, fragte Mr Turner.

Sam murmelte unverständlich vor sich hin und nahm dankbar den Tee an, den Iris ihr eingoss.

»Mal ganz ehrlich, Sam – ihr habt uns nicht einfach nur einen Bären aufgebunden?«, fragte sie vorsichtig.

»Haben wir nicht«, sagte diese fast beleidigt.

»Du musst Iris entschuldigen«, sagte Joe. »Sie ist eine Frau der Wissenschaften und glaubt nur an das, was sie sieht.« Er zwinkerte ihr zu.

»Willst du mich ärgern?« Iris warf ihm einen warnenden Blick zu.

»Nein, mir fällt nur einfach kein Grund ein, warum die beiden uns anlügen sollten.«

»Ich meinte auch nicht ›anlügen‹, ich meinte eher … veräppeln.« Doch als sie Sams Gesicht sah, winkte sie ab. »Entschuldige. Aber Mönche in Höhlen?« Sie hob in einer verzweifelten Geste die Arme. »Das ist schon irre.«

»Vielleicht sollten wir einfach noch mal nach diesen Höhlen suchen«, meldete sich Melanie zu Wort.

»Nein«, unterbrach Mr Turner das Gespräch seiner Studenten. Er war aufgestanden. »Wir werden heute endlich weitergraben. Der Stollen ist so weit abgestützt und ich bin mittlerweile ziemlich geübt im Humpeln. Wir müssen vorankommen. Los geht's. Was ist mit dir, Sam?«

Während alle anderen aufstanden, war sie sitzen geblieben. »Ich komme nach.«

»Was hast du?« Er blieb noch einen Moment im Türrahmen stehen.

»Du glaubst uns auch nicht, oder?«, fragte sie.

»Ich glaube schon, dass ihr jemanden gesehen habt«, sagte ihr Vater nachdenklich. »Aber Mönche ...« Er hob die Schultern. »Es war doch sicher sehr dunkel in den Höhlen, oder?«

»Nein, eigentlich nicht.« Sam winkte ab. »Ist schon gut, Dad. Wahrscheinlich würde ich das selbst auch nicht glauben.«

Sie sah ihrem Vater hinterher, der den Studenten nach draußen folgte, und blieb noch eine Weile am Tisch sitzen. Eigentlich konnte sie den anderen ihre Ungläubigkeit nicht verübeln. Sie konnte selbst kaum fassen, was sie da gesehen und gehört hatte. Wenn Eric nicht bei ihr gewesen wäre, hätte sie die Mönche für eine ihrer Visionen gehalten. Und sich vielleicht in ziemlich große Gefahr begeben. Sie stützte den Kopf in ihre Hände. Warum passierte so was Verrücktes ausgerechnet ihr?

War es denn tatsächlich möglich, dass es einen christlichen Orden gab, der nach einem sagenhaften Schwert suchte, hergestellt von Wesen, die in der christlichen Vorstellungswelt gar keinen Platz hatten? Würde das nicht bedeuten, dass dieser Orden an die Existenz dieser Wesen glaubte? Würde das nicht vielleicht sogar bedeuten, dass diese Wesen wirklich existierten? Sie verschränkte unwillkürlich die Arme. So ein Unsinn! Als Colm ihr die Geschichte von den O'Darys und ihrem Bund mit den Elfen erzählt hatte, da hatte sie das nur für eine Geschichte gehalten. Sie zweifelte zwar nicht daran, dass es diese Familie gegeben und dass eine furchtbare Schlacht stattgefunden hatte, aber das Elfenschwert selbst erschien ihr doch eher als eine dramatische Ausschmückung des Ganzen.

Andererseits waren da die Dinge, die sie sah. Wieso sollte es das Schwert und die andere Welt nicht geben, wenn sie selbst Visionen von Geschehnissen in der Vergangenheit hatte? Zumal sie ja gerade Thain O'Dary und sein Elfenschwert gesehen hatte. Diese Mönche, das Schwert und ihre Visionen, all das hing irgendwie zusammen. Aber was hatte das zu bedeuten? Und welche Rolle spielte der Ring dabei? Der Ring der Priesterin. War das wirklich der Ring, den sie jetzt trug? Wie absurd, dachte sie sofort, betastete aber gleich darauf unsicher ihren Finger. Aber selbst wenn es Moiras Ring war, gab es doch keinen Grund, ihn ihrem Vater auszuhändigen. Er hatte nichts mit seinen Ausgrabungen zu tun. Sie seufzte und räumte den Tisch ab, ehe sie sich eine knappe halbe Stunde später ebenfalls auf den Weg hinunter ins Tal machte.

Sie hing noch immer ihren Gedanken nach.

Der Ring und das Schwert. Das Schwert und der Ring. Was genau hatte es mit dem Ring auf sich? Thain und die Kelten des Tals hatten die große Schlacht verloren, weil der Ring fehlte, hatte Colm gesagt. Also war der Ring genauso wichtig wie das Schwert. Was für eine Macht steckte also in dem breiten Silberreif?

Sam sah nachdenklich nach Westen, wo der Legende zufolge der Kampf zwischen Kelten und Christen stattgefunden hatte, als ihr Blick an einem Baumstumpf hängen blieb. Nicht weit von der Stelle entfernt, wo der schmale Pfad auf die Straße nach Carrickbeg traf, lag eine gefällte Eiche.

Sie konnte sich nicht erinnern, im Tal jemals eine Eiche gesehen zu haben, die mächtige Krone und der breite Stamm wären ihr sicher aufgefallen. Sie änderte neugierig die Richtung, als plötzlich ein Rabe aus der am Boden liegenden Baumkrone schoss.

Sie zuckte zusammen und sah dem nachtschwarzen Vogel nach, der sich laut krächzend hoch in die Lüfte schwang, ehe sie sich wieder der Eiche zuwandte. Die dicken Äste und Blätter waren nur wenige Schritte von ihr entfernt gewesen, doch der Baum war mit einem Mal verschwunden.

Verstört blieb sie stehen. Also war auch das wieder nicht real gewesen. Sie rieb sich entnervt das Gesicht. Aber wenn auch die Eiche nur Teil ihrer Visionen gewesen war, dann war es mit Sicherheit jene Eiche gewesen, unter der sie die Frau schon mehr als einmal gesehen hatte, Moira, die Priesterin, Moira, die Hexe, die von den Mönchen getötet worden war.

Am Ausgrabungsfeld hatten sich die anderen bereits um den Stollen versammelt, den Pete und Joe seit Tagen abzustützen versuchten. Sie schaufelten noch immer die Erde beiseite, die abzusacken drohte, doch die Bretter und Holzbalken waren bereits eingefügt und eine Leiter führte die eineinhalb Meter nach unten.

»Sieht doch stabiler aus als vorher, was?«, flüsterte Eric in ihr Ohr. Er warf ihr einen viel sagenden Blick zu.

»Der Stollen selbst hat mir nur halb so viel Angst gemacht

wie dieses unheimliche Heulen.« Sam schüttelte sich bei dem Gedanken. »Was das nur war?«

»Ach, sicher nur der Wind«, versuchte Eric auch sich selbst zu überzeugen. Er drückte wie zur Beruhigung ihren Arm, ehe er Joe und Iris die Leiter hinunterfolgte.

Sam sah ihm nach, bis auch sein in der Morgensonne feuerrot leuchtendes Haar in dem Loch verschwunden war, und kehrte dem Ausgrabungshügel dann den Rücken. Sie konnte im Moment ohnehin nichts tun. Die drei würden sicher einige Stunden in dem Stollen verbringen, um den Boden und die Wände abzusuchen, und dabei sehr wahrscheinlich doch nichts finden. Eric und sie waren bei ihrer Untersuchung des Tunnels vor einigen Tagen sehr gründlich vorgegangen und sie glaubte nicht, dass sie etwas übersehen hatten. Sie überlegte einen Moment, ihrem Vater doch noch von ihrer unerlaubten Unternehmung zu erzählen, doch außer Ärger würde das nichts bringen. Mr Turner würde den Tunnel trotzdem noch einmal untersuchen lassen, das wusste sie.

Sie wanderte ziellos durch das Tal, in Gedanken bei Moira und dem Ring, den sie immer wieder von ihrem Finger zog und ungläubig betrachtete. In unregelmäßigen Abständen kehrte sie dabei zum Grabungsfeld zurück und wartete darauf, dass die Arbeiten im vorderen Teil des Stollens endlich abgeschlossen wurden und sie sich der Wand an seinem hinteren Ende widmen konnten.

Am frühen Nachmittag schließlich ragte Joes Kopf aus dem Loch. »Da ist nichts«, er hob die Arme, »nichts, nicht einmal Scherben oder Holzsplitter.«

»Das gibt's doch nicht, Mist elender«, donnerte Mr Turner enttäuscht.

»Na, hoffentlich war die ganze Arbeit nicht umsonst.« Mr Peacock, der den Korb mit Broten und Tee vorbeigebracht hatte, lief unruhig vor dem Stolleneingang hin und her.

»Nicht unbedingt.« Iris tauchte neben Joe auf der Leiter auf. »Der Gang führt über den hinteren Hohlraum am Fels entlang gut hundert Meter tiefer in die Erde. Dann blockiert eine Wand aus Erde und Steinen den Weg. Wir könnten sie wegschaufeln, sicher geht es dahinter noch weiter.«

»Wenn wir die Wand wegschaufeln, kommt vielleicht die Decke runter und der ganze Stollen stürzt ein. Das gleiche Problem hatten wir vorne schon«, wandte Joe ein.

»Du bist immer viel zu vorsichtig«, sagte Iris.

»Willst du mich ärgern?«, fragte Joe grinsend.

Sie schüttelte den Kopf. »Nein. Aber die Wand hier ist dank Mr Turners Vorarbeiten ohnehin nicht mehr sehr stabil.« Sie lächelte ihren Professor an. »Außerdem führt der Gang teilweise durch massiven Fels und wird so abgestützt. Ich bin sicher, hinter der Wand geht es weiter, wir können jetzt nicht aufhören. Aber vielleicht sollten Sie sich das selbst ansehen, Professor.«

Mr Turner nickte nachdenklich. Er ließ sich mühsam die Leiter hinunter, das Bein abgestreckt. Eine Viertelstunde später kehrte er mit zufriedenem Gesichtsausdruck zurück und schickte Pete mit Schaufeln, Eimern und weiteren Holzbrettern hinunter.

Sam folgte ihm. Sie konnte nicht noch länger untätig herumsitzen. Ein wenig mulmig war ihr allerdings schon bei dem Gedanken an den eisig kalten Wind und die Geräusche, die sie das letzte Mal gehört hatten. Diesmal aber blieb es ruhig.

Eric lehnte an der Wand und sah ihr erfreut entgegen, als sie den Gang herunterkam. »Jetzt ist der große Moment endlich gekommen«, flüsterte er mit leuchtenden Augen.

»Du meinst, wir finden dieses Schwert?«

»Na, aber sicher.« Er griff nach einer Schaufel.

Während Eric und Joe die feste Erde und die Steine aus der Wand lösten, füllten Pete und Sam die Eimer damit und trugen sie zum Ausgang, wo die anderen sie in Empfang nahmen und auf dem Erdhügel neben dem Grabungsfeld ausleerten. Die Arbeit war mühsam und schwer und ging nur sehr langsam voran. Es war bereits früher Abend, als Joe die Schaufel ein weiteres Mal in die Erde stieß und plötzlich aufschrie.

»Na also. Geschafft! Da ist ein Loch.«

Sie hatten endlich die Wand durchbrochen.

Sam rutschte auf den Knien auf das Loch zu und hielt ihre Lampe hinein, konnte aber nicht viel erkennen.

Pete war derweil schon auf dem Weg zu Mr Turner, der gleich darauf auf sie zuhumpelte und rief: »Also doch ein Gang?«

Joe hatte schon begonnen das Loch zu vergrößern und nickte begeistert. »Ja, und er verläuft ziemlich gekrümmt, wie es aussieht. Der gesamte Stollen scheint spiralförmig auf einen Mittelpunkt zuzulaufen.«

»Dann muss da noch etwas sein«, rief Eric.

Sam war mit einem Mal so aufgeregt, dass sie kaum noch Luft bekam.

»Mit Sicherheit.« Mr Turner warf einen Blick in den neu entdeckten Gang und zupfte nachdenklich an seinem Bart. »Aber für heute hören wir auf.« Er hielt Joe davon ab, das Loch noch weiter zu vergrößern.

Die anderen protestierten heftig. Sie standen kurz vor einer weiteren Entdeckung, die keiner von ihnen auf den nächsten Tag verschieben wollte, doch Mr Turner blieb bei seiner Entscheidung.

»Da sind diese Männer, die ihr im Tal gesehen habt«, wandte er sich an Sam und Eric. »Wir sollten den Stollen heute nicht mehr öffnen, wenn wir mit der Arbeit ohnehin nicht viel weiter kommen. Sicher ist sicher.«

»Du machst dir also doch Sorgen?«, rief Sam verwundert.

»Natürlich. Zumal ich einen der Kerle gerade oben an der Straße entdeckt habe.«

»Du hast aber verdammt gute Augen.«

»Nein, ich habe nur ein verdammt gutes Fernglas, und das hatte der andere auch. Der Kerl trug einen ziemlich komischen Umhang und hat uns keine Sekunde aus den Augen gelassen.«

Die Ausgräber trafen sich am nächsten Morgen früher als sonst. Sie hatten vor lauter Aufregung kaum geschlafen und waren schon kurz nach Sonnenaufgang auf dem Weg ins Tal.

Sam war als eine der Ersten am Grabungsfeld und ließ sich in das Loch hinunter. »Ich habe das merkwürdige Gefühl, dass wir uns beeilen müssen«, flüsterte sie Eric zu, der direkt neben ihr war.

Er nickte. »Diese merkwürdigen Kerle dürfen das Schwert auf keinen Fall in die Finger bekommen.«

Sam lächelte. »Das Gleiche hat dein Großvater auch gesagt.«

»Dein Vater sollte nachts vielleicht Wachen aufstellen.«

»Mein Vater glaubt nicht an das Schwert.«

»Nein, aber die Männer, die uns beobachten. Und ich glaube, die sind nicht eben zimperlich, wenn es darum geht, zu bekommen, was sie wollen.« Er verzog viel sagend das Gesicht und nahm die Schaufeln an, die Joe ihm nach unten reichte.

In weniger als einer Stunde hatten sie den Zugang zu dem neu entdeckten Stollen freigelegt, der fast kreisförmig nach rechts tiefer in die Erde hinunterführte. Pete brauchte nur wenige der mitgebrachten Holzbretter, um die Erde der Wände und der Decke zu festigen, denn der Stollen wirkte ziemlich stabil.

»Die Baumeister haben tatsächlich was von ihrer Arbeit verstanden«, rief Mr Turner anerkennend. »Guckt euch das nur mal an, die Bodengegebenheiten sind voll ausgenutzt, so als hätten sie nach genau so einem Ort gesucht, um ihre Pläne zu verwirklichen! Seht ihr, da vorne, das scheint ein natürlicher Hohlraum im Felsgestein zu sein, und dort, da haben sie ihn erweitert, und da hinten führt der Weg durch die Erde, aber immer am Stein entlang. Mein Gott! Iris, bringen Sie doch gleich das Werkzeug mit«, wandte er sich an seine Studentin, die gerade die Leiter herunterkam.

Die Archäologen machten sich denn auch sofort an die Arbeit und nahmen jeden Millimeter des Stollens genau unter die Lupe. Doch außer einer vereinzelten Scherbe fanden sie nichts.

Am Ende des Gangs trafen sie schließlich auf eine Art Kammer. Sie war breiter als der Stollen, wenn auch nur wenig höher.

»Wir sind im Mittelpunkt der Spirale!«, rief Sam.

Die Ausgräber waren mittlerweile gut dreieinhalb Meter unter der Erde. Doch im spärlichen Licht der Taschenlampen konnten sie zunächst kaum etwas erkennen.

Die kleine Kammer war fast rund und Wände und Decke bestanden vollständig aus Stein.

»Mein Gott, was ist das denn?«

Ein prächtiger Schild lehnte an der gegenüberliegenden Wand, mit bunten Steinen verziert, die im Lichtkegel der Lampen hell funkelten.

Den Ausgräbern stockte für einen Moment der Atem.

»Na, hallo«, flüsterte Iris.

Mr Turner hatte bereits ungeduldig damit begonnen, die

Scheinwerfer aufzustellen, die er aus dem Zelt geholt hatte. Eric und Melanie halfen ihm dabei, und mit einem Mal wurde die Höhle in helles Licht getaucht.

»Es ist tatsächlich eine Grabkammer!«, stellte Mr Turner fest.

Sam schob sich plötzlich wie in Trance an den anderen vorbei und ging auf den Schild zu. Um ihre Brust schien sich ein Ring gelegt zu haben, sie fühlte sich beklommen und schnappte immer wieder nach Luft, als hätte sie Angst zu ertrinken.

»Pass auf, Sam, mach nichts kaputt.«

In der Mitte der Kammer lagen kleine Tongefäße und Scherben, halb in die Erde gedrückt. Sam sah auf ihre Füße, ging aber unbeirrt weiter. Sie kniete sich vor den Schild und ließ ihre Finger über das Metall gleiten. Er war aus Bronze.

Der Schild maß knapp zwei Meter im Durchmesser. Vor allem rote und grüne Steine waren in regelmäßigen Abständen auf das Metall gesetzt, als sollten sie ein Muster ergeben, das nicht eindeutig zu erkennen war. Doch was Sams Aufmerksamkeit auf sich gezogen hatte, war die Gravur genau in der Mitte. Sie beugte sich weiter vor und riss ungläubig die Augen auf.

»Dad«, rief sie aufgeregt, »sieh dir das an!«

Doch ihr Vater stand bereits hinter ihr und lehnte sich über ihre Schulter. »Ach du meine Güte.«

In dicken Linien war eine Figur in die Bronze getrieben. Sie war gut einen halben Meter groß, mit einem ovalen Gesicht, wulstigen Augen und einer breiten Nase. Der Mund war ein gerader Strich.

»Das ist die gleiche Gestalt, die wir in Melaghlin O'Madricks Grab gefunden haben«, japste Iris, »nur dass sie da in Stein gehauen war.« Auch die anderen hatten sich mittlerweile um sie versammelt.

Anders als bei der Steinfigur war der Unterkörper auf dem Schild allerdings deutlich dargestellt. Die Gestalt trug ein langes Gewand, vielleicht ein Kleid, und Arme und Hände waren fein gearbeitet, sodass auch der Vogel, den sie an ihren Leib gepresst hielt, nun zu erkennen war. Die Federn waren einzeln herausgearbeitet, der Leib geschwärzt, so weit die Farbe auf dem angelaufenen Metall noch auszumachen war.

»Das ist ein Rabe«, rief Joe.

Sam starrte auf den Vogel. Ein Rabe!

»Wenn wir nur wüssten, wen die Gestalt darstellen soll«, sagte Pete.

»Das finden wir vielleicht sogar raus, wenn wir nur endlich an die Arbeit gehen.« Mr Turner sah sich in dem niedrigen Raum um.

»Mr Peacock meinte, es wäre eine lokale Gottheit«, meldete sich Sam zu Wort, die noch immer vor dem Schild kniete.

»Wo ist Mr Peacock überhaupt?«

»Im Zelt.«

»Nun, dann geh ihn holen. Und trampelt hier nicht so rum, hört ihr?«

Noch ehe der Professor bei ihnen eintraf, hatten sich die Ausgräber bereits über die kleine Kammer verteilt. Joe und Iris arbeiteten im hinteren Teil in der Nähe des Schilds, während Eric mit Pete und Mr Turner zusammen im vorderen Teil neben dem Eingang beschäftigt war.

Der Boden der Höhle war bedeckt mit Steinen, grobkörnigem Sand und überraschend trockener Erde, aus der tönerne Gefäße und Scherben ragten. Die Archäologen brauchten gar nicht erst so tief zu graben wie in Melaghlin O'Madricks Grab. Sie fanden einen hübsch verzierten silbernen Armreif und einen zerbrochenen Stirnreif, Ohrringe, eine Schale, einen Becher und einen riesigen bronzenen Krug sowie eine Brosche, die ein Fabelwesen darstellte, und all das keine zwei Zentimeter unter der Sandschicht. Daneben lagen die Überreste eines Skeletts. Doch statt eines Schwerts befand sich in der Höhle nur ein zierlicher Dolch, der wie der Schild prächtig mit Steinen und Spiralmustern verziert war.

»Das ist nicht Thain O'Dary, der legendäre letzte Stammesfürst der Kelten«, sagte Eric enttäuscht.

»Nein, das ist nicht Thain, das ist Moira, die letzte Priesterin«, erwiderte Sam langsam.

Sie hatte es geahnt, seit sie die Höhle betreten hatte. Wie gebannt sah sie auf die Knochen hinunter, den Armknochen, das Becken, die in den Staub gedrückten Fingerknochen, den scheinbar grinsenden Schädel. War das die Frau, die sie in ihren Visionen sah? Sie begann plötzlich zu zittern.

Mr Turner schaute seine Tochter verwundert an, während er den schweren Krug mit einer Nummer und einem Zettel versah und Mr Peacock gab, der ihn in einer Kiste verstaute. »Eine keltische Priesterin könnte sie tatsächlich sein«, sagte er.

»Ja, das Skelett scheint das einer Frau zu sein«, erklärte Mr Peacock, »aber endgültig kann das nur eine Untersuchung im Labor in Dublin klären. Nach den Gegenständen zu urteilen, die wir gefunden haben, ist das Grab hier gut 1000 Jahre älter als das obere, und die kunstvollen Verzierungen deuten tatsächlich auf einen Menschen, der im Dienst der Götter stand.«

»Obwohl der Ring fehlt.« Mr Turner grinste Mr Peacock an.

»Das ist deine Theorie, mein Freund.«

»Der Ring?«, fragte Sam heiser. »Was denn für ein Ring?«

»Nun, die keltischen Priesterinnen der Gegend um das Tal trugen am Mittelfinger einen silbernen Ring …«

»So zumindest die Theorie deines Vaters«, mischte sich Mr Peacock ein.

»Die allerdings bestätigt wird durch die Überlieferungen christlicher Einwanderer und die Funde von Clamton und Clockton«, verteidigte sich Mr Turner.

»Aber was hat es denn nun mit dem Ring auf sich?«, rief Sam, die der Auseinandersetzung nicht mehr länger zuhören konnte. Sie drehte unruhig den Ring an ihrem Mittelfinger.

Mr Turner sah auf ihre Hand, doch sie verschränkte eilig die Arme.

»Er diente wohl als Zeichen ihrer Position in der damaligen Gesellschaft, obwohl in den christlichen Aufzeichnungen auch davon die Rede ist, dass er den Priesterinnen magische Kräfte verlieh.«

Sam verschluckte sich beinahe. »Was bedeutet das dann, wenn der Ring fehlt?«

»Ich bin nicht sicher, dafür wissen wir zu wenig über die gesellschaftlichen Strukturen der Kelten und die Strukturen innerhalb der Priesterschaft. Vielleicht ist sie aus der religiösen Gemeinschaft ausgestoßen worden.«

»Nein«, warf Mr Peacock ein, »niemand, der ausgestoßen wurde, wird so ehrenvoll bestattet. Seht euch allein den riesigen Teller an, er ist aus Bronze und mit Rotglaseinlagen und Gravuren verziert. Am Rande sind verschiedene Tiere angeordnet und in der Mitte, seht euch nur die Mitte an«, er hatte nach dem Teller gegriffen und hielt ihn dicht vor sie hin, »da ist eine Opferung dargestellt.«

»Ein … Menschenopfer?«, fragte Sam unsicher.

»Nein.« Mr Peacock legte den Teller vorsichtig in die Kiste. »Das ist ganz eindeutig ein Tier, ein Schaf vielleicht oder eine Ziege. Obwohl es bei den Druiden möglicherweise auch Menschenopfer gegeben hat, aber eindeutige Beweise dafür haben wir nie gefunden.« Er nahm den silbernen Becher, der mit unverständlichen Symbolen überzogen war, und legte ihn neben den Teller.

Mr Turner gab ihm auch die Brosche, dann wandte er sich den Knochen zu, die Melanie bereits in einen exakten Plan der Fundstelle eingezeichnet und untersucht hatte. Sie hatte dabei unter den Überresten der Schulterknochen eine goldene Gewandspange entdeckt. Sie stellte einen Hirsch mit mächtigem Geweih dar.

Mr Turner beugte sich zu der Spange hinab und zupfte an seinem Bart. »Na, was hast du denn hier verloren?«, murmelte er. »Ein einziges Fundstück aus Gold, wo doch alles andere aus Silber und Bronze ist … hm.«

Sam starrte ihren Vater verwundert an.

Mr Peacock grinste breit. »Berufskrankheit«, flüsterte er. »Ist aber nicht ansteckend.« Er nahm vorsichtig den Schädel in die Hand. »Na, und was kannst du mir Schönes erzählen?« Er lachte seinen Kollegen an, wurde aber gleich darauf ernst. »Seht ihr das Loch da am Hinterkopf?« Er drehte den Schädel herum.

Sam und ihr Vater beugten sich vor. »Das ist eine Schädelfraktur.«

»Ja«, nickte Mr Peacock. »Unsere Priesterin ist offenbar von hinten erschlagen worden.«

Es war längst dunkel, als die Ausgräber sich auf den Rückweg zum Cottage machten. Sie hatten im Dämmerlicht der Höhle kaum bemerkt, wie die Zeit vergangen war.

Mr Turner ließ mit den übrig gebliebenen Brettern und Balken den Eingang blockieren, um allzu neugierigen Herumstreichern die Arbeit zu erschweren, ehe sie die Funde ins Haus brachten. Seit er den Mann gesehen hatte, der sie beobachtet hatte, wurde nichts mehr im Zelt verwahrt wie zuvor. Außerdem konnten die Archäologen so die halbe Nacht im Arbeitszimmer zubringen und ihre Entdeckungen untersuchen.

Melanie übertrug ihren Plan der Höhle mit einem genauen Verzeichnis der Funde und Fundorte in den Computer, während Mr Peacock und Mr Turner über dem Becher und seinen Symbolen saßen und Iris und Joe mit Petes Hilfe den Schild reinigten. Sam hatte sich in die Küche zurückgezogen und durchsuchte den Kühlschrank nach Essbarem. Doch sie waren seit Tagen schon nicht mehr in Carrickbeg zum Einkaufen gewesen, und außer Brot und Käse, Reis, eingefrorenem Lammfleisch und ein paar Eiern und Zwiebeln schien nichts mehr da zu sein. Sie lehnte sich müde gegen den Küchentisch, als Eric hereinkam.

»Kann ich helfen?«

»Wenn du zaubern kannst.« Sie wies auf den Kühlschrank.

Eric besah sich die vorhandenen Vorräte und nickte zuversichtlich. »Kann ich.« Er holte die Pfanne aus dem Schrank. »Was war eigentlich vorhin in der Höhle mit dir los?«

»Wieso?«

»Du sahst ziemlich blass und verwirrt aus, als du dir das Skelett angesehen hast.«

»Ich mag Knochen eben nicht so besonders gern«, sagte Sam. »Beobachtest du mich etwa die ganze Zeit über?«, fragte sie dann und lächelte.

»Ja.« Eric setzte einen Topf auf den Herd und strahlte sie an.

»Und ich dachte schon, du würdest arbeiten.«

»Nur manchmal. *So* gut werd ich auch wieder nicht bezahlt.« Er lachte. »Was wir in ihrem Grab heute gefunden haben, ist ziemlich beeindruckend, was?«, wechselte er dann das Thema.

»Also glaubst du auch, dass es Moira ist, die Priesterin aus den Geschichten deines Großvaters?«

»Aber natürlich.«

»Ich frage mich nur die ganze Zeit, was die Gestalt zu bedeuten hat, die da auf dem Schild abgebildet ist.« Sie setzte sich an den Tisch und sah ihm bei der Arbeit zu. »Diese Figur ist wohl des Rätsels Lösung«, überlegte sie.

»Was für ein Rätsel?« Eric griff nach dem Öl und den Zwiebeln.

»Na, warum Melaghlin O'Madrick ausgerechnet im Tal beerdigt wurde. Ich dachte, ihr wolltet das unbedingt herausfinden.«

Er wandte sich zu ihr um. »Du meinst, wenn wir herausfinden, was für eine Gestalt das auf dem Schild ist, dann wissen wir auch, warum Melaghlin hier liegt?«

Sam schüttelte den Kopf. »Nein, das wissen wir auch so.«

»Das wissen wir?« Er runzelte verständnislos die Stirn.

»Es ist doch wohl kaum ein Zufall, dass er über dem Grab der Priesterin bestattet wurde.« Sie dachte an die Worte der Männer in den Höhlen. »Der letzte unabhängige irische Stammesfürst wurde über der letzten Priesterin des alten Glaubens begraben, um so die Alten zu ehren und die Erinnerung an die Vergangenheit zu wahren. Warum sonst sollte Melaghlin diese Figur in der Hand gehalten haben?«

Eric starrte sie an. »Du bist ja auch eine Geschichtenerzählerin«, rief er begeistert. »Aber das würde bedeuten, dass die Menschen hier, der Stamm der O'Madricks, bis ins 16. Jahrhundert hinein das Wissen um Moira bewahrt haben, wenn sie wussten, dass sie an dieser Stelle begraben liegt.«

»Ja«, sagte Sam zögernd, »das Wissen um Moira und vielleicht ebenso das Wissen um Thain.«

Eric ließ den Löffel fallen. »Genau das haben doch auch die Männer in den Höhlen gesagt«, rief er und riss die Augen auf.

Sie nickte. »Es macht durchaus Sinn, immer vorausgesetzt, dass Melaghlin nicht nur zufällig hier begraben wurde, was ich für unwahrscheinlich halte, und dass er in der Nähe des letzten großen Kriegers der Kelten bestattet wurde.«

»Thain O'Dary –«

»Thain O'Dary ist nur ein Mythos«, rief Mr Turner, der mit einem Mal in der Tür stand. »Und auch das Schwert ist nur ein Mythos.«

»Moira ist auch nur ein Mythos gewesen«, erwiderte Sam, »bis wir sie gefunden haben.«

Ihr Vater sah sie an. »Mir ist gar nicht aufgefallen, dass auf dem Skelett ein Name stand.«

Sie schüttelte den Kopf und winkte ab.

»Sie sind ein merkwürdiger Mann, Mr Turner«, sagte Eric. »Sie scheinen viel zu wenig phantasiebegabt für eine Arbeit, die doch eigentlich eine ordentliche Portion Phantasie erfordert.«

»Und du scheinst mir Phantasie für uns beide zu haben.« Er zwinkerte Sam zu.

»Andererseits wären Sie ohne Phantasie niemals hier im Tal gelandet, Sie wären niemals der dürftigen Spur zu Melaghlin O'Madrick gefolgt«, überlegte Eric. »Also frage ich mich, warum Sie eine so tiefe Abneigung gegen das Schwert hegen?«

Einen Moment lang meinte Sam, Furcht und Unsicherheit im Gesicht ihres Vaters zu erkennen. Sie sah ihn verwundert an.

»Das Fleisch brennt an, Junge. Verdirb nicht unser Abendessen.« Mr Turner wandte sich um und zog kräftig an seiner Pfeife.

Die Archäologen schienen an jenem ersten Tag in der kleinen Kammer fast alles gefunden zu haben, was der keltischen Priesterin mit ins Grab gegeben worden war. Trotzdem wurden die Ausgrabungen noch einige Zeit fortgeführt, um sicherzustellen, dass sie nichts übersehen hatten. Tatsächlich fanden sie auch in den folgenden Tagen immer wieder vereinzelte Scherben, Speerspitzen, einige große Metallringe, die möglicherweise einmal Teil eines Gürtels gewesen waren, und die Wangenplatte eines Eisenhelms sowie einen eisernen Schildbuckel.

»Offenbar war unsere Priesterin nicht ganz so friedliebend, wie ich mir das gedacht habe«, bemerkte Mr Turner.

»Ja«, bestätigte Mr Peacock. »Und offenbar hat sie ihren Helm im entscheidenden Augenblick vergessen.«

Auf der Suche nach einem weiteren Gang, der sie zu dem sagenhaften Schwert führen konnte, lief Sam mit Eric noch einmal die Wände im Stollen ab, aber sie fanden keinen. Trotzdem waren sie davon überzeugt, dass Thain O'Dary irgendwo in der unterirdischen Anlage verborgen liegen musste, denn ihn irgendwo anders im Tal begraben zu haben ergab einfach keinen Sinn.

Sam dachte dabei die ganze Zeit an die tote Priesterin und den Ring. Es war genau so, wie Colm gesagt hatte. Der Ring fehlte. Es war also nicht nur eine Geschichte. Aber wenn die Tote in dem Grab wirklich Moira war, musste dann nicht auch die Legende um das Schwert wahr sein? Sam betrachtete immer wieder ungläubig den Ring an ihrem Mittelfinger. Im Grunde zweifelte sie inzwischen nicht mehr daran, dass er Moira gehört hatte. Der Ring verlieh den Priesterinnen Macht und magische Kräfte, hatte ihr Vater gesagt. Verlieh er einem auch die Fähigkeit, in die Vergangenheit zu sehen? Sie weigerte sich noch immer, den Ring ihrem Vater zu zeigen, auch wenn sie nun fast sicher war, dass er sehr wohl mit seiner Arbeit zu tun hatte. Doch die Vorstellung, ihn hergeben zu müssen, war ihr unerträglich, selbst wenn er tatsächlich Auslöser dieser Furcht erregenden Visionen sein sollte. Sie musste den Ring behalten. Denn er war für sie bestimmt gewesen.

9

Am folgenden Nachmittag schließlich, als die Arbeiten in der Kammer früher beendet waren als sonst, begleitete Sam Eric nach Hause. Sie hoffte, Colm könne ihr mehr über die Bedeutung des Schmuckstücks und vielleicht auch etwas über die Figur auf dem Schild erzählen.

Aber Eric warnte sie vor: »Es geht ihm nicht gut. Erwarte lieber nicht zu viel.«

Tatsächlich war Colm zu schwach, um reden zu können. Er lächelte Sam erfreut an, als er sie sah, schlief aber schon wenig später wieder ein.

»Er sieht schlechter aus als beim letzten Mal«, sagte sie traurig und biss sich zu spät auf die Zunge.

Eric hatte sich im Wohnzimmer auf das Sofa gesetzt und nickte betrübt.

Mrs Mordon strich ihm liebevoll über den Arm. »Das wird schon wieder, du wirst sehen. Der alte Colm ist zäh.« Sie ging in die Küche, kochte Tee und brachte ihnen auch ein paar Kekse mit.

»Doktor Witherspoon war aber nicht sehr zufrieden mit ihm«, sagte Eric.

Sam setzte sich neben ihn und lehnte ihren Kopf an seine Schulter, sprach aber kein Wort. Sie wusste nicht, was sie hätte sagen können.

Eric fuhr ihr gedankenverloren durch die Haare und nippte an seinem Tee. Dann sprang er so plötzlich auf, dass Sam zusammenzuckte.

»Was hast du?«

»Das Buch!«, rief er.

»Was für –«

»Nun, du wolltest doch noch mehr über die Geschichte des Tals erfahren, nicht wahr, über Moira, den Ring und diese unbekannte Gottheit. Nur weil mein Großvater krank ist, heißt das nicht, dass er nicht reden kann.«

Sam sah ihn verwundert an. »Ich bin aber nicht nur deswegen hier.«

Er strahlte sie an. »Das weiß ich doch, ich meine, ich …« Er wurde rot und unterbrach sich hastig selber. »Mein Großvater hat ein Buch«, begann er schließlich noch einmal, »in dem er die Geschichten über das Tal aufgeschrieben hat. Er hat Angst, dass sich niemand mehr an sie erinnern wird, wenn er erst einmal tot ist.«

»Aber kennst du nicht mittlerweile alle Geschichten, die es gibt?«

»Oh nein. Ich habe dir ja nicht mal was über den Ring erzählen können und ich habe auch keine Ahnung, was für eine Figur O'Madrick da in der Hand gehalten hat. Das weiß alles mein Großvater. Und sein rotes Buch.«

»Wo ist es?«

»Ich habe keine Ahnung.« Er ließ sich wieder auf das Sofa fallen und stützte nachdenklich das Kinn in die Hand. »Ich habe es nur ein einziges Mal gesehen, das ist Jahre her. Mein Großvater hat es mir gezeigt, weil ich es einmal erben werde, denn er hält es für seinen größten Schatz, und möglicherweise hat er sogar Recht damit.« Er ließ den Blick durch das Wohnzimmer schweifen. »Lass uns mal den Stapel da auf der Kommode durchwühlen.«

Anschließend widmeten sie sich dem Flur und einer kleinen Abstellkammer, bis sie schließlich in der Küche landeten.

Eric stand im Türrahmen, die Hände in die Seiten gestemmt, und nickte. Dann griff er zielsicher in das Regal mit den Gewürzen. »Neben dem Kochbuch meiner Großmutter, das hätte ich mir denken können. Das Kochbuch und sein rotes Geschichtenbuch, das sind die wichtigsten Bücher für ihn.«

»Nicht die Bibel?«

»Nein, die Bibel kommt erst an dritter Stelle.« Eric lachte. »Mein Großvater war immer gern in der Küche, besonders als meine Oma noch lebte. Sie war eine wunderbare Köchin.«

»Daher hast du das also.«

»Was?«

»Dein Lammragout gestern hat uns alle umgehauen.« Sie schlug das Buch auf, das er ihr gegeben hatte, und starrte mit gerunzelter Stirn auf die Seite. »Ich kann kein einziges Wort davon lesen.«

Eric beugte sich über ihre Schulter. »Hast du Probleme mit der Handschrift oder mit der Sprache?«

»Beides. Das ist Gälisch, oder? Verstehst du das?«

»Ich bin Ire, oder nicht?« Er schlug die erste Seite auf, verzog aber gleich darauf das Gesicht. »Das sieht ja wie Geheimschrift aus«, murmelte er. »Oh Mann, was für eine Schrift.« Dann lächelte er plötzlich. »Die erste Geschichte ist die Geschichte seiner großen Liebe«, sagte er. Er setzte sich neben Sam an den Tisch.

»Wer war sie?«

»Meine Großmutter. Er hat sie im Moor getroffen, im verwunschenen Tal, das wusste ich gar nicht.« Er blätterte neugierig die Seite um. »Und zu mir haben sie immer gesagt, ich soll mich da nicht rumtreiben, das sei viel zu gefährlich. Sieh mal einer an.«

Sam musste lachen, als sie seinen empörten Tonfall hörte, sagte dann aber: »Die persönlichen Notizen deines Großvaters sind vielleicht nicht gerade das, was wir lesen sollten.«

»Du hast sicher Recht.« Eric blätterte eilig weiter und vertiefte sich in den Text.

Erst nach einer ganzen Weile sah er wieder auf. »Hier geht es um die Schlachten im und um das Tal, um Freundschaft und Liebe, Hass und Verrat und die Wesen der anderen Welt, um das Schwert und den Ring. Was willst du zuerst hören?«

»Erzähl mir von Moira«, sagte Sam leise. Sie dachte an die Knochen in der unterirdischen Kammer und schüttelte sich. Ihr war plötzlich kalt geworden. »Und von den Mönchen, die in das Tal kamen.«

Eric sah sie aufmerksam an, doch sie warf ihm einen abwehrenden Blick zu und so beugte er sich wieder über das Buch und begann vorzulesen.

»*Zu der Zeit, als die Christen Irland bekehrten, kamen einige von ihnen auch in das verwunschene Tal, das damals noch Tal der zwei Welten hieß. Doch die Missionare bekehrten die Kelten nicht allein mit der Macht des Wortes, sie gebrauchten dazu auch die Macht des Schwertes und oftmals auch des Feuers und der Folter, und eine solche Schar Männer erreichte das Tal im Spätsommer des Jahres 517.*« Eric kniff die Augen zusammen und beugte sich tiefer über das Buch. »Mein Großvater hat ein Fragezeichen dahinter geschrieben, er war sich bei dem Datum offenbar nicht sicher.«

Sam nickte ungeduldig, sie wollte jetzt nicht über Zahlen diskutieren.

»*Die christlichen Krieger wurden von mehreren Mönchen begleitet, deren Wortführer ein Mann namens Oleander war.*« Er sah auf. »Oleander?«, rief er ungläubig. »Die beiden Männer in der Höhle haben sich doch auch über einen gewissen Oleander unterhalten, oder nicht?«

»Ja«, krächzte Sam aufgeregt. »Und der komische Kerl in der Kutte hieß genauso.«

Eric runzelte die Stirn und wandte sich dann wieder dem Buch zu. »*Dieser Oleander hatte die fünfzig bereits weit hinter sich gelassen und träumte davon, den Einfluss des Christentums noch zu seinen Lebzeiten über die ganze Welt auszuweiten, und das um jeden Preis. Er hatte mit dem Kreuz in der Hand schon viele Männer in den Krieg und den sicheren Tod geschickt, doch solange es der Macht und der Ehre Gottes dienlich war, war es für ihn kein Verbrechen, sondern ein Verdienst.*«

»Ja, ›du sollst nicht töten‹, nicht wahr?«, zitierte Sam ärgerlich. »Hast du eigentlich schon mal daran gedacht, dass die Kirchen und vermeintlich christlichen Menschen seit über 1500 Jahren gar nicht mehr viel mit den eigentlichen Lehren unserer Religion zu tun haben?« Sie wusste selbst nicht so genau, warum sie das Thema so ungeheuer wütend machte.

Eric sah an die Decke. »Hoffentlich hat er das jetzt nicht gehört.«

»Wer? Gott?«

»Nein, mein Großvater! So viel er auch über die alten Zeiten redet, er ist ziemlich katholisch.«

»Das ist wohl eine besondere Eigenart von euch Iren, was, an die alten Geschichten und die andere Welt genauso fest zu glauben wie an den Gott der Christen.«

»Das war zu Zeiten dieses Oleander offenbar die einzige Möglichkeit, die Erinnerung an die Vergangenheit zu bewahren und gleichzeitig am Leben zu bleiben. Außerdem finde ich nicht, dass es sich ausschließt.«

»Wie solltest du auch. Du bist Ire.«

»Und du bist noch so eine phantasielose Engländerin.«

Die beiden funkelten sich an und brachen dann in schallendes Gelächter aus.

Sam vergrub ihr Gesicht in Erics Ärmel und schnappte nach Luft.

»Soll ich weiterlesen?«, fragte er.

Sie nickte.

»Also: *Damals, als Oleander in die Gegend kam, galt das Tal als eines der Zentren der alten Lehren. Die meisten anderen religiösen Gemeinschaften und heiligen Orte waren in den Jahren zuvor zerstört und die heiligen Männer getötet worden. So war das Tal für die Kelten und die Bewahrung ihrer Welt sehr wichtig geworden.*«

»Und deshalb musste es zerstört werden?«

»Ja, denn die Menschen der Gegend hier nahmen den neuen Glauben nicht an.« Eric blätterte eilig weiter und starrte mit gerunzelter Stirn in das Buch.

»Darf ich auch wissen, was da steht?«

»Es gab damals kaum eine Hand voll Druiden in der Gegend und Moira, die Priesterin der Muordhaina.«

»Wer ist das? Muordhaina?«

»Hier steht, Muordhaina ist die Göttin der alten Lehren.«

»Das klingt ein bisschen sehr geheimnisvoll. Was sind das für alte Lehren?«

Eric zuckte unsicher die Schultern. »Keine Ahnung, steht hier nicht. Die keltische Priesterschaft hat ihr Wissen nur mündlich weitergegeben, also wissen wir so gut wie gar nichts über ihre religiösen Vorstellungen und Praktiken und über ihre Lehren.« Er zupfte nachdenklich an seinem Ohr, das dadurch noch weiter abstand. Sam musste grinsen.

»Aber wenn ich das, was hier steht, richtig deute, dann verkörpert sie die Weisheit und den ewigen Kreislauf von Leben und Tod.« Er fuhr sich unruhig mit der Hand durch die Haare.

»Was ist?«, rief Sam.

»Die keltischen Götter konnten in der Gestalt von Tieren erscheinen und Muordhaina werden die Eule und der Rabe als irdische Erscheinungsformen zugeordnet.«

»Die Eule steht für Weisheit, das weiß ich. Und der Rabe?«

»Raben gelten in der keltischen Mythologie als Sinnbilder der Kriegsgöttin«, sagte Eric unheilvoll. Er klappte das Buch zu, ließ aber den Finger auf der angefangenen Seite.

»Ich sehe immer nur Raben im Tal, keine anderen Vögel.«

»Vielleicht weil es im Tal nur den Tod gibt nach all den Schlachten, und kein Leben mehr.«

Sam starrte ihn entgeistert an. »Mein Gott, kannst du dich nicht mal etwas weniger dramatisch ausdrücken?«, rief sie.

»Oder weil die eigentliche Schlacht erst noch bevorsteht«, sagte er ganz leise und riss dabei die Augen weit auf.

Sam stieß ihm den Ellbogen ziemlich fest in die Seite. »Hör auf«, rief sie erschrocken und verärgert zugleich.

»Autsch.« Eric sah sie verwundert an. »War doch nur ein Scherz.«

»Tut mir Leid. Ich …« Sie winkte ab und fuhr sich mit der Hand durchs Gesicht. Sie hatte nur deshalb so heftig reagiert, weil sie gerade das Gleiche gedacht hatte: Vielleicht stand die eigentliche Auseinandersetzung noch bevor – nur dass sie es nicht als Scherz gemeint hatte, und das machte ihr Angst. »Na ja, damit wissen wir wenigstens, warum in dem Grab Speerspitzen, Helm und Schild gelegen haben«, versuchte sie in einem fröhlicheren Ton fortzufahren.

»Und wir wissen, wer die Figur auf dem Schild ist«, rief Eric.

»Muordhaina«, sagten die beiden gleichzeitig und starrten sich lachend an.

»Das müssen wir deinem Vater sagen.«

»Und du meinst, dass er den Aufzeichnungen deines Großvaters Glauben schenken wird?«

»Er könnte es zumindest als Möglichkeit in Betracht ziehen.« Eric klappte das Buch wieder auf und las weiter.

»Die letzten Druiden waren innerhalb kurzer Zeit verschwunden, doch der Ring und das Schwert beschützten das Tal und Moira widmete sich mit Thain O'Dary zusammen der Überlieferung ihres Volks sowie den Menschen, die hier lebten. Sie war eine sehr angesehene Frau, klug, mächtig und sehr schön, weshalb die christlichen Mönche sie als Hexe bezeichneten, denn sie fürchteten sich vor ihr.« Eric sah auf. »Ob sie wohl rote Haare hatte, was meinst du? Hexen haben doch immer rote Haare, oder nicht?« Er strich sich über den Kopf.

»Nein, ihr Haar war schwarz«, sagte Sam gedankenverloren.

»Wie kommst du darauf?«

»Weil … ich weiß nicht … schwarze Haare eben besser zu einer so klugen und mächtigen Frau passen«, stotterte Sam. Die Frau in ihren Visionen hatte schwarze Haare gehabt wie sie selbst. Doch sie wagte noch immer nicht, Eric davon zu erzählen. Hoffentlich dachte er jetzt nicht, dass sie ihn hässlich fand, nur weil sie auf schwarzen Haaren bestand. Sie lächelte ihn fast entschuldigend an.

Doch Eric zuckte nur die Schultern. »Wie auch immer. *Moira lernte Thimon kennen, einen der Mönche, der noch recht jung war und sich offenbar sehr für ihre Welt interessierte. Es heißt, sie habe sich in ihn verliebt und ihm als Zei-*

chen ihrer Zuneigung und Treue den Ring geschenkt, was dann zum Untergang der Kelten des Tals führte.«

»So ein Unsinn!«, rief Sam heftig. Sie erschrak über sich selber, aber etwas an der Geschichte ärgerte sie furchtbar.

»Kennst du den Teil der Geschichte?«

»Nein.« Sie hob beschwichtigend die Hand. »'tschuldige.« Sie erinnerte sich an den jungen Mönch, den sie gesehen hatte, als sie Eric bis zur Straße begleitet hatte. »Thimon …«, murmelte sie. Doch dann fragte sie ungeduldig: »Was genau hat es denn nun mit dem Ring auf sich?«

Eric blätterte die Seite um und fuhr fort: »*So, wie der Stammesfürst das Schwert von den Elfen erhalten hatte, hatte die Priesterin der Muordhaina den Ring von ihnen erhalten, doch war der Bund zwischen den Priesterinnen und den Wesen der anderen Welt sehr viel älter und letztlich auch sehr viel mächtiger. Der Ring verlieh ihnen sowohl Weisheit als auch magische Kräfte.*«

»Siehst du, früher einmal gehörte die Welt uns Frauen«, sagte Sam ernst.

»Das habe ich schon lange vermutet«, sagte Eric ebenso ernst.

»Aber welcher Art waren diese magischen Kräfte?«

»Sie konnten mithilfe des Rings offenbar großes Wissen erwerben, keine Ahnung wie. Und sie konnten die Schranken zwischen den zwei Welten überwinden, was sonst nur an bestimmten Orten möglich war.«

»So wie an Steinkreisen?«

»In der Art, ja. Sie konnten auch, wie heißt das hier, *den Schleier der Zeit durchbrechen.*«

Sam wurde blass. »Du meinst, in die Vergangenheit sehen? Oder in die Zukunft?«, fügte sie hastig hinzu.

»Ich denke. Vielleicht hat mein Großvater auch ein wenig übertrieben, als er –«

»Es ist unlogisch, dass sie Thimon den Ring geschenkt haben soll«, unterbrach ihn Sam, »das hätte Verrat an ihrem Glauben und ihrer Tradition, ja ihrer ganzen Welt bedeutet, und das hätte sie niemals getan.«

»Du redest, als hättest du sie persönlich gekannt«, sagte Eric verwundert. »Was ist mit dir?«

»Was ist mit Thimon geschehen?«, fragte sie statt einer Antwort.

»Er ist offenbar fortgegangen, noch vor der großen Schlacht.«

»Aber warum?«

»Das steht hier nicht. Aber nachdem der Ring verschwunden war, trieb Oleander seine Anhänger an, die Kelten endgültig zu vernichten.«

»Vielleicht hat er ihn gestohlen?«

»Thimon oder Oleander?«

»Einer von beiden. Wahrscheinlich Oleander. Er ist ein Teufel.« Sie stierte plötzlich wutentbrannt auf die Tischplatte.

»Sam!« Eric sah sie erschrocken an. »Was ist bloß los mit dir?«

»Die Mönche haben versucht, das Schwert in ihre Hände zu bekommen, nicht wahr?«, sprach sie unbeirrt weiter.

»Ja, nach Thains Tod haben sie alles darangesetzt, das Schwert zu finden, denn dann hätten sie die andere Welt für immer besiegen und verschließen können. Oleander hielt sie für Teufelswerk. Er wollte gleichzeitig die große Macht des Schwertes dazu nutzen, dem Christentum die Welt zu erobern.«

»Wäre das denn gegangen? Mit einer heidnischen Waffe?«

»Das weiß ich nicht. Möglicherweise.«

»Haben sich die Mönche, den Aufzeichnungen deines Großvaters zufolge, denn auch um den Ring bemüht?«

»Nein, wie es scheint, nicht.« Eric beugte sich wieder tief über das Buch. »Aber so genau steht das hier nicht. Vielleicht haben sie die Bedeutung des Rings nicht erkannt, weil in den Augen der Mönche nur ein Schwert große Macht besitzen konnte.«

»Ist Moira denn in der Schlacht umgekommen?«

»Auch das steht hier nicht. In dem Buch ist nur die Rede davon, dass sie tot war und ehrenvoll bestattet wurde, das haben wir ja gesehen. Da sie erschlagen wurde, wie wir wissen, ist es wohl wahrscheinlich.«

»Woher weiß Colm das alles?«

»Er hat sich schon immer genauso gerne Geschichten erzählen lassen, wie er sie selber erzählt hat. Hör mal, was ist denn mit dir, Sam? Du bist schon die ganze Zeit so merkwürdig. Und ich komme mir hier langsam vor wie in einem Verhör.«

»Es ist nichts«, versuchte sie überzeugend zu klingen, und dachte dabei an die Männer in den Höhlen. Wie viel von dem, was Eric ihr erzählt hatte, war ihnen wohl ebenfalls bekannt? Wenn sie tatsächlich einem alten Orden angehörten, der in jener Zeit begründet worden war, dann mussten sie bestens über die Ereignisse informiert sein. Dann wussten sie aber vielleicht genauso wenig wie ihr Vorgänger von der wahren Bedeutung des Rings. Andererseits hatte dieser Adolfo gesagt, dass sich der Mönch in den Höhlen für ein Mädchen interessierte, und dieses Mädchen war doch offensichtlich sie selbst. Warum sonst sollte er ein Interesse an ihr haben, wenn nicht wegen des Rings?

Sam sah Eric einen Moment unsicher an. Dann zog sie ganz plötzlich ihre linke Hand unter der rechten hervor und hielt sie dicht vor sein Gesicht. »Siehst du den Ring da?«

Er zuckte erschrocken zurück. »Wo hast du den denn

her?« Er blickte ungläubig zwischen ihrer Hand und dem Buch hin und her.

»Ich habe ihn gefunden«, sagte Sam.

»Gefunden? Aber wo? Wann?«

»In der Quelle am Moor. Am Tag nach unserer Ankunft.«

Eric starrte sie noch immer verständnislos an. »Meinst du …?«

»Ich denke schon. Seit ich den Ring habe, passieren merkwürdige Dinge«, sagte sie vorsichtig.

»Hast du irgendwelche besonderen Fähigkeiten entwickelt, die du vorher nicht hattest?«, fragte er. Er betrachtete eingehend die Spiralgravuren und den blattförmigen grünen Stein auf dem Ring.

»Ich sehe Dinge«, sagte sie wie schon einmal zu Colm. »Ich sehe Ereignisse aus der Vergangenheit. Dein Großvater hält mich allerdings nicht für verrückt.«

»Du hast ihm schon davon erzählt?«, rief Eric. »Wieso ihm und nicht mir?« Er klang ein wenig beleidigt.

»Ich hatte Angst, du hältst mich für bescheuert. Es klingt ja auch ziemlich bescheuert. Ich wollte nur, dass du weißt, weshalb ich manchmal so komisch bin. Glaubst du mir?«

»Das tue ich«, sagte er. »Und das erklärt auch dein manchmal tatsächlich etwas merkwürdiges Benehmen.« Er lächelte sie an. »Sag schon, hast du Moira gesehen und … Thain?«, rief er dann ganz aufgeregt.

Sie nickte. »Und die Mönche und das Tal, wie es früher einmal ausgesehen hat, den Moment vor der Schlacht. Gott!«, schluchzte sie plötzlich auf und schlug die Hände vor das Gesicht.

Eric legte ihr den Arm um die Schulter und drückte sie ganz sacht. »He, Sam, nicht doch. Das muss furchtbar für dich sein und ziemlich beängstigend, aber ich bin sicher, das Ganze hat einen Sinn. Ich glaube nicht, dass es Zufall war, dass du den Ring gefunden hast.«

»Ich weiß überhaupt nicht mehr, was ich glauben soll«, schniefte Sam. Sie hatte Tränen in den Augen und ihre Nasenspitze war ganz rot. »Ich schlafe kaum noch, weil ich ständig Albträume habe, manchmal weiß ich gar nicht, was Realität und was Fiktion ist, ich bin so nervös, dass ich Herzbeschwerden habe, und bis auf deinen Großvater hatte ich bisher niemanden, mit dem ich darüber reden konnte.«

Eric gab ihr ein Taschentuch. »Du solltest deinem Vater davon erzählen.«

»Meinem Vater?«, rief Sam und wand sich aus seiner Umarmung. »Mein Vater hat für nichts anderes Zeit als für seine Ausgrabungen. Abgesehen davon würde er mich gleich in ein Heim für Nervenkranke stecken. Er glaubt nicht einmal an das Schwert, wieso sollte er mir dann glauben, dass ich *Visionen* habe?«

»Du hältst deinen Vater für schlimmer, als er ist.«

»Tue ich das?«

»Wir sollten zu ihm gehen. Der Ring hat doch offenbar was mit der Ausgrabung zu tun.«

»Ich hatte befürchtet, dass du das sagst.« Sam funkelte ihn wütend an. »Er wird ihn mir nur abnehmen, und das werde ich nicht zulassen, auf gar keinen Fall!«, rief sie.

Eric musterte sie von der Seite. »Aber möchtest du denn nicht herausfinden, warum der Ring an der Quelle und nicht in Moiras Grab lag?«

»Dann glaubst du also auch, dass es ihr Ring ist?«, fragte Sam.

»Dein Vater wird uns das mit Sicherheit beantworten können.«

Sam wartete bis zum nächsten Morgen, ehe sie ihren Vater vor der Küche abfing. Eine Weile sah sie ihn nur schweigend an. »Ich habe einen Ring gefunden«, sagte sie schließlich.

»Was für –«

»Du kannst ihn untersuchen und herausfinden, ob es der Ring ist, der in dem Grab gefehlt hat, aber dann will ich ihn wiederhaben«, fuhr sie fort. Sie zog widerstrebend den Ring von ihrem Finger und drückte ihn ihrem Vater in die Hand.

Mr Turner musterte seine Tochter verdutzt. Dann warf er einen Blick auf das silberne Schmuckstück in seiner Hand und drehte es neugierig zwischen den Fingern. Mit einem Mal verschwand er ziemlich eilig im Arbeitszimmer. Er zog ein Buch aus dem Regal und einen kleinen Beutel aus einer der Kisten und setzte sich leise murmelnd an den Tisch.

Sam stellte sich mit verschränkten Armen in die Tür und ließ ihn nicht aus den Augen.

»Hol Mr Peacock.«

Doch Mr Peacock war, durch die plötzliche Aufregung seines Kollegen neugierig geworden, bereits aus der Küche herübergekommen. »Was gibt es? Na hallo, Sam, was hast du uns denn mitgebracht?«

Mr Turner wies auf den Ring und sein Gegenstück, einen weiteren dicken Silberring, den er aus dem Beutel geholt hatte. Die beiden sahen sich mit großen Augen an.

»Du hast ihn nicht etwa aus dem Grab mitgehen lassen?«, fragte Mr Turner vorsichtig.

»Dad!«

»Natürlich nicht. Entschuldige. Das war dumm von mir. Also, wo hast du ihn her? Wann hast du ihn gefunden? Wieso bekomme ich ihn erst jetzt zu sehen? Verdammt noch eins.«

»Also dann ist er es? Ja?«

Mr Peacock nickte. »Die Theorie deines Vaters scheint nicht ganz so abwegig zu sein, wie ich ursprünglich dachte. Dies ist der dritte Ort, an dem innerhalb der letzten 15 Jahre ein solcher Ring gefunden wurde, und die beiden letzten Male lag er inmitten der Fingerknochen ziemlich prunkvoll bestatteter Frauen, die vermutlich Priesterinnen waren.«

»Die Priesterinnen der Muordhaina«, sagte Sam.

»Der … was?«

»Na, Muordhaina, Mr Turner, die Göttin der Weisheit, des Lebens und des Todes.« Eric, der mit hochroten Wangen von der langen Fahrradfahrt ins Wohnzimmer gekommen war, grinste ihn frech an. »So was weiß man doch.«

Keine Viertelstunde später waren die Ausgräber auf dem Weg ins Moor.

Sam hatte nach einer kurzen, aber heftigen Auseinandersetzung mit ihrem Vater den Ring zurückbekommen und führte die anderen mit gemischten Gefühlen zu der Quelle. Es erschien ihr im Grunde nicht richtig, den für Moira und ihr Volk offenbar heiligen Ort – heilig wie die Eichen, von denen es keine mehr gab – der profanen Neugier der Archäologen auszuliefern, doch gleich darauf schüttelte sie den Kopf über ihre merkwürdigen Gedanken. Es war doch nur eine Quelle! Außerdem glaubte sie nicht an die Götter der alten Kelten und schließlich wollte sie ja selbst erfahren, was wirklich mit der Priesterin geschehen war. Die Archäologen hierher zu bringen war der einzige Weg. Sie drehte den Ring an ihrem Finger, Moiras Ring, wie sie nun sicher wusste, der eineinhalb Jahrtausende lang verschwunden gewesen war.

Mr Turner humpelte an seiner Tochter vorüber und ging vor dem Wasser in die Hocke. Er beugte sich vor, um besser sehen zu können, und zog dabei wie verträumt die Fingerspitzen über die Oberfläche, genau wie sie es vor einigen Wochen getan hatte, ehe er dann mit beiden Händen den Grund abtastete. Die anderen machten sich währenddessen daran, die Umgebung genauer zu untersuchen. Die Quelle lag am Rand des tiefen Moors und weite Teile des Bodens bestanden noch aus fester, trockener Erde. Der sumpfige Morast begann erst einige hundert Meter weiter hinten.

Sam blieb kurz bei ihrem Vater stehen und schloss sich dann Iris und Mr Peacock an, die zwischen dem Heidekraut und dem Ginster herumkrochen. Sie schoben mühsam die Pflanzen auseinander, als dazwischen mit einem Mal Steine auftauchten. In die Erde eingesunken und durch den dichten Pflanzenwuchs kaum zu erkennen lagen Mauerreste.

Mr Peacock schrie erfreut auf.

»Na hallo«, rief Iris. »Wenn das nicht interessant ist.«

Der Professor folgte bereits der breiten Linie aus Bruchstein, die in einem rechten Winkel nach links führte.

»Da hast du uns wohl zu einem weiteren Fund verholfen, Sam«, lachte Mr Turner neben ihr. »Das gibt's doch gar nicht. Das scheint ein Haus gewesen zu sein.«

»Hier müssen früher doch einmal mehr Menschen gelebt haben als angenommen.«

Joe entdeckte daneben weitere Mauerreste, und nach weiterem Suchen hatten sie die Fundamente so vieler Gebäude ausgemacht, dass sie ein kleines Dorf vor sich zu haben schienen. Sie versuchten die genauen Ausmaße der einzelnen Häuser und ihre Lage zueinander auf Papier festzuhalten und kamen dem Moor dabei gefährlich nahe.

Sam warf einen Blick auf den Block in Melanies Hand.

»Das waren alles einmal Wohnhäuser«, erklärte Mr Peacock, »auch wenn sie so klein waren, dass kaum zwei Menschen hineingepasst haben dürften. Und das hier«, er wies mit der linken Hand in einem weitem Bogen um sich, »ist ohne Zweifel der Grundriss einer Kirche.«

»Eine Kirche?«, rief Iris. »Hier?«

»Warum gibt es keine Aufzeichnungen über den Ort?«, wunderte sich Joe.

Mr Turner runzelte die Stirn. »Vielleicht war der Ort nicht sehr lange bewohnt und die Aufzeichnungen sind verloren gegangen.«

»Vielleicht war der Ort auch geheim oder nicht sehr beliebt.« Sam war die ganze Zeit über schon blass und schweigsam gewesen, als bedrückte sie etwas, doch sie hätte nicht sagen können, was es war.

»Auf jeden Fall muss es dann auch einen Friedhof gegeben haben«, sprach Mr Peacock weiter.

»Hier.« Pete hatte sich in der Nähe der Quelle den Boden angesehen und wies nun auf eine Stelle, keine zweihundert Meter von den anderen entfernt. »Hier ist ein ummauertes Viereck, in dem ein paar moosbewachsene Steine liegen.«

Mr Turner strich sich über den Bart, während er sich den Ort genauer ansah. »Eine Grabung würde sich hier sicher lohnen, was meinst du?«, wandte er sich an Mr Peacock und ließ den Blick über das Moor schweifen.

»Kein Zweifel. Es sieht mir aus wie ein Kloster.«

»Möglich. Der Ort muss in frühchristlicher Zeit bewohnt gewesen sein, und wenn auch nur für kurze Zeit. Sieh dir die geschwärzten Steine an, die Kirche, die Häuser, die Steine auf dem Friedhof, das könnte ein Feuer gewesen sein.«

»Das Kloster ist bis auf die Grundmauern abgebrannt und danach nicht wieder aufgebaut worden.«

»Jemand hat den Ort dem Erdboden gleichgemacht und

danach war es für die Bewohner wohl zu gefährlich, hier zu bleiben.«

»Vielleicht hat jemand nach dem Ring gesucht, jemand, der wusste, dass er hier sein musste«, unterbrach Eric ihr Gespräch.

Mr Turner schmunzelte amüsiert. »Ja, und dann sind die Mönche in die Höhlen geflohen.«

»Vielleicht sind die Mönche fortgezogen und erst sehr viel später wiedergekommen«, sagte Sam ernst, ohne auf den scherzenden Ton ihres Vaters einzugehen. Sie dachte an das Gespräch der Mönche in den Höhlen. Überall hatten sie nach dem Schwert gesucht, hatte dieser Oleander gesagt, nur nicht im Tal selbst. Deshalb waren sie so interessiert an den Ausgrabungen ihres Vaters.

»Ich frage mich, wie der Ring ausgerechnet hier gelandet ist«, meldete sich Joe zu Wort, »wenn er an den Finger der Priesterin gehört.«

»Da gibt es diese Liebesgeschichte zwischen der Priesterin und einem jungen Mönch.« Pete stemmte die Arme in die Seiten. »Der alte Colm hat sie mir erzählt, als ich in deinem Alter war«, wandte er sich an Eric.

Sam schüttelte den Kopf. »Aber dieser Geschichte zufolge hat der Mönch das Tal verlassen, er hat nicht hier gelebt und ist auch nicht hier beerdigt worden.«

Moira hätte den Ring niemals freiwillig hergegeben. Er war ihr gestohlen worden, und der ihn gestohlen hatte, musste ihn ihr vom Finger gerissen haben, und das hatte er erst geschafft, nachdem er sie erschlagen hatte. Von hinten erschlagen, weil er sie fürchtete wie der Teufel das Weihwasser. Was für ein Vergleich! Und dann? Hatte er den Ring fortgeworfen? Hatte er ihn als Trophäe behalten und war mit ihm beerdigt worden?

»Das werden wir wohl nie erfahren«, sagte ihr Vater, als

würde er ihre Fragen beantworten. Er griff nach Sams Hand, um sich den Ring noch einmal anzusehen.

Sam schreckte aus ihren Gedanken. Sie wollte etwas erwidern, als sie hinter ihm plötzlich eine Gestalt bemerkte. Wie hypnotisiert starrte sie an ihrem Vater vorbei.

Da war der hässliche alte Mönch. Der Wind zerrte an seiner schwarzen Kutte und hatte die Kapuze von seinem kahlen Schädel gerissen. Er grinste sie an, als verhöhnte er sie.

Sam erschrak fast zu Tode. Sie wurde leichenblass und taumelte zurück.

»Was ist denn, Sam? Ist dir schlecht?«, rief ihr Vater erschrocken. Er fing sie auf, ehe sie umkippte, und folgte ihrem starren Blick. »Was ist da?«

»Nichts, da ist gar nichts«, schnappte sie und stützte sich auf seinen Arm. »Mir war nur schwindlig.«

Der Mönch stand noch immer unbeweglich mitten auf dem ehemaligen Friedhof, sah jetzt aber auf die Hügel im Westen. Sam wandte sich um und folgte seinem Blick. Eine Gestalt lief durch das Tal auf die Höhlen zu. Am Fuß der Hügel blieb sie abrupt stehen und wandte sich zu ihnen um. Sam konnte kaum mehr als einen dunklen Fleck erkennen, doch sie war sicher, dass es der Mann aus den Höhlen war. Plötzlich verschwamm das Bild des alten Mönchs mit der Gestalt bei den Hügeln. Sie sah sein Gesicht so dicht vor ihrem eigenen, als stünde er direkt vor ihr. Sie zuckte zusammen. Ihre Knie wurden weich und sie sackte zu Boden.

»Sam!«, rief ihr Vater erschrocken. »Um Himmels willen, Sam!«

Doch Eric stand schon an ihrer Seite und hob sie auf. »Wir sollten zurückgehen«, sagte er schnell, den Arm vorsorglich um ihre Hüfte gelegt.

Mr Turner stützte sie von der anderen Seite, bis sie an der Quelle vorüber und schon fast am Cottage waren und Sam sich wieder sicher auf den Beinen fühlte. Ihr Vater brachte sie in ihr Zimmer, doch da sie kein Wort mit ihm sprach, schickte er wenig später Eric hinein.

»Wie geht es dir denn?« Eric setzte sich in den Sessel, der am Fenster neben ihrem Bett stand. »Was hast du gesehen?«, fragte er.

»Den Mönch, den bösen, alten Mönch. Und er hat mich auch gesehen, das weiß ich. Oh Gott, er hat mich angesehen, als wüsste er genau, wer ich bin. Wie kann das sein, Eric, er ist doch nur Teil einer Erscheinung, er ist doch nicht real«, rief sie.

»Das hast du dir vielleicht auch nur eingebildet.« Er pfiff durch die Zähne. »Mann, ich möchte nicht an deiner Stelle sein.«

»Ich eigentlich auch nicht, das kannst du mir glauben«, sagte Sam müde.

»Was hat das nur zu bedeuten?«

»Die Mönche wollen das Schwert, von dem sie wissen, dass wir kurz davor sind, es zu finden. Und ich bin hier, um das zu verhindern«, flüsterte sie, kurz bevor sie einschlief.

Doch am nächsten Tag, als Eric sie darauf ansprach, konnte sie sich nicht mehr an ihre Worte erinnern.

Mr Turner kam früh am nächsten Morgen in Sams Zimmer und setzte sich unaufgefordert neben sie auf die Bettkante. »Na, Liebes.«

Sie sah ihn müde an. »Was ist? Haben wir was gefunden?«

Er schüttelte lächelnd den Kopf. »Was ist nur mit dir, Sam? Ich habe mir gestern richtig Sorgen um dich gemacht. Sind das die Nachwirkungen der Erkältung? Aber die hast du dir auch nur eingefangen, weil du zusammengebrochen bist.

Was ist nur los mit dir?« Er strich ihr über die Wange. »Soll ich Doktor Witherspoon holen?«

Sam schob seine Hand beiseite und Mr Turner sah sie gekränkt an. »Es ist nichts, Dad. Ich war bloß erschöpft.«

»Dann ist es besser, wenn du dich die nächsten Tage erst einmal ausruhst. Lass dich bloß nicht am Grabungshügel blicken, hast du mich verstanden? Ich habe dich noch nie so blass gesehen. Ruh dich aus, Sam. Ich will nicht, dass meine einzige Tochter bei einer meiner Ausgrabungen tot umfällt.«

»Sicher nicht, Dad, das könnte ja ein schlechtes Licht auf deine Arbeit werfen.« Sie biss sich zu spät auf die Zunge. Sie hatte das nicht sagen wollen. Aber sie war müde und fast am Ende ihrer Kräfte. Seit sie in das Tal gekommen waren, hatte sie noch immer keine einzige Minute mit ihrem Vater verbracht, in der sie nicht mit der Ausgrabung beschäftigt waren. Und jetzt wollte er ihr die Grabungen auch noch verbieten!

»Sam, was redest du da?« Mr Turner starrte sie entsetzt an. Dann fragte er leise: »Bin ich denn ein so schlechter Vater?« Doch noch ehe sie antworten konnte, war er aufgestanden und ging zur Tür. »Ich liebe dich mehr als alles andere auf der Welt, Sam, du bist meine Tocher. Aber ich liebe eben auch meine Arbeit und ich sehe keinen Grund, mich dafür zu entschuldigen.« Er ging hinaus, ohne sich noch einmal umzudrehen.

Sam presste die Lippen aufeinander. Sie hatte ihn verletzt. Es hatte ihr Leid getan, schon als sie es gesagt hatte, wenn sie auch fand, dass es nicht ganz ungerechtfertigt war. Es war nicht immer klar, was für ihren Vater wichtiger war, die Toten oder die Lebenden, so sehr ging er in seiner Arbeit auf. Aber er war kein so schlechter Vater, wie sie ihm immer vorwarf, er hatte sich stets um sie gekümmert, war immer da gewesen, wenn sie ihn gebraucht hatte, und dass sie sich die letzten Jahre kaum gesehen hatten, war nur ihre eigene Schuld gewesen, denn sie hatte ihn nicht sehen wollen. Sie sprang aus dem Bett, um sich bei ihm zu entschuldigen und ihm endlich den Grund für ihren Zustand zu erklären, auch wenn er ihr wohl kaum glauben würde. In der Tür jedoch prallte sie gegen Eric.

»Ich mache mir Sorgen. Dein Dad hat gesagt, du bist noch immer krank.«

»Wir haben uns gestritten.« Sie lehnte sich gegen das Fensterbrett und verzog das Gesicht.

»Das liegt sicher nicht nur an deinem Vater.«

»Danke für die ehrlichen Worte.«

»Du musst entschuldigen, Sam, aber ich halte deinen Dad für ziemlich in Ordnung. Du solltest froh sein, dass du einen Vater wie ihn hast, du solltest froh sein, dass du überhaupt noch einen Vater hast.« Eric stand dicht vor ihr und funkelte sie böse an. »Wenn du ihn nämlich nicht willst, ich nehme ihn sehr gerne.«

»Du hast ja Recht«, murmelte sie zerknirscht. »Aber wenn wir überhaupt miteinander reden, richtig reden, meine ich, dann streiten wir uns.«

»Weil ihr zwei euch sehr ähnlich seid.«

»Das stimmt doch gar nicht«, rief Sam. »Wir haben überhaupt nichts gemeinsam, na ja, fast nichts. Außerdem hat er mir verboten euch zu helfen.« Sie verschränkte die Arme.

»Nach deinem Zusammenbruch gestern wundert mich das nicht. Zumal du schon seit Tagen furchtbar blass und unruhig bist und ziemlich müde aussiehst.«

»Hat mein Vater dich zu mir geschickt?«, fragte Sam misstrauisch.

»Nein.« Eric lachte. Dann wurde er ganz plötzlich wieder

ernst. »Ich habe das Gefühl, wir sind alle in großer Gefahr«, sagte er unvermittelt und setzte sich auf die Bettkante. »Als ob sich etwas über uns zusammenbraut, das wir nicht aufhalten können, als ob das Schicksal etwas für uns bestimmt hat, gegen das wir uns nicht wehren können.«

»Etwas, das schon vor langer Zeit begonnen hat«, sagte Sam heiser, »und das wir zu Ende führen müssen.«

»Ja, genau. Es ist unheimlich, nicht wahr, wie sich die Geschichte zu wiederholen scheint. Da sind die Mönche, die das Schwert wollen, und da sind wir, die das zu verhindern suchen.«

Sam sah ihn fast ängstlich an. Wieso musste er immer aussprechen, was sie kaum zu denken wagte?

»Aber wer sind wir denn schon?«, hörte sie sich fragen. »Die Mönche gehören einem alten Orden an, aber wir haben mit der ganzen Sache doch eigentlich nichts zu tun.«

»Glaubst du an so was wie Reinkarnation?«, fragte Eric plötzlich.

»Nein«, rief sie wie aus der Pistole geschossen. Sie wollte den Gedanken nicht weiterverfolgen.

»Aber es ist schon komisch, dass nach 1500 Jahren ausgerechnet du den Ring findest, und genau in dem Moment, als das Schwert von seinen Feinden gefunden zu werden droht.«

Sam sah aus dem Fenster und kehrte Eric den Rücken zu. Sie spürte ihr Herz heftig schlagen. »Kannst du die Vorstellung denn mit deinem christlichen Glauben vereinbaren?«

»Nein, eigentlich nicht. Aber vielleicht ist das Mysterium Gott zu groß, als dass wir es wirklich begreifen und in nur einer einzigen Religion bewahren können.«

Sam erwiderte nichts. Sie hatte die Vorstellung, immer und immer wieder geboren zu werden, zeitlebens für beängstigend gehalten. Sie schüttelte den Kopf. Zu welchem Zweck denn auch? Leben entstand, um sich danach zu sehnen, endgültig zu vergehen, weil der Kreislauf der ständigen Wiedergeburten kaum zu ertragen war? Nein! Doch genauso beängstigend schien ihr der Gedanke an nur ein einziges Leben zu sein, das mit dem Tod oder dem ewigen Leben in Himmel oder Hölle endete. Sie wollte nicht darüber nachdenken, denn sonst musste sie sich eingestehen, dass sie Angst vor dem Tod hatte. Sie wollte nicht darüber nachdenken, weil sich dann die Frage nach Sinn und Zweck des Lebens stellte und sie Angst davor hatte, erkennen zu müssen, dass das Ganze gar keinen Sinn hatte. In ihrem Inneren entbrannte ein Kampf zweier entgegengesetzter Weltanschauungen, wenn sie anfing, darüber nachzudenken. Die eine hing ergeben am christlichen Gott, die andere glaubte an das Nichts. Also wollte sie lieber nicht zu viel nachdenken. Sie wollte schon gar nicht mit Eric darüber reden, doch Eric war nicht zu bremsen.

»Und dann ist es keineswegs abwegig, dass Moira wiedergekommen ist«, sagte er gerade.

Sam wirbelte herum und starrte ihn entgeistert an. »Du redest ziemlichen Unsinn daher«, fuhr sie ihn scharf an. »Es ist sicher nur Zufall, dass ausgerechnet ich den Ring gefunden habe, und selbst wenn nicht, lässt sich das sicher auch anders erklären.« Sie ließ sich neben ihn auf das Bett fallen.

Eric nickte. »Sicher, eine Geschichte lässt sich auf aberhundert verschiedene Weisen erzählen«, sagte er. »Ich dachte nur, diese Version wäre spannender, zumal sie alle Fragen beantwortet.«

Sam stützte das Kinn in die Hände. »Bis auf die Frage, was wir jetzt tun können.«

»Wir können gar nichts tun, wir können nur abwarten, wie sich die Dinge entwickeln.«

»Wir müssen das Schwert finden.«

»Und was tun wir, wenn wir das Schwert haben?«

»Ich habe absolut keine Ahnung.«

10

Sam blieb der Ausgrabung auch die nächsten Tage fern. Nach ihrem Gespräch mit Eric zog sie sich für eine Weile von den anderen zurück und erschien nicht einmal mehr zu den Mahlzeiten. Sie saß die meiste Zeit in ihrem Sessel am Fenster und starrte gedankenverloren auf die Hügel.

Die Archäologen schlossen derweil die Arbeit in der unterirdischen Kammer ab, ohne auf ein weiteres Grab gestoßen zu sein. Mr Turner hatte ein paar der Funde bereits nach Dublin geschickt, wo er sie nach Abschluss der Grabungen im Herbst und im Winter weiter untersuchen konnte. Mit seiner Tochter hatte er seit ihrem Streit kaum ein Wort gesprochen.

Eric hielt sie über den Stand der Arbeiten auf dem Laufenden. »Morgen wollen wir uns noch einmal den Stollen ansehen, und wenn wir nichts weiter finden, will sich Mr Peacock um die Genehmigung bemühen, hinter der Quelle Probegrabungen vornehmen zu dürfen.«

»Was glaubst du, wer dort gelebt hat?«

»Die Mönche«, sagte Eric ohne zu zögern. »Wer sonst?«

»Und wer hat das Kloster in Schutt und Asche gelegt? Und warum?«

»Jemand, der nach dem Ring gesucht hat.«

Sam strich mit den Fingerspitzen über die Sessellehne.

»Aber wer? Das Kloster kann erst nach der letzten Schlacht begründet worden sein und danach hat hier niemand mehr gelebt, der über die Angelegenheiten der keltischen Priesterschaft wirklich Bescheid wusste.«

»Das Tal wird erst seit der Zeit nach der Schlacht das verwunschene Tal genannt«, sagte Eric nachdenklich, »und in vielen Geschichten soll auch das Böse dort erst gehaust haben, nachdem die Kelten und der alte Glaube bereits verschwunden waren.«

Die beiden sahen sich an.

»Dann wurden die Bewohner des Klosters von den Menschen der Gegend hier als das Böse angesehen?«, fragte Sam ein wenig ungläubig. »Die das Böse bekämpfen wollten sind selber zum Sinnbild für das Böse geworden?«

»Es kommt immer auf den Standpunkt an. Die Menschen hier hingen damals noch ihrem alten Glauben an, und Oleander war, soweit wir wissen, nicht eben zimperlich, wenn es um die Verbreitung seiner Lehre ging.«

»Dann haben sich möglicherweise einige Jahre später die letzten Anhänger der alten Religion zusammengerottet und die Mönche vertrieben. Vielleicht ging es gar nicht um den Ring.«

»Es kann aber auch einer zurückgekehrt sein, der Bescheid wusste und das Geschehene ausbessern wollte.«

»Thimon.«

Eric nickte. »Obwohl ich mir eigentlich nicht vorstellen kann, dass er gegen seine eigenen Glaubensbrüder vorgegangen ist.«

»Wenn er mit Moira befreundet war, hat er sicher viel von ihr gelernt und sich vielleicht für immer von den anderen Mönchen getrennt.«

»Vielleicht.« Eric zuckte die Schultern. »Aber das sind alles nur Theorien. Es macht mich wahnsinnig, dass wir nie erfahren werden, was wirklich im Einzelnen passiert ist«, rief er.

»Ja«, sagte Sam langsam. Sie zögerte. »Aber manchmal habe ich das vage Gefühl, ganz genau zu wissen, was passiert ist, nur dass ich mich nicht richtig … erinnern kann«, sagte sie und beugte sich so weit vor, dass sie mit ihrer Nasenspitze fast sein Gesicht berührte. »Erinnern, verstehst du? Es ist, als hätte ich Teile eines Puzzles in meinem Kopf, die ich nicht richtig zusammensetzen kann.«

Eric fasste sie bei den Schultern und sah sie eindringlich an. »Aber du musst dich erinnern. Wir müssen das Schwert finden«, sagte er, als es an der Tür klopfte.

Gleich darauf kam Melanie herein, ein Tablett in der Hand, das sie mangels Platz auf dem Bett abstellte.

»Kommt der Prophet nicht zum Berg, muss der Berg zum Propheten«, rief sie und sah die beiden an. »Was macht ihr denn da?«

»Nichts.« Eric ließ eilig die Hände sinken.

»Entschuldigung, geht mich ja gar nichts an«, sagte sie und grinste trotzdem. »Du solltest mal wieder was essen, Sam«, sie wies auf den Teller mit Gemüseauflauf, Brot und Schinken, »sonst siehst du bald aus wie er.«

»Ist was nicht in Ordnung mit mir?«, schnappte Eric und verschränkte die Arme.

Sam musterte seinen dürren Körper und die spitzen Schultern und griff eilig nach dem Teller. »Danke«, rief sie hinter Melanie her, die bereits in der Tür stand, sich aber noch einmal umwandte.

»Wir fahren gleich nach Carrickbeg. Die Ausgrabungen sind ja so gut wie abgeschlossen, also gönnen wir uns einen Abend im Pub. Kommt ihr mit?«

Eric starrte sie an. »Aber wir können das Tal nicht alle zusammen verlassen. Die Männer …«

»Was sollen die finden? Wir haben den Stollen und die kleine Kammer mehr als einmal untersucht, Eric, da ist nichts mehr, und falls doch, werden diese Kerle die gleichen Schwierigkeiten haben wie wir auch. Die werden kaum an einem Abend finden, was wir in Wochen nicht entdeckt haben.«

Er ließ die Schultern hängen und nickte. »Du hast sicher Recht.«

»In einer halben Stunde geht's los.«

Eric fuhr mit Pete zusammen auf dem Fahrrad voraus, während die anderen sich in den heftig schaukelnden Jeep drängten. Mr Turner trat das Gaspedal durch und überholte die beiden noch kurz vor der Einfahrt ins Dorf. Er winkte ihnen lachend zu und kam auf dem großen Marktplatz von Carrickbeg ziemlich abrupt zum Stehen.

»Mir ist schlecht.« Sam hielt sich den Bauch. Sie hatte zu viel gegessen und der wilde Fahrstil ihres Vaters war ihr nicht gerade bekommen. Sie wehrte die besorgten Blicke der anderen ab. »Ist nicht so schlimm. Ich bleibe einen Moment hier vor der Tür, ja?«, wandte sie sich an ihren Vater, der neben ihr stehen geblieben war. Sie brauchte nur ein wenig frische Luft und festen Boden unter den Füßen, dann ging es ihr gleich wieder besser.

»In Ordnung.« Mr Turner zog die Tür des Pub auf, aus der für einen Moment lautes Stimmengewirr drang, und folgte mit Eric zusammen den anderen. Obwohl es noch nicht sehr spät am Abend war, schien das Lokal bereits voll zu sein.

Sam sah ihnen hinterher, ehe sie sich auf die Bank vor der Kneipe setzte. Musik drang aus dem nur angelehnten Fenster. Sie atmete ein paarmal tief durch, bis sie merkte, dass ihr Magen sich beruhigt hatte, und legte dann den

Kopf in den Nacken. Aberhunderte kleiner Lichtpunkte flimmerten im Dunkelblau des Abendhimmels, doch der Mond war hinter einer Wolke verschwunden.

Sie suchte eben den Großen Wagen, als sie mit einem Mal merkte, dass sie beobachtet wurde. Langsam senkte sie den Kopf.

Im Schatten hinter einer der Straßenlaternen stand ein Mann. Sie spürte seinen Blick mehr, als dass sie ihn sah.

»Guten Abend«, rief sie eilig. Sie wollte gar nicht erst Zeit haben, Angst zu bekommen.

Der Mann trat aus dem Schatten und kam ein paar Schritte auf sie zu. Es war der Mönch.

Sam erschrak. Sie starrte ihn verwirrt an. Sie hatte noch nie außerhalb des Tals Visionen gehabt. Was sie aber noch mehr irritierte, war seine Kleidung. Statt einer weiten Kutte trug er eine dunkelgrüne Jacke über einem dicken Pullover und einer schwarzen Hose.

»Guten Abend«, erwiderte er ihren Gruß. Sein spitzes, dürres Gesicht deutete ein Lächeln an, doch seine hellen Augen funkelten unheilvoll.

Sam stand auf. Sie schluckte, doch der Kloß in ihrem Hals wollte einfach nicht verschwinden. Er war nicht der Mönch aus ihren Visionen. Er war der Mann aus den Höhlen, sein Nachfolger. Oleander.

»Warum stehen Sie da im Dunkeln und beobachten mich?«, fragte sie mit überraschend ruhiger Stimme.

»Ich war neugierig.«

»Neugierig? Worauf?«

»Wie du aussiehst.«

Sam schwieg.

Er warf mit unruhig flackernden Augen einen Blick auf ihre Hände, die sie eilig in ihre Jackentaschen schob. Einen Moment lang meinte Sam, so etwas wie Furcht in seinem

Gesicht zu erkennen. Doch noch ehe sie sich überlegen konnte, was sie sagen sollte, hatte der Mann sich wieder in den Schatten zurückgezogen und war verschwunden.

Sam wartete nicht länger. Sie rannte auf den Eingang der Kneipe zu und riss hastig die Tür auf.

Eric und ihr Vater standen an der Theke und nahmen gerade ihre Getränke entgegen, während die anderen sich offenbar auf die Suche nach einem freien Tisch gemacht hatten.

»Da bist du ja.«

»Du bist schon wieder so blass«, flüsterte Eric ihr ins Ohr.

Sie lächelte und nahm dankbar das Glas an, das ihr Vater ihr reichte. »Was ist das?«

»Apfelwein – aber nur ein Gläschen«, rief er warnend.

»Das hast du also nicht vergessen.«

»Ich vergesse nie etwas«, sagte ihr Vater. »Wenn ich auch viel verzeihe.«

Sam biss sich auf die Lippen, beugte sich dann plötzlich vor und gab ihrem Vater einen Kuss auf die Wange.

»Wofür war das?«, fragte er überrascht.

»Als Entschuldigung, denke ich«, murmelte sie.

»Das mit dem Apfelwein ist lange her.«

»Das meinte ich auch nicht.«

Mr Turner sah sie an und nickte dann. Er stupste mit dem Zeigefinger gegen ihre Nase und wandte sich dann wieder dem Wirt zu, der ihn in ein Gespräch verwickelt hatte. Die Archäologen waren in Carrickbeg bekannt wie bunte Hunde, denn jeder hielt sie für verrückt, sich ausgerechnet ins verwunschene Tal zu wagen.

»Habt ihr nicht so merkwürdige Gestalten im Tal gesehen?«, mischte sich der alte Mann neben Mr Turner in das Gespräch. Er war nicht mehr ganz nüchtern und schwankte gefährlich auf seinem Stuhl.

»Das waren nur Landstreicher.«

»Landstreicher verirren sich nicht in diese Gegend.« Der Wirt wischte die Theke sauber. »Ja, niemand verirrt sich in diese Gegend, nicht einmal Touristen, das ist ja unser Unglück.«

»Dieses verdammte Tal, diese ganze elende Einöde, die schrecken sie alle ab.« Der alte Mann starrte Mr Turner aus wässrigen Augen eindringlich an. »Außer euch.« Er lachte und zeigte ihm dabei seine letzten beiden Zähne.

Eric griff nach Sams Arm und zog sie fort. »Was hatte das mit dem Apfelwein auf sich?«, fragte er.

»Ach, ist nicht so wichtig.« Sie hockte sich neben ihn auf ein altes Fass in der Ecke und sah sich neugierig um.

Einige Musiker saßen an der gegenüberliegenden Wand unter einem alten Ölgemälde und spielten Flöte, Geige und Akkordeon, während ein anderer mit tiefer Stimme traurige Lieder sang.

»Du hattest ein Glas zu viel?«, fragte Eric weiter. »Und dann warst du sehr lustig?«

»Ja, ich schon, mein Vater leider nicht«, sagte sie. »Hätte aber schlimmer kommen können.« Mittlerweile war die Farbe wieder in ihr Gesicht zurückgekehrt.

Der Pub war dunkel getäfelt, mit vielen kleinen Schildern, alten Werbetafeln an der Wand, und auf dem Steinfußboden lagen ausgefranste Teppiche. Die Tische, die völlig planlos über den Raum verteilt standen, waren alle besetzt, sodass ein Teil der Gäste einfach neben der Theke stehen geblieben war. Auch die Archäologen hatten sich mit ihren Getränken kaum von dort fortbewegt.

»Ist das die einzige Kneipe im Umkreis von hundert Meilen?«, fragte Sam. Sie hatte nicht gedacht, dass in dieser trostlosen Gegend so viele Menschen lebten, denn sie hatte kaum jemanden zu Gesicht bekommen.

»So ungefähr«, lachte Eric. »Die Musiker sind hier ziemlich bekannt. Hör mal zu.«

Sie lehnte sich mit dem Rücken gegen die Wand und lauschte der Flöte, die fröhlich und abgrundtief traurig zugleich klang, der Geige, die herzzerreißend jammerte und dann mit dem Akkordeon zusammen so lebenslustige Melodien anstimmte, dass sie ihre Beine kaum stillhalten konnte. Ein Ehepaar sprang plötzlich auf und wirbelte einander an den Händen haltend im Kreis herum. Dann stand auch Eric auf und zog Sam hinter sich her.

»Bist du verrückt?«, rief sie. Sie wollte zu ihrem Platz zurück, doch er ließ sie nicht los. Er stellte sich vor sie hin, fasste sie an den Händen und begann sich zu drehen. Die beiden wirbelten herum, angefeuert von den begeistert klatschenden Zuschauern, bis ihnen die Puste ausging.

Sam musste sich an der Wand abstützen, so erschöpft war sie. Sie schnaufte laut und wischte sich den Schweiß aus dem Gesicht. »Mach das nie wieder, hörst du?« Sie ließ sich auf den Stuhl fallen, den jemand für sie frei gemacht hatte, und lachte begeistert.

Eric beugte sich zu ihr herunter. »Siehst du den Kerl da?«, fragte er, plötzlich ernst geworden. »Der da am Nebentisch.«

Sam wandte ganz langsam den Kopf zur Seite.

»Der ist mir vorhin schon aufgefallen, aber ich dachte, ich bilde mir das nur ein.«

Der Mann war grauhaarig, obwohl er noch nicht sehr alt aussah, und trug schwarze Kleidung. Er saß allein an seinem Tisch und nippte an einem Bier, während sein Blick unverwandt auf den Bereich um die Theke gerichtet war.

»Der beobachtet meinen Vater und die anderen«, flüsterte Sam.

»Er lässt sie keine Sekunde aus den Augen.«

»Was hat das zu bedeuten? Ob er einer der Mönche ist? Die verfolgen uns wohl überallhin. Vor der Tür bin ich vorhin auf diesen furchtbaren Oleander gestoßen.«

»Du …«

Der Mann stand plötzlich auf und lief auf die Tür zu, die zu den Toiletten führte, doch er ging nicht hinein.

»Er scheint auf etwas zu warten.«

»Wir sollten die anderen auf ihn aufmerksam machen«, murmelte Eric in ihr Ohr.

»Warte noch.«

Im selben Moment kam Mr Peacock von der anderen Seite auf die Tür zu. Er blieb unschlüssig stehen, als der Mann ihn ansprach.

Sam runzelte die Stirn. »Kennen die sich etwa?«

»Das kann ich mir nicht vorstellen.«

Die beiden wechselten ein paar Worte, bis Mr Peacock die Toilettentür aufdrückte und der andere Mann sich auf den Weg zum Ausgang machte. Sam überlegte, ob sie ihm folgen sollte, doch da hatte sie ihn auch schon aus den Augen verloren.

»Du hast diesen Oleander vor der Tür getroffen?«, kam Eric wieder auf ihr vorheriges Thema zurück. »Langsam machen die mir wirklich Angst.«

»Ich hatte das komische Gefühl, wir machen denen auch Angst«, sagte sie nachdenklich. »Oder zumindest ich.«

»Wie kommst du denn darauf?«

»Die Art, wie dieser Mann auf meine Hände geguckt hat … Ich weiß nicht, da war was in seinen Augen, das wie Furcht aussah.«

»Der Ring«, entfuhr es Eric. »Er wollte sehen, ob du den Ring trägst.«

»Das denke ich auch«, sagte Sam, »und er scheint einen mächtigen Respekt vor ihm zu haben.«

Sie warteten, bis Mr Peacock zurückkam, ehe sie sich einen Weg durch die Menge zu den anderen bahnten. Mr Turner war noch immer in sein Gespräch mit dem Wirt vertieft, an dem nun neben den Männern an der Theke auch Pete teilnahm, während sich auf dem Tisch, den Iris, Melanie und Joe ergattert hatten, die Biergläser sammelten. Sam und Eric setzten sich dazu, doch Mr Peacock stellte sich ein wenig abseits von den anderen.

»Er sieht bedrückt aus, findest du nicht?«, flüsterte Sam.

»Hat sicher mit seinem Sohn zu tun.«

»Ich wünschte, ich könnte ihn irgendwie aufmuntern.«

Eric hob bedauernd die Arme. »Ich wüsste nicht wie.«

»Ihr zwei habt ja ganz toll getanzt«, rief Iris. Dann wies sie auf Joe. »Ich wollte ihn hier auch dazu bewegen, aber er war zu feige.«

Joe muffelte vor sich hin und sah Hilfe suchend Melanie an, die sich hastig hinter ihrem Glas versteckte.

»Will noch jemand ein Bier?«

»Vielleicht leihst du mir deinen Freund das nächste Mal aus.«

»Niemals!«, entfuhr es Sam etwas heftig. Sie musste lachen und strahlte Eric an, der verlegen auf den Tisch starrte.

Joe kam auch schon wieder von der Theke zurück, allerdings ohne Gläser. »Wir müssen los, die machen hier gleich zu.«

»Ist es schon so spät?« Eric ging ihre Jacken holen.

»Danke.« Sam trat neben Mr Peacock aus dem Pub und sog dankbar die klare, kühle Nachtluft ein. In der Kneipe war es stickig und heiß gewesen.

»Ach, das ist gut, was?« Mr Peacock schloss für einen Moment die Augen.

»Hm«, machte Sam. »Wer war eigentlich der Mann, mit

dem Sie sich vorhin unterhalten haben?«, fragte sie wie beiläufig.

»Welcher Mann? Oh, der. Er wollte nur die Uhrzeit wissen.«

»Dafür haben die sich aber ziemlich lange unterhalten«, flüsterte ihr Eric ins Ohr, ehe er die Wagentür hinter ihr zuschlug und sich auf sein Fahrrad schwang.

Am nächsten Morgen, als die Archäologen deutlich später als sonst zum Grabungshügel kamen, stellten sie fest, dass am Abend zuvor tatsächlich jemand im Stollen gewesen war, wenn die Spuren, die darauf hinwiesen, auch ziemlich gering waren. Die fremden Fußabdrücke in der sandigen Erde der kleinen Kammer und das Arbeitsgerät, das nun anders lag, reichten Mr Turner als Hinweise.

»Das darf doch wohl nicht wahr sein.«

»Ich hab's doch gesagt«, brummte Eric und sein Gesichtsausdruck erinnerte Sam mit einem Mal sehr an seinen Großvater.

Die beiden wechselten besorgte Blicke. Ob die Männer gefunden hatten, wonach sie gesucht hatten? Gar nicht auszudenken. Doch nichts im Stollen und der Kammer wies darauf hin, dass sie in der Erde gegraben, geschweige denn etwas entdeckt hatten. Sie hätten sicher nicht versucht wieder aufzuräumen, wenn sie das Schwert bereits in ihren Händen hielten.

Sam war mit den anderen ins Tal hinuntergekommen, um an diesem voraussichtlich letzten Tag im Hügelgrab noch einmal nach Thain O'Darys Überresten zu suchen. Ihr Vater hatte keine Einwände erhoben, und während die anderen sich nach weiteren Spuren der Eindringlinge umsahen und noch einmal den Stollen absuchten, ging Sam zurück in die kleine Kammer.

»Wo also bist du?«, flüsterte sie. Plötzlich sah sie ihren Vater vor sich, wie er mit der goldenen Gewandspange gesprochen hatte, und musste grinsen.

Der niedrige Raum sah wieder fast so aus, wie an dem Tag, als sie ihn entdeckt hatten, nur dass die Fundstücke fehlten. Sam klopfte die Wände ab, was die anderen sicher auch schon mehr als einmal getan hatten, und stemmte dann aufseufzend die Arme in die Seiten. Wieso nur bildete sie sich ein, dass ausgerechnet sie fand, was die Archäologen nicht entdeckt hatten? Und warum war sie mit einem Mal bloß so felsenfest davon überzeugt, dass es in der Kammer zu finden war?

Einer Eingebung folgend ging sie in die Hocke und tastete den Boden ab. Die anderen hatten den Sand und das Geröll bereits mehrmals untersucht. Sie konnte sie im Stollen arbeiten hören, das Schlurfen ihrer Füße, das Klopfen an den Wänden, ihre leisen Stimmen.

Sams Finger glitten suchend über die Erde, als mit einem Mal das Flüstern begann. Zuerst dachte sie, es wäre einer der anderen. Sie sah auf. Doch sie war allein in der kleinen Höhle.

Das Flüstern schwoll an, es füllte bald den ganzen Raum, doch sie konnte nicht sagen, aus welcher Richtung es kam.

»Das ist nur der Wind«, sagte sie laut und der Klang ihrer eigenen Stimme beruhigte sie ein wenig. Ihr Herz pochte ihr trotzdem bis zum Hals, als sie fortfuhr den Sand mit den Fingern zu durchsieben.

Plötzlich stieß sie auf glatten Fels, der sich anders anfühlte als der übrige Boden. Sie war an der Stelle angelangt, an der sie Moiras Überreste gefunden hatten.

Sam fegte mit den Händen hastig das Geröll beiseite, bis sie auf eine dicke Steinplatte stieß. Sie sah fast genauso aus wie der sie umgebende Fels, weshalb sie ihr auf den ersten

Blick gar nicht aufgefallen war. Sie schob noch mehr Sand und Geröll beiseite, bis sie die Kante der Platte zu fassen bekam. Vielleicht war sie nur als eine Art Unterlage für den Leichnam der Priesterin gedacht gewesen, vielleicht aber war sie auch der Eingang zu einer weiteren Kammer.

Sam sprang eilig auf die Füße. Sie griff nach einer der Schaufeln, die noch immer neben dem Eingang lagen, und setzte die Spatenspitze gegen die schmale Kante der Felsplatte. Sie hebelte, bis ihr der Schweiß ausbrach und ihr wie dicke Wasserperlen von der Stirn tropfte. Schließlich hörte sie ein leises Knirschen.

Das Flüstern in dem kleinen Raum wurde lauter. Gleich darauf setzte ein ohrenbetäubendes Geheul ein. Die Platte löste sich vom Boden und glitt zur Seite, ehe sie mit einem dumpfen Krachen wieder auf der Erde aufschlug.

Das Geräusch hallte laut durch den Stollen und gleich darauf hörte sie die Schritte der anderen.

»Sam?«, schrie ihr Vater.

»Was ist das für ein furchtbarer Lärm?«

»Sam? Sag doch was. Ist dir was passiert?«

Sie beugte sich vor. Neben der Platte war mit einem Mal ein kleines, dunkles Loch zu erkennen.

Mr Turner stürzte in die Höhle. »Sam!« Gleich darauf hörte das Heulen auf. Er rannte auf sie zu, blieb dann aber plötzlich stehen. »Was ist denn da passiert?« Er sah auf die verschobene Steinplatte am Boden.

»Ich habe Thain gefunden«, sagte Sam bemüht gelassen, doch ihre Stimme zitterte vor Aufregung.

Mr Turner verschlug es für einen Moment die Sprache und auch die anderen starrten sie nur entgeistert an.

»Dann war das gar nicht der Boden. Das war eine Abdeckplatte«, rief Mr Peacock, der sich als Erster wieder gefangen hatte.

»Woher wusstest du das?«

»War nur so eine Ahnung.« Sie warf Eric, der vor Aufregung ganz rot geworden war, einen viel sagenden Blick zu.

»Ich wusste es«, rief er immer wieder, »ich wusste es.«

Gleich darauf griffen auch die anderen nach Schaufeln und Hacken, bis die Steinplatte beiseite geschoben war und eine viereckige dunkle Öffnung freigab. Sie war gerade groß genug, um hindurchzuklettern.

Mr Turner warf sich auf den Bauch. Modrige, kalte Luft schlug ihm entgegen, während der Lichtkegel seiner Lampe über die massiven Steinwände in dem kleinen, runden Raum knapp zwei Meter unter ihnen glitt. Die Kammer war eindeutig nicht natürlich entstanden, doch war der Fels so grob behauen, dass die Arbeit wohl ziemlich schnell vor sich gegangen sein musste.

»Hol die Leiter«, keuchte er atemlos, doch im ersten Moment fühlte sich niemand angesprochen. Die Ausgräber lagen unbeweglich um die Öffnung herum und starrten mit offenem Mund auf die Gestalt in der Mitte der kleinen Kammer.

Sam sprang schließlich auf und ließ vorsichtig die Leiter hinunter. Ihr Vater griff nach der ersten Sprosse. Er hielt die Lampe dabei starr auf einen Gegenstand gerichtet, der in dem matten Licht hell funkelte.

»Sei vorsichtig.«

Doch er hörte sie nicht mehr. Er wandte ihnen den Rücken zu und lief wie hypnotisiert auf die Gestalt und den Gegenstand zu, den sie in ihren knöchrigen Armen hielt.

Es war plötzlich totenstill.

In der nächsten Sekunde wandte Mr Turner sich um.

Sam starrte ihren Vater an. Sie hatte ihn noch nie so gesehen. Seine Wangen waren feuerrot, seine Augen glänzten wie im Fieber. Er richtete sich in dem niedrigen Raum zu seiner vollen Größe auf, bis sein Kopf dabei fast die Decke berührte, und streckte ihnen mit einem Gesichtsausdruck, in dem sich die widersprüchlichsten Gefühle spiegelten, seinen rechten Arm entgegen. Er hielt ein Schwert in der Hand.

Den Ausgräbern stockte der Atem.

»Oh mein Gott«, flüsterte Mr Peacock schließlich.

»Das Schwert«, schrie Eric wie von Sinnen. »Wir haben das Schwert gefunden.«

Sam wandte den Blick nicht von dem Gegenstand, den ihr Vater mit der rechten Hand umklammert hielt. Sie strich gedankenverloren über die Gravur ihres Rings.

Das Schwert war gut einen Meter lang und aus Eisen, das noch immer glänzte wie frisch poliert. Die Klinge war gerade und lief am Ende spitz zu, der Griff, den Mr Turner ihnen zeigte, war prächtig verziert mit Flechtmustern und einem dicken honigfarbenen Stein.

»Wie wunderschön«, flüsterte Eric ehrfurchtsvoll.

Mr Peacock machte sich daran, die Leiter hinunterzuklettern, doch Mr Turner wehrte die anderen ab, die ihm folgen wollten.

»Die Kammer ist zu klein für uns alle. Iris, kommen Sie, dann sind wir genug.«

Eric biss sich enttäuscht in die Faust.

»Eigentlich ist es ja mein Fund …«, sagte Sam gedehnt.

»Na, Eric, dann komm du auch noch runter«, rief ihr Vater, der sehr wohl verstanden hatte, was seine Tochter wollte. Er ließ sich von ihr und den anderen das Arbeitsgerät herunterreichen und stellte eilig die Lampen auf, bis der kleine Raum, den Moiras Körper verdeckt hatte, in gleißendes Licht getaucht war.

In der Mitte, gleich unter der Öffnung, lagen die Überreste eines prächtig ausgestatteten Keltenfürsten. Er trug ein Kettenhemd aus unzähligen kleinen eisernen Ringen, einen bronzenen Helm, einen Gurt um die Hüften, der zu seinen Lebzeiten wohl das Schwert gehalten hatte, und einen durch zu viele Kriege arg zerbeulten Schild. Der Schildbuckel allerdings war genauso kunstvoll verziert wie die Wangenklappen des Helms.

»Schau dir das nur alles an«, stöhnten Pete und Joe gleichzeitig.

Der einzige Schmuck, den er trug, war ein goldener Halsreif.

»Die Gewandspange, die wir im oberen Grab gefunden haben, gehört ganz sicher nach hier unten«, hörten sie Mr Peacock sagen.

»Ich glaube aber nicht, dass jemand in den letzten Jahrhunderten die Kammer geöffnet hat, nur um die Spange oben zu vergessen«, sagte Mr Turner. »Das muss bei der Bestattung passiert sein.«

»Dann wurden die beiden zur selben Zeit von den selben Personen begraben?«, fragte Sam.

»Ich denke schon, und zwar ziemlich eilig, sonst wäre das mit der Spange sicher nicht passiert. Und schau dir die Wände an. Die Kammer ist so grob gearbeitet und so klein, dass sie für einen so prächtig ausgestatteten Fürsten völlig unangemessen erscheint.«

»Die Bestattung hat aber nicht nur sehr eilig stattgefunden, sie war mit Sicherheit auch geheim.«

»Ja«, sagte Mr Turner nachdenklich, »die Kammer liegt ziemlich gut versteckt, nicht wahr?«

Sam nickte versonnen, auch wenn niemand sie in dem Halbdunkel der oberen Kammer sehen konnte. Der Leichnam der Priesterin hatte den toten Fürsten und das sagenhafte Schwert beschützt, das machte Sinn. Wieso nur hatte sie nicht früher daran gedacht? Als die Anhänger des alten

Glaubens Moira bestattet hatten, hatten sie gleichzeitig heimlich und direkt vor den Augen ihrer Feinde Thain O'Dary und das Schwert begraben. Das war ohne Zweifel gefährlich gewesen, aber in jenem Moment die einzige Möglichkeit, das Schwert vor seinen Feinden in Sicherheit zu bringen.

An der Wand lehnten einige Speere, an denen noch Blut zu kleben schien, und ein zerbrochener Bogen. Ansonsten war das Grab leer.

Sam starrte ungläubig auf das Skelett hinunter und schluckte. Sie konnte es noch immer kaum fassen. Thain O'Dary! Der legendäre letzte Stammesfürst der Kelten, sie hatten ihn gefunden. Das Schwert von Cromlaigh hatte fast 1500 Jahre lang zwischen seinen Armknochen gelegen, die noch immer über der Brust verschränkt waren. Sam sprang auf, als sie sah, wie Mr Peacock sich vorbeugte und zwischen den Fingerknochen eine kleine Figur hervorzog.

»Seht nur«, rief er.

Es war die gleiche Steinfigur, die in O'Madricks Grab gelegen hatte, doch war sie größer und feiner gearbeitet als ihr Gegenstück. Die Hände und auch der Vogel waren deutlich auszumachen und in die Augen waren kleine Plättchen aus rotem Glas gesetzt.

Sam wandte sich ab. Sie hörte, wie die anderen sich in der Kammer aufgeregt an die Arbeit machten, während sie auf den Ausgang zulief. Sie hatten das Schwert gefunden! Und nun? Was sollten sie damit anfangen? Was nur sollten sie damit tun? Ihr Vater würde es sicher nach Dublin bringen, dann würde es in ein Museum kommen. Aber stimmte die Geschichte mit dem Orden, dann würde das die Mönche kaum abschrecken. Jetzt also würde sich zeigen, ob die alten Geschichten wahr oder eben doch nur Geschichten waren. Sam fröstelte in dem kalten Wind, der mit einem Mal durch den Stollen zog.

Sie hatte mittlerweile den Ausgang erreicht und kletterte die Leiter hinauf. Doch sie war so tief in ihre Gedanken versunken, dass sie den Vogel auf der obersten Sprosse erst bemerkte, als sie schon dicht vor ihm war. Es war ein Rabe. Er wandte ihr den Schnabel zu und krächzte heiser in den Stollen hinunter. Sam erschrak. Sie verharrte mitten in der Bewegung und wartete, bis er davonflog. Erst dann hangelte sie sich das letzte Stück nach oben. Raben, da waren immer nur Raben. Sie schüttelte sich und hievte sich eilig aus dem Loch.

»Oh mein Gott!«

Das Tal war plötzlich voller Menschen. Hunderte von Kriegern in Kettenhemden, mit Helmen und Schilden, Schwertern und Speeren, Holzstöcken und Äxten, Pfeil und Bogen bewaffnet standen in dichten Reihen keine fünfhundert Meter westlich des Hügelgrabs.

Sam schnappte nach Luft. Sie sah Thain in vorderster Reihe, den bärtigen Krieger, der das sagenhafte Schwert hoch in die Luft stieß, wie es ihr Vater vor ein paar Minuten getan hatte. Der honigfarbene Stein schimmerte in der Sonne. Ihnen gegenüber war die zweite Armee versammelt, und auch die Männer in ihren dunklen Gewändern waren bis an die Zähne bewaffnet. Die Mönche trugen ein hölzernes Kreuz mit sich.

Sam suchte Moira in der Menge, bis sie die Priesterin neben dem Eingang zum Stollen bemerkte. Sie sah ihr direkt ins Gesicht. Sam wäre vor Schreck beinahe rückwärts die Leiter hinuntergestürzt, atmete dann aber tief durch und ging ganz langsam auf sie zu.

»Sprich mit mir«, sagte sie mit zitternder Stimme. »Was soll das? Was soll ich tun?«

Doch Moira lächelte nur. Sie streckte wie schon einmal die Hand nach ihr aus und Sam konnte den Ring an ihrem Finger sehen. Auch sie streckte ihr die Hand entgegen. Dann wandte sich die Priesterin um.

In der gleichen Sekunde setzte ein so ohrenbetäubendes Geschrei ein, dass Sam sich eilig die Hände vor die Ohren presste.

Die Krieger zogen ihre Waffen und setzten sich, langsam erst noch, in Bewegung. Sam sah den alten Mönch, der dem Feind gelassen entgegenblickte, als wüsste er, dass der Zauber gebrochen war. Die Krieger rannten schneller und immer schneller, bis sie in der Mitte des Tals schließlich aufeinander trafen. Der Kampf hatte begonnen.

Sam schwankte, ihr zitterten die Knie. Sie verfolgte entsetzt das Gemetzel vor ihren Augen, bis sich die Bilder langsam aufzulösen begannen und sie erschöpft auf den aufgeschütteten Erdhügel sank. Auch Moira war verschwunden. Einen Moment lang glaubte sie, die Priesterin unter der Eiche zu sehen, ehe auch dieses Bild verschwamm und wie Nebelschwaden zu verdunsten schien. Sie stützte den Kopf in die Hände und starrte zu Boden.

Erst als die Ausgräber Stunden später aus dem Loch geklettert kamen und Mr Turner ihr seine Hand auf die Schulter legte, sah sie auf.

»Hast du die ganze Zeit hier draußen gesessen?«, fragte er ungläubig. Es war mittlerweile dunkel und ziemlich kühl.

Sie blinzelte mit den Augen und wandte sich zu ihm um. »Was?«

»Komm schon.« Er trug einen in ein Tuch gehüllten Gegenstand im Arm, den er eng gegen seinen Leib gepresst hielt. »Alles andere muss bis morgen unten bleiben, aber das hier kann ich nicht aus den Augen lassen«, erklärte er, als er Sams Blick bemerkte.

»Ist auch besser so«, sagte sie lächelnd. »Und du hast nie an das Schwert geglaubt«, fügte sie hinzu.

»Ich hatte immer gehofft, dass es nur eine Legende ist.« Er warf einen besorgten Blick auf den Stoff.

»Gehofft? Was heißt das?« Sie dachte an den furchtsamen Blick ihres Vaters vor ein paar Tagen, als Eric ihn auf das Schwert angesprochen hatte.

Ihr Vater sah sie unschlüssig an. »Ich hatte schon immer ein … merkwürdig unangenehmes Gefühl bei der Geschichte«, sagte er schließlich. »Ich hätte niemals im Tal gearbeitet, hätte ich auch nur geahnt, dass wir das hier finden würden.«

»Aber du glaubst doch nicht an die Legenden über das Schwert«, rief Sam.

»Nein, ich bin Wissenschaftler, ich benutze Geschichten nur, um handfeste Beweise mit ihrer Hilfe zu finden. Ich glaube nicht an die alten Legenden, aber ich habe trotzdem ein schlechtes Gefühl bei der Sache. Ganz besonders jetzt, da wir das Schwert gefunden haben. Es hätte niemals gefunden werden dürfen«, murmelte er.

»Du hast Angst«, sagte Sam.

»Ja, bei Gott, das habe ich«, zischte Mr Turner und sah seine Tochter unsicher an. »Ich weiß nur nicht warum, und das macht mich wahnsinnig, denn immerhin ist es doch nur ein Schwert, oder? Wenn auch ein sehr kostbares.«

Sam nickte, doch ihr Vater konnte sie nicht sehen. Er starrte stur geradeaus in die Dunkelheit, bis sie das Cottage erreichten und die Archäologen sich im Arbeitszimmer versammelten.

»Dann wollen wir doch mal sehen.« Mr Turner legte das Schwert auf den Tisch und wickelte es vorsichtig aus dem Tuch aus.

»Das Schwert von Cromlaigh«, hauchte Eric ehrfurchtsvoll. »Das legendäre Schwert der Elfen.«

»Phantastisch, nicht wahr?«

»Elfen hin oder her«, rief Mr Peacock, »es ist ein prächtiges Schwert.«

»Allerdings.«

Sam strich mit den Fingerspitzen über den Griff. Er fühlte sich glatt und kalt an.

»Was ist das für ein Stein?«

»Ich habe keine Ahnung. Es könnte Bernstein sein, ja, sieh nur, da scheint ein Insekt eingeschlossen zu sein. Siehst du die Flügel?« Mr Turner beugte sich vor.

»Tatsächlich.« Mr Peacock hatte sich neben den Tisch gekniet, um besser sehen zu können. Er schob sich die Brille näher an die Augen und griff nach dem Stein, doch er saß noch immer fest in dem metallenen Griff. »Der Erhaltungszustand des Schwerts ist wirklich unglaublich«, murmelte er. »Kein Rost, nicht einmal Gebrauchsspuren.«

»Ja, es sieht aus, als sei es eben erst hergestellt worden.«

»Nicht wahr?« Mr Turner strich über die glänzende Klinge des Schwerts und zuckte plötzlich zusammen.

»Was ist?«

»Ich habe mich geschnitten.« Er starrte ungläubig auf seinen Finger.

»Die Klinge ist noch scharf?«, riefen die Studenten fast gleichzeitig. »Nach so langer Zeit?«

»Das kann gar nicht sein«, sagte Mr Peacock stirnrunzelnd.

»Du kannst es gerne selbst ausprobieren.« Mr Turner funkelte ihn an und fischte sein Taschentuch aus der Hosentasche.

»Vielleicht ist das Schwert gar nicht so alt, wie wir annehmen?«, sagte Joe.

»Vielleicht hat sich auch jemand einen Scherz erlaubt und uns ein falsches Schwert in das Grab gelegt«, meinte Melanie.

»Ja, um so die Touristen anzulocken. Haben sich die Männer im Pub nicht darüber beschwert, dass sich keine Touristen hierher verirren?«

Mr Turner sah die Studenten einen Moment nachdenklich an, dann schüttelte er den Kopf. »Dafür war der Eingang zum Grab zu gut versteckt, außerdem stammt das Schwert mit Sicherheit aus der Zeit der Kelten.«

»Ja, und selbst wenn es einige 100 Jahre jünger sein sollte, als wir annehmen, erklärt das noch immer nicht seinen ausgesprochen guten Zustand«, fügte Mr Peacock hinzu.

Mr Turner nickte und wickelte das Schwert wieder in das Tuch. Er legte es vorsichtig in eine große Holztruhe, die unter der Bank in der Ecke stand. »Aber um sicherzugehen, werden wir uns morgen das Metall genauer ansehen.«

»Es ist ein Rätsel«, murmelte Mr Peacock und starrte dabei gedankenverloren auf die Holztruhe. »Ein Rätsel.«

Eric warf Sam einen aufgeregten Blick zu. »Das Schwert der Elfen«, flüsterte er in ihr Ohr, als sich die Ausgräber ausgehungert auf den Weg in die Küche machten. »Und du hast es gefunden.«

»Ja, und jetzt beginnt die große Schlacht«, sagte sie leise und dachte dabei an ihre Vision.

Er nickte. »Wir müssen das Tal sofort verlassen, wir müssen das Schwert fortschaffen, wir müssen es vor den Mönchen in Sicherheit bringen.«

»Das würde nichts nützen«, sagte Sam. »Nein, wir bleiben hier.«

»Du bist verrückt«, rief Eric.

»Hier hat alles begonnen, hier wird alles enden.« Sie wusste selbst nicht so genau, was sie damit meinte. »Wir müssen einfach nur abwarten.«

»Warten? Aber worauf denn, um Himmels willen?«

»Ich weiß nicht genau. Auf den nächsten Zug unseres Gegners, denke ich.« Sie grinste mit einem Mal. »Ich bin zu neugierig, was als Nächstes passiert.«

Eric sah sie an, als hätte sie nun völlig den Verstand verloren.

11

Ein Schrei hallte durch das Haus.

Sam schreckte auf und schwang auch schon die Beine aus dem Bett, ehe sie noch richtig wach war. Sie stürzte die Treppe hinunter. Im Flur blieb sie einen Moment unschlüssig stehen. Hatte sie vielleicht nur geträumt? Dann hörte sie einen weiteren Schrei. Er stammte ganz eindeutig von ihrem Vater.

»Ja, so was Unglaubliches!«, schrie er. »Zum Teufel noch mal.« Seine Stimme kam aus dem Arbeitszimmer.

Sam wurde es kalt. Ihr Vater fluchte nur selten, aber wenn, dann hatte er meist einen triftigen Grund dazu. Sie wandte sich nach rechts. »Dad?«

Die Tür zum Arbeitszimmer stand weit offen. Mr Turner hatte sich breitbeinig mitten in den Raum gestellt, die Arme in die Seiten gestemmt, und starrte wütend vor sich hin.

»Was ist denn los?«

Auch die anderen hatten sich mittlerweile eingefunden und rieben sich müde die Augen. Es war fünf Uhr morgens.

»Was machst du denn so früh schon hier unten?«

»Ich wollte arbeiten, aber es ist weg«, rief er. »Das Schwert ist weg.« Die Holztruhe stand vor dem Tisch, sie war offen, aber leer. »Ist die Haustüre abgeschlossen?«

Mr Peacock war als Letzter heruntergekommen und sah

die anderen verstört an. »Natürlich«, sagte er und runzelte die Stirn. Er warf einen unruhigen Blick in den Flur, während die Studenten begannen das Arbeitszimmer zu durchsuchen.

»Das hat doch keinen Sinn.«

Mr Peacock ließ sich in einen Stuhl fallen und schlug sich aufstöhnend die Hände vors Gesicht.

»Ach, beruhige dich doch. Davon geht die Welt nicht unter«, murmelte Mr Turner in einem Ton, der keinen Zweifel daran ließ, dass er das Gegenteil meinte. Er lehnte sich gegen den Tisch.

»Und jetzt?«

»Wir müssen die Polizei verständigen.«

»Waren das etwa diese Kerle, die im Tal herumschleichen?«, rief Joe.

»Wer denn sonst?«

Mr Peacock sah die anderen unglücklich an. »Aber ich hatte es nur für einen Scherz gehalten«, sagte er leise.

Sam runzelte die Stirn. »Was meinen Sie?«, fragte sie.

»Ich konnte doch nicht ahnen … ich meine, ich …« Er brach ab und seufzte laut. »Das Schwert …«, begann er von neuem.

Mr Turner schimpfte vor sich hin.

»Ich fürchte, das ist meine Schuld«, fuhr Mr Peacock fort. Er fing an zu zittern.

»Was soll das denn heißen?«

»Es ist wegen Tim«, sagte er und wandte sich eilig ab, weil ihm die Tränen kamen.

Mr Turner starrte ihn verständnislos an. »Hast du ihm das Schwert etwa geschenkt, oder was?«

»Sag mal, Dad, bist du blind?«, entfuhr es Sam, die schneller verstanden hatte, was Mr Peacock meinte.

»Wie redest du mit mir?«

»Jemand hat Ihnen Geld für das Schwert geboten, nicht wahr?«, fragte sie und beachtete ihren Vater einfach nicht. »Geld, das Sie gut für die Operation brauchen konnten.«

Mr Peacock nickte mit hängenden Schultern. »Ich hatte es zunächst nur für einen Scherz gehalten, denn wir waren ja gar nicht auf der Suche nach dem Schwert.«

»Dann hast du es also genommen und verkauft?«, rief Mr Turner ungläubig. Er war einen Schritt von seinem Kollegen zurückgetreten, als ob er seine Nähe mit einem Mal nicht mehr ertragen könnte.

Mr Peacock schüttelte den Kopf. »Ich habe es nicht genommen. Ich habe mich auch nicht dazu bereit erklärt, es zu tun. Aber ich habe auch nicht gesagt, dass ich es nicht tun würde, verstehst du?« Er sah Mr Turner fast flehend an. »Ich hätte es empört zurückweisen müssen, nicht wahr, ich hätte es dir sagen müssen, aber stattdessen habe ich mir ein Hintertürchen offen gehalten, falls ich es mir anders überlegen sollte, denn ich hatte nur noch meinen Sohn im Kopf, und dann, gestern Abend …«

»Ich kann es nicht fassen«, rief Mr Turner außer sich, »dass du auch nur an die Möglichkeit gedacht hast.«

Sam stand entsetzt vor ihrem Vater. »Hättest du das etwa nicht für mich getan?«, fragte sie ganz leise. »Du hättest nicht einmal darüber nachgedacht?«

Mr Turners wutverzerrtes Gesicht veränderte ganz langsam seinen Ausdruck. Er sah von seiner Tochter zu seinem Kollegen und zupfte an seinem Bart. »Entschuldigung«, sagte er nur, dann zog er Sam lächelnd an sich und drückte sie. Diesmal stieß sie ihn nicht weg. »Wer ist denn der Kerl, der so wild auf das Schwert ist?«, fragte er dann versöhnlich.

»Sein Name ist Gravestone. Er ist offenbar ein Sammler seltener Kunstgegenstände.« Mr Peacock fuhr sich mit den Fingern nervös durch die wenigen Haare.

»Die Kerle hab ich gefressen«, schimpfte Mr Turner.

»Dann war er der Mann, mit dem Sie im Pub gesprochen haben?«, fragte Sam.

»Nein, das war einer seiner … wie sagt man da? … Angestellten. Er hat bereits dreimal mit mir Kontakt aufgenommen, das erste Mal telefonisch, kurz nachdem ich hier angekommen war. Einmal habe ich sogar einen Drohbrief erhalten, aber das war noch ehe wir die Gelder für die Grabungen hier bewilligt bekommen haben.«

»Apropros Geld …«

Mr Peacock schüttelte den Kopf. »Noch nicht. Es ist vereinbart, dass das Geld in Dublin auf mich wartet, sobald dieser Gravestone das Schwert hat.«

»Lohnt es sich denn wenigstens?«, fragte Mr Turner ironisch.

Mr Peacock war mittlerweile sehr blass geworden. Er presste die Lippen zusammen und sah zur Seite.

»Und Sie vertrauen dem Mann?«, fragte Sam ungläubig. »Einem wildfremden Verbrecher?«

»Welche Wahl hätte ich denn gehabt?«

»Was ich nicht verstehe«, meldete sich Melanie zu Wort, »ist, wieso dieser Mann Ihnen Geld geben sollte? Er hat das Schwert gestohlen, Sie haben es ihm nicht gegeben, Sie haben doch überhaupt nichts getan.«

Im selben Moment hörten sie, wie die Haustür aufgeschoben und wieder geschlossen wurde.

Mr Peacock schloss die Augen.

»Das müssen Eric und Pete sein«, rief Joe.

»So früh schon?«

»Dann war die Tür also doch nicht abgeschlossen?«

Mr Peacock schüttelte betrübt den Kopf. »Und er wusste auch genau, wo er zu suchen hatte«, fügte er hinzu.

»Du hast den Kerl gestern Abend noch angerufen?«

Mr Peacock nickte. »Nach einer halben Flasche Whisky ist mir die Entscheidung nicht mehr so schwer gefallen«, flüsterte er.

»Damit ist meine Frage wohl beantwortet«, murmelte Melanie.

»Aber heute Morgen dann, vorhin, als ich dich habe schreien hören, da ist mir erst klar geworden, was ich getan habe.«

Im nächsten Moment näherten sich leise Schritte dem Arbeitszimmer. Die Ausgräber wurden plötzlich ganz still, außer Mr Peacock, der gar nichts zu hören schien.

»Ich war zu feige, es selbst zu stehlen, aber nicht zu feige für die notwendige Hilfestellung. Oh Gott«, stöhnte er und schlug sich erneut die Hände vors Gesicht. »Ich schäme mich so. Ich habe einen großen Fehler gemacht, den größten, den man nur machen kann. Aber ich habe die ganze Sache nicht wirklich ernst genommen. Ich war mir bis gerade eben nicht einmal sicher, ob das alles nicht doch nur ein Scherz war.«

»Aber du hast sicherheitshalber mal die Haustür aufgelassen?«, brummte Mr Turner missmutig.

Mr Peacock sah zu Boden.

Sam spürte, wie ihr die Haare zu Berge standen. Sie starrte wie die anderen auf den Türrahmen, als Eric seinen Kopf um die Ecke schob.

»Ihr seid schon wach?«, sagte er.

»Komm nur rein, Eric, du kannst an unserer frühmorgendlichen Krisensitzung ruhig teilnehmen«, rief Mr Turner.

Eric schlich ins Arbeitszimmer, die Hände hinter dem Rücken, blieb dann aber dicht neben der Tür stehen. Er warf einen Blick auf die offene Truhe vor dem Tisch und verzog das Gesicht.

Sam bemerkte verwundert, wie er unruhig mit dem Bein zu wackeln begann.

»Mr Peacock …«, begann Mr Turner.

»Mr Peacock ist unschuldig«, sagte Eric leise, er war ganz blass, »ich habe das Schwert genommen.«

Die anderen starrten ihn entgeistert an. »Was?«

»Ich wollte es doch so gerne meinem Großvater zeigen, für meinen Großvater ist es die Erfüllung eines Jugendtraums und er ist doch so krank und kann nicht ins Tal kommen.« Eric zog das Schwert hinter dem Rücken hervor, das noch immer in das Tuch gewickelt war, und sah Mr Turner ängstlich an. »Ich wollte es zurückbringen, bevor es jemand bemerkt, ich konnte ja nicht ahnen, dass Sie schon so früh auf sind. Ich weiß, es war dumm von mir«, redete Eric in einem fort, »was nicht alles hätte passieren können, mit den Männern im Tal und so.« Er sah Sam an und legte das Schwert auf den Tisch.

Mr Peacock war aufgesprungen und schlug das Tuch zurück. Er lachte erleichtert auf, als er den honigfarbenen Stein und den kunstvoll verzierten Griff sah. »Dem Himmel sei Dank, ich bin so froh, ich …« Er strahlte Eric an, der verwirrt zurücklächelte.

»Gut für uns, schlecht für deinen Sohn«, sagte Mr Turner leise. »Vielleicht sollten wir doch noch mal Kontakt mit diesem Mr Gravestone aufnehmen.« Er trat an den Tisch und ließ seine Fingerspitzen über das kalte Metall gleiten, ehe er das Schwert in beide Hände nahm.

Doch Mr Peacock schüttelte den Kopf. »Ich glaube, Tim wäre ziemlich entsetzt, wenn er wüsste …« Er brach mit einer hilflosen Geste ab.

»Dann war der Sammler also gar nicht hier«, sagte Sam. »Ich glaube, das hat uns eine Menge Ärger erspart.«

Eric sah noch immer verwirrt umher. »Was denn für ein

Sammler?«, fragte er und ließ sich von Mr Turner in wenigen Sätzen erzählen, was vorgefallen war. Dann beugte er sich über die Truhe. »Es tut mir Leid, euren Enthusiasmus bremsen zu müssen, aber letzte Nacht war tatsächlich jemand hier.«

»Woher willst du das wissen?«

»Ich hatte einen langen, dicken Stock in die Decke gewickelt, die Sie gestern Abend über das Schwert gelegt hatten, nur zur Sicherheit, falls jemand einen Blick in die Truhe werfen sollte. Beides ist weg.«

Mr Turner ließ sich auf den Stuhl neben seinen Kollegen fallen. »Hast du jemals an so aufregenden Ausgrabungen teilgenommen?«, fragte er und rieb sich mit beiden Händen kräftig das Gesicht.

»Ungarn 1971. Ich war sehr froh, das Land lebend verlassen zu dürfen«, sagte Mr Peacock trocken. Er presste sich die Fingerspitzen gegen die Augenlider.

»Was hast du denn in Ungarn gemacht?«

»Ist eine lange Geschichte.« Er winkte ab. »Aber wenn ich genau überlege, da waren damals auch zwei Jugendliche dabei, die für eine Menge Wirbel gesorgt haben.« Er musterte Sam und Eric. »Aber kein so verrückter alter Mann, wie ich einer bin«, seufzte er.

Sam war neben ihn getreten und legte ihm den Arm um die Schultern. »Es ist sicher nicht ganz korrekt, was Sie getan haben, Mr Peacock, aber verrückt sind Sie ganz bestimmt nicht«, sagte sie.

Mr Peacock sah sie dankbar an und drückte ihre Hand.

Die Studenten allerdings waren noch immer viel zu verdutzt, um reagieren zu können. Sie sahen betroffen zu Boden.

»Was dein Freund, der Sammler, wohl anstellt, wenn er statt des Schwerts nur einen Stock aus der Decke wickelt?«

»Er wird nicht sehr glücklich sein, nehme ich an. Aber ich habe kein Geld von ihm bekommen, also wird es sicher keine Probleme geben.«

Die beiden Professoren sahen sich unsicher an und zogen fragend die Augenbrauen hoch.

»Ist es nicht komisch, Sam, wie begehrt das Schwert ist?«, flüsterte Eric in ihr Ohr. Er war so plötzlich neben ihr aufgetaucht, dass sie vor Schreck zusammenzuckte. »Erst die Mönche, jetzt dieser Sammler.«

»Meinst du, das sind die Gleichen?«

Eric zuckte die Schultern. »Das ist durchaus denkbar. Andererseits ist die Legende um das Schwert der Elfen ziemlich bekannt. Warum also sollten sich nicht auch andere dafür interessieren?«

»Ja«, sagte Sam nachdenklich, »aber niemand außer den Mönchen konnte so sicher sein, dass das Schwert tatsächlich im verwunschenen Tal versteckt war.«

Mr Peacock war aufgestanden und sah die Anwesenden der Reihe nach an. »Also? Was sollen wir jetzt tun?«

»Es ist ja nichts passiert«, sagte Joe. »Wir sollten die übrigen Artefakte aus der Kammer holen und die Ausgrabung zu Ende führen.«

Die anderen nickten zustimmend. »Ja, und dann sollten wir die Funde nach Dublin schaffen und sicher unterbringen.«

»Vielleicht haben wir bis dahin auch schon die Genehmigung für die Probegrabungen in den alten Klosterruinen am Moor erhalten, dann können wir immer noch sehen, ob wir zurückkommen.«

Mr Turner zupfte unschlüssig an seinem Bart. »Wir können im Tal weder die Funde noch uns selber schützen, falls etwas passieren sollte«, sagt er.

»Aber was sollte denn passieren?«, rief Melanie.

»Ich weiß nicht«, er sah seine Studenten an, »aber gar nicht auszudenken, wenn euch etwas zustoßen würde. Niemand wird mir jemals wieder so billige Arbeitskräfte anvertrauen.« Er grinste, wurde aber gleich wieder ernst.

»Du glaubst, wir sind in Gefahr?«, fragte Sam.

Sie hatte kaum ausgeredet, als plötzlich das Licht ausging.

»Was ist passiert?« Die Ausgräber sahen einander im Halbdunkel des Arbeitszimmers erschrocken an. Es war noch immer früh am Morgen und das Cottage lag im Schatten des Hügels.

»Die Birne wird kaputt sein.«

»Sieh mal nach, ob du in dem Schränkchen im Korridor eine neue findest.« Mr Turner warf einen Blick auf das Schwert auf dem Tisch und trat dann ans Fenster.

Doch Joe hatte bereits den Schalter im Flur geprüft. »Der Strom ist weg«, rief er. Auch in der Küche und im Wohnzimmer ging das Licht nicht mehr an und der Fernseher und das Radio funktionierten auch nicht.

»Was ist denn hier los?«, rief Iris ängstlich.

»Beruhige dich, dafür gibt es sicher eine ganz harmlose Erklärung«, beschwichtigte er.

»Die Stromleitungen sind zerrissen«, sagte Mr Turner ungläubig und wies aus dem Fenster. »Die Kabel hängen einfach herunter, seht ihr?«

»Zerrissen oder zerschnitten?«, fragte Eric, der neben ihm stand. Die anderen starrten ihn entsetzt an und stürzten dann zum Fenster.

»Das Telefon«, rief Mr Peacock, doch als er im Wohnzimmer den Hörer von der Gabel nahm, war die Leitung tot.

»Auch das noch.«

»Das ist sicher kein Zufall mehr.«

»Nein, und ein Scherz ist das sicher auch nicht«, wandte sich Mr Turner an seinen Kollegen.

»Du meinst, das ist dieser Gravestone?«

»Der oder die Mönche«, sagte Sam, doch die anderen hörten gar nicht zu.

»Melanie, wo ist der Computer?«, rief Mr Turner hoffnungsvoll.

»Im Zelt«, sagte sie kleinlaut.

»Habe ich nicht gesagt, dass wir nichts mehr im Zelt liegen lassen? Mist, verdammter.«

»Haben Sie.« Melanie verzog das Gesicht.

»Was ist mit einem mobilen Telefon? Ich dachte, ihr jungen Leute geht nie ohne so was vor die Tür?«

Sie schüttelten den Kopf.

Mr Turner seufzte. »Dieses Team ist schlecht ausgerüstet«, sagte er heiser lachend und verschränkte die Arme hinter dem Rücken. »Okay, dann packt die wichtigsten Sachen zusammen und wir verschwinden von hier, auch auf die Gefahr hin, dass ihr mich für überängstlich haltet.«

Die Ausgräber schüttelten wieder den Kopf, diesmal heftiger.

»Dann hol ich schon mal den Wagen.« Mr Turner griff nach dem Schwert auf dem Tisch, während die anderen die Treppe hinaufrannten, um sich anzuziehen.

Sam kam mit einem Rucksack wieder herunter, in den sie die wichtigsten und nicht allzu schweren Funde packte, die im Arbeitszimmer lagen.

In der nächsten Sekunde war Mr Turner zurück. »Der Jeep springt nicht an«, rief er.

»Vielleicht fehlt nur Benzin«, murmelte Eric.

»Nein, Junge, da fehlt der halbe Motor. Spätestens jetzt können wir sicher sein, dass uns jemand schaden will.«

Mr Peacock griff nach dem Schild aus Moiras Grab. »Das ist alles meine Schuld«, sagte er immer wieder.

»Nein, Mr Peacock, die Kerle wären so oder so gekommen, ob es dieser Gravestone ist oder die Männer aus den Höhlen, die bisher keiner von euch ernst genommen hat«, sagte Sam mit vorwurfsvoller Stimme. »Die wollen das Schwert und ob sie es kaufen oder stehlen, ist ihnen völlig egal.«

»Und was mit uns passiert, ist denen das auch egal?«, fragte Iris mit großen Augen.

»Mit Sicherheit.«

»Aber du erzählst die ganze Zeit, es sind Mönche, sollten die nicht …«

»*Die* nicht«, unterbrach sie Sam.

»Wenn es denn diese Mönche sind«, sagte Joe, noch immer skeptisch.

»Wir werden eben zu Fuß gehen«, rief Mr Turner entschieden. »Ich lasse mich hier nicht festhalten. Jeder von euch nimmt, was er in einer kleinen Tasche tragen kann, den Rest verstecken wir, so gut es geht. Und lass den Schild hier«, wandte er sich an seinen Kollegen, »damit kommst du keine fünf Meter weit.« Er verstaute das Schwert in einem großen Beutel, den er sich quer über den Rücken hängte, dann machten die Ausgräber sich auf den Weg zur Straße. Doch sie waren noch keine zweihundert Meter weit gekommen, als sie vor sich auf dem Pfad ein halbes Dutzend Männer sahen.

Mr Turner blieb stehen und schob die anderen zur Seite. »Ich glaube nicht, dass wir an denen vorbeikommen«, sagte er leise.

Einige der Männer trugen Kutten, die anderen die gleiche dunkle Kleidung, in der Sam Oleander und diesen blonden Adolfo gesehen hatte.

»Also doch die Mönche«, stöhnte Eric entsetzt.

Die anderen starrten die Gestalten in ihren dunklen Kutten ungläubig an.

»Das ist jetzt aber schon ein bisschen unheimlich, oder?«, flüsterte Joe.

»Ein bisschen?«, krächzte Iris heiser.

Sam lief mit einem Mal ein kalter Schauer über den Rücken. »Haben die uns bemerkt?«

»Scheint nicht so.«

Die Mönche wandten sich der Mitte des Tals zu, einer von ihnen winkte in Richtung der Ausgrabungsstelle, neben der weitere Männer standen.

»Dann nichts wie zurück zum Haus.« Mr Turner machte kehrt und die anderen folgten ihm nur zu bereitwillig.

Sam war die Letzte, die am Cottage ankam. Sie schlug eilig die Tür zu, als sie im Augenwinkel noch zwei Schatten wahrnahm, die sich langsam dem Haus näherten.

»Mönche«, rief Mr Turner. Er hielt die Tasche mit dem Schwert umklammert. »Mönche! Ich habe tatsächlich gedacht, ihr spinnt.« Er musterte Sam und Eric. »Was wisst ihr zwei denn noch, von dem wir keine Ahnung haben?«

»Alles«, sagte Eric, »na ja, fast alles, die Geschichte von Moira, Thain und diesen furchtbaren Mönchen, nur ist jetzt nicht die Zeit, sie zu erzählen.«

»Sie kommen auf das Haus zu«, rief Sam.

»Und was machen wir jetzt?« Joe war wie die anderen ziemlich blass geworden.

Mr Turner holte tief Luft. Er stellte die Tasche auf die Erde. »Ich werde mit ihnen reden. Es muss doch möglich sein, ganz normal mit ihnen zu reden.«

»Dad«, rief Sam, »bist du verrückt? Die lassen nicht vernünftig mit sich reden, die haben Moira umgebracht.«

Ihr Vater starrte sie an. »Wer ist hier verrückt?« Er griff nach seiner Pfeife und zog die Haustür auf.

Die beiden Mönche waren noch immer einige hundert Meter entfernt. Sie sahen auf, als Mr Turner vor das Cottage trat und dort breitbeinig stehen blieb, dann beschleunigten sie ihre Schritte. Erst als sie schon nah am Haus waren, trat Sams Vater ihnen entgegen.

»Bleiben Sie da stehen«, rief er.

»Guten Tag, Mr Turner«, sagte der eine der beiden Männer. Er trug eine grüne Regenjacke über der Kutte.

»Was soll das? Warum hindern Sie uns daran, das Tal zu verlassen? Wieso lassen Sie uns nicht in Ruhe?«

»Es kommt alles wieder in Ordnung, wenn Sie nur tun wollen, was wir Ihnen sagen.«

»Was wollen Sie von uns?«

»Das Schwert«, sagte der andere Mann. Er war jünger und seine Stimme klang feindselig.

Sam klebte mit der Nasenspitze an der Fensterscheibe. Sie hatte erwartet Oleander und Adolfo zu sehen, doch die beiden Männer, die mit ihrem Vater sprachen, kannte sie nicht.

»Was wollen Sie mit dem Schwert?«

»Das sollte Sie nicht kümmern, Mr Turner. Geben Sie uns nur einfach das Schwert.«

»Sehen Sie, das kann ich nicht«, sagte Sams Vater im Plauderton. »Alles, was wir hier finden, ist Eigentum der Regierung und ich kann Regierungseigentum nicht einfach verschenken.« Er zog an seiner Pfeife. »Wenn Sie also ein besonderes und vielleicht sogar berechtigtes Interesse an dem fraglichen Artefakt haben, dann wenden Sie sich doch am besten nach Dublin, die entsprechenden Stellen werden sich sicher ausführlich mit Ihrem Anliegen befassen.«

»Lernt man das an der Uni«, fragte Sam, »so gestelzt daherzureden?«

Die Studenten nickten, wandten den Blick aber nicht von ihrem Professor.

»Sie sollten nicht so unkooperativ sein«, sagte der jüngere Mönch, »wenn Sie keine Probleme bekommen wollen.«

»Ist das eine Drohung?«

»Nein, wir möchten nur nicht, dass jemand Schaden nimmt.«

»Sicher, sonst könnte ich noch auf den Gedanken kommen, Ihre Kleidung wäre nur ein Faschingskostüm.«

»Sie wissen nichts von der schwierigen Aufgabe, der wir unser Leben verschrieben haben, Mr Turner, also maßen Sie sich nicht an, über uns zu urteilen.«

Sam war plötzlich aufgesprungen und rannte auf die Tür zu.

Eric hielt sie am Arm fest und zog sie im letzten Moment zurück. »Was soll das denn?«

»Die machen mich so ungeheuer wütend«, rief sie.

Mr Turner fuhr fort: »Das liegt mir fern, aber trotzdem kann ich Ihnen das Schwert nicht geben.«

»Ich fürchte, dann müssen wir andere Maßnahmen ergreifen, so Leid uns das tut.«

»Geben Sie uns das Schwert«, zischte der andere Mönch.

Mr Turner wandte sich ohne ein weiteres Wort um und kehrte hastig ins Haus zurück. »Die lassen tatsächlich nicht vernünftig mit sich reden«, murmelte er.

»Sie verschwinden«, rief Mr Peacock, der noch immer am Fenster stand.

»Sicher nur, um Verstärkung zu holen. Wir müssen uns beeilen.« Er griff nach dem Beutel mit dem Schwert.

»Was hast du vor?«

»Wir werden uns aufteilen. Das vergrößert die Chance, dass wenigstens einer von uns entkommt und die Polizei alarmieren kann.« Er schnaufte heftig durch die Nase. »Attackiert von Mönchen!« Er schüttelte den Kopf und sah seine Tochter an. »Du kommst mit mir. Keine Widerrede, Sam,

Eric ist allein viel schneller. Will noch einer was sagen? Dann viel Glück alle miteinander.«

»Ich weiß nicht, ob mir das gefällt«, murmelte Iris, nahm aber ihre Tasche und machte sich mit Joe und Mr Peacock auf den Weg durch den Hinterausgang.

Melanie und Eric kletterten aus einem der Fenster, die nach Osten gingen, während Sam und ihr Vater sich nach Westen wandten.

»Wir sollten es noch einmal an der Straße versuchen«, flüsterte Mr Turner dicht hinter seiner Tochter.

Sam nickte, zog ihren Vater aber gleich darauf hinter einen schmalen Felsen. »Vorsicht.«

Zwei der Männer waren plötzlich vor ihnen aufgetaucht. Sie schlenderten den Pfad herunter direkt auf sie zu.

»Oh, wärst du bloß nach Brighton gefahren«, murmelte Mr Turner. »Dann wüsste ich dich wenigstens in Sicherheit.«

Sam musste grinsen. »Wer will schon nach Brighton«, flüsterte sie zurück, war aber gleich darauf still.

Die beiden Männer kamen immer näher.

Sam wagte kaum noch zu atmen. Sie tastete nach ihrem Ring und befühlte die feinen Gravuren.

Die Männer gingen an ihnen vorüber, ohne auch nur einen Blick auf den Felsen geworfen zu haben.

»Unfähige Bande«, brummte Mr Turner. Er wartete noch einen Moment und wollte dann weiter auf die Straße zu halten, doch Sam hielt ihn fest.

»Dad, die Straße ist viel zu gefährlich für uns beide, da wimmelt es sicher nur so von Wachen und wir können zu zweit kaum ein geeignetes Versteck finden. Wir sollten uns trennen. Du nimmst den Weg dort am Fuß der Hügel entlang, im Notfall kannst du dann über die Berge fliehen.«

»Und du?«

»Ich versuche auf die Straße zu gelangen, und wenn das nicht funktioniert, die Straße zu kreuzen und über die westlichen Hügel zu entkommen.«

»Dann nimmst du den weitaus gefährlicheren Weg, nein, ich …«

»Du musst das Schwert in Sicherheit bringen, das ist wichtiger als alles andere«, beharrte Sam.

»Dein Leben ist mir wichtiger als alles andere, Sam. Das hier ist nur ein eisernes Schwert wie tausend andere auch, nur ein Gegenstand, der außer für ein paar alte Wissenschaftler und eine Horde verrückt gewordener Mönche für niemanden von Wert ist.«

»Du weißt, dass das nicht stimmt, oder?«, sagte Sam leise. »Warum hattest du sonst diese schlimmen Vorahnungen?«

Mr Turner sah seine Tochter schweigend an und nickte schließlich. »Aber ich habe so furchtbare Angst um dich«, sagte er.

Sam gab ihrem Vater eilig einen Kuss. »Mir passiert schon nichts. Los, du gehst zuerst.«

»Pass auf dich auf, hörst du?« Er schob sich schwerfällig hinter dem Felsen hervor und rannte los, das Schwert auf den Rücken gebunden.

Sam sah ihm nach, bis er fast den Fuß der Hügel erreicht hatte. Neben ihm meinte sie für einen kurzen Moment die Gestalt eines Kriegers zu erkennen, der durch das Tal stürzte und wieder verschwand. Sie kniff die Augen zusammen, sah aber nur noch ihren Vater, der stehen geblieben war, um nach Luft zu schnappen.

Mittlerweile war es längst hell geworden, doch die Sonne war hinter einer der dicht stehenden Wolken verschwunden, sodass weite Teile des verwunschenen Tals noch immer im Schatten lagen.

Sam wandte sich erneut der Straße zu. Wie sie erwartet

hatte, waren auch dort Wachen postiert worden, die das Tal beobachteten.

»Mist«, murmelte sie und verbarg sich unschlüssig hinter einem Busch. Sie ließ die beiden Mönche dabei nicht aus den Augen. Sie mussten nur für einen Moment unachtsam sein, nur für einen Moment ihre Aufmerksamkeit von dem Pfad abwenden, auf dem sie hergekommen war.

Die Männer sahen ins Tal. Einer von ihnen hob die Hand und wies auf die Hügel im Norden.

Das war der Moment, auf den sie gewartet hatte. Die Mönche hatten sich halb von ihr abgewandt. Sam wartete keine Sekunde länger. Sie schlich gebückt aus dem Gebüsch und hinter dem Rücken der Männer auf die Straße zu. Sie war schon fast an ihnen vorüber, als sich einer der Mönche mit einem Mal nach ihr umdrehte. Er sah ihr direkt ins Gesicht.

Sam fing zu rennen an. Sie schlug einen Haken, um ihnen auszuweichen, und wäre dabei beinahe gestürzt.

»Bleib stehen, Mädchen!«

Sie dachte gar nicht daran. Sie wehrte den ersten Mann geschickt ab, der auf sie zukam, doch der zweite warf sich ihr in den Weg und riss sie zu Boden. Sam schlug um sich. Sie traf ihn an der Schläfe und sprang hastig wieder auf die Beine, doch der andere Mann wartete bereits auf sie.

»Bleib doch ruhig, Mädchen.« Er verrenkte ihr den Arm, als er sie zu fassen bekam.

Der plötzliche Schmerz ließ sie nach Luft schnappen. »Ich bin schon ganz ruhig, okay, Sie können meinen Arm jetzt loslassen.«

Der andere Mönch hatte sich von ihren Schlägen wieder erholt. Er packte sie an der Schulter.

Sam wollte laut schreien, biss sich dann aber in die Lippen. Wer sollte ihr helfen? Ihr Vater durfte auf keinen Fall umkehren, er hatte das Schwert und das Schwert durfte unter keinen Umständen in die Hände der Mönche gelangen. Sie sah ihn den Hügel hinaufrennen. Dicht vor ihm schoss plötzlich einer der Männer wie ein Pilz aus der Erde, doch Mr Turner schlug ihn mit der Tasche nieder. Die anderen flohen vor der Übermacht zurück zum Cottage. Sam konnte nicht erkennen, ob einer von ihnen entkommen war, sie konnte auch ihren Vater nicht mehr sehen.

In der nächsten Sekunde spürte sie erneut einen stechenden Schmerz in ihrem Oberarm. Einer der Mönche hob sie hoch. Das Letzte, was sie sah, war das Moor, das sich düster vor ihr ausbreitete, dann wurde ihr schwarz vor Augen.

12

Der pochende Schmerz in ihrem Kopf war kaum zu ertragen. Sam presste sich die Hand gegen die Schläfe und stöhnte leise auf. Noch immer benommen öffnete sie die Augen, konnte aber zunächst nicht sehr viel erkennen. Der Raum, in dem sie lag, war nur notdürftig erhellt und sie brauchte einen Moment, bis sie sich an das Dämmerlicht gewöhnt hatte.

»Wo bin ich nur gelandet?«, murmelte sie.

Die Decke über ihr war niedrig und aus dunklem Stein. Sam runzelte verwundert die Stirn und wandte langsam den Kopf zur Seite. Auf einem Felsvorsprung dicht neben ihr stand eine kleine Lampe, deren flackerndes Licht die Schatten an der Wand zum Tanzen brachte.

Sie zuckte zusammen. Sie war in den Höhlen der Mönche!

Sie setzte sich so ruckartig auf, dass ihr schwindlig wurde und sie sich abstützen musste. Dann erst fiel ihr wieder ein, was passiert war.

Die Mönche mussten sie betäubt haben, bevor sie sie durch das Moor geschleppt hatten. Dann wussten sie ganz offenbar nicht, dass sie schon einmal in den Höhlen gewesen war, sonst hätten sie kaum versucht, den Weg vor ihr zu verbergen.

Sie hievte sich mühsam auf die Beine, doch ihr ganzer Körper fühlte sich taub und wie zerschlagen an. Es dauerte eine Weile, ehe sie sich, noch immer wacklig, aber aufrecht, gegen die Wand lehnte. Sie warf einen Blick auf ihre Armbanduhr. Es war elf, aber ob nachts oder noch morgens, konnte sie nicht sagen. Vielleicht waren auch schon Tage vergangen, ihre Uhr hatte keine Datumsanzeige.

Sam trat vorsichtig einen Schritt vor und sah sich um. Sie war in einer der kleineren Höhlen untergebracht, die den Mönchen als Zellen dienten. Unter ihr hatte eine der dünnen Matten gelegen, die sie als Bett benutzten. Vielleicht spürte sie deshalb jeden einzelnen Muskel im Körper, weil sie so lange auf dem harten Felsboden gelegen hatte. Sie massierte sich die Schulter, als ihr Blick auf die kleine Tasche fiel, die sie bei ihrer Flucht dabeigehabt hatte. Sie lag neben der Lampe.

Sam schob sich umständlich an der Wand entlang und beugte sich vor. Sie verteilte den Inhalt der Tasche auf dem Fußboden. Da war der Armreif, die Brosche und die Schale, doch der Dolch aus Moiras Grab, den sie hineingepackt hatte, war verschwunden.

»Verflucht!« Sie verschränkte die Arme und drehte sich langsam im Kreis. Es musste doch einen Ausgang geben, ein Loch im Fels oder eine Tür. Sie hielt plötzlich inne.

An der Wand gegenüber hing ein Vorhang. Sam schwankte darauf zu und riss den Stoff zur Seite. Dahinter kam ein Brett zum Vorschein, das an den Stein gelehnt war. Sie drückte dagegen, bis sich ein schmaler Spalt öffnete. Kühlere Luft drang in die Zelle. Sie zwängte sich durch den engen Durchgang und trat in einen langen Gang.

Keine Sekunde später kamen zwei Mönche auf sie zu. Sie hatten offenbar neben dem Durchgang Wache gestanden.

»Du solltest dich ausruhen.«

Es waren nicht die beiden, die sie hergebracht hatten.

»Ich will mich nicht ausruhen. Ich will wissen, was das hier soll.«

Statt zu antworten, schoben die beiden sie zurück in die Zelle.

Sam war zu schwach, um sich zu wehren, sie fühlte sich noch immer wie betäubt, doch sie schimpfte wie ein Rohrspatz. Sie ließ sich wieder auf die Matte fallen und tastete nach dem Ring. Er war noch immer an ihrem Finger. Wussten die Mönche etwa nicht, welcher Ring das war? Oder interessierten sie sich nicht dafür? Sie schüttelte verwundert den Kopf. Aber nein, das konnte nicht sein. Oleander hatte sie nur aus dem einen Grund vor dem Pub angesprochen, weil er sicher sein wollte, dass sie den Ring hatte. Aber warum hatte er ihn dann nicht an sich genommen? Gab es vielleicht einen anderen Grund für sein scheinbares Desinteresse? Sie dachte an das kurze Aufflackern von Furcht in seinen kalten, unbewegten Augen, als er an jenem Abend auf ihre Hand gestarrt hatte.

Der Vorhang wurde leise zur Seite geschoben und Sam schreckte aus ihren Gedanken.

»Du bist sicher hungrig«, sagte der dicke Mönch, der mit einem Tablett in der Hand hereinkam.

»Ist das meine Henkersmahlzeit?«, versuchte sie zu scherzen, doch als sie sein versteinertes Gesicht sah, musste sie schlucken. »Wie lange bin ich denn schon hier? Wann lassen Sie mich gehen?«

Wieder bekam sie keine Antwort. Er stellte das Tablett auf den Felsvorsprung, der als Tisch diente, und ging hinaus.

»Ach, Mist elender.« Sie schleuderte einen Stein hinter ihm her, der gegen den Vorhang prallte, und wandte sich dann dem Tablett zu. Die Ausgräber hatten vor ihrem überstürzten Fluchtversuch nicht gefrühstückt, das war vielleicht schon Tage her. Sie griff hungrig nach dem Brot und dem Käse und goss sich aus einem tönernen Gefäß eiskaltes Wasser in einen Becher. Es musste irgendwo in den Höhlen einen Brunnen oder eine Quelle geben, das Wasser schmeckte frisch, wenn auch leicht torfig. Sie lehnte sich müde gegen die Wand.

Keine Stunde später kamen die Mönche zurück. Sie bedeuteten ihr aufzustehen und brachten sie auf den Gang hinaus.

»Wohin gehen wir?«

»Meister Oleander möchte dich sehen.«

»Ah, der Teufel höchstpersönlich«, murmelte Sam. Sie erschrak, als sie die Gesichter der Mönche sah, in denen es plötzlich unkontrolliert zuckte. Sie packten sie an den Armen und führten sie den langen Gang hinunter, um mehrere Ecken herum und vorüber an unzähligen kleinen Höhlen in einen Raum, der offenbar als Versammlungsort diente. Ein Holztisch stand an der hinteren Wand, vor dem einige Bänke aufgestellt waren.

Sam blinzelte. Im Vergleich zu den übrigen Höhlen war der Raum hell erleuchtet, Lampen hingen an den Wänden und auf dem Tisch brannten mehrere dicke Kerzen. Sie strauchelte, als die beiden Männer sie vor sich her in den Raum schubsten, fing sich aber rechtzeitig ab, bevor sie stürzte.

Die Mönche blieben dicht neben ihr stehen.

»Guten Tag«, hörte sie eine nur zu bekannte Stimme, doch der freundliche Ton stand in krassem Widerspruch zu den eisig kalten Augen, die sie scharf musterten. »Willkommen bei den Brüdern der Reinen Lehre.«

Oleander stand hinter dem Tisch. Er trug erneut seine schwarze Kutte und die purpurrote Stola um den Hals und breitete dic Arme aus.

Sams Herz schlug ihr bis zum Hals. Sie starrte den Mönch wortlos an und konnte plötzlich kaum noch atmen.

»Setz dich, bitte.« Er wies auf eine der Bänke vor dem Tisch.

»Ich möchte mich nicht setzen.«

Die beiden Männer, die sie begleitet hatten, verschwanden auf ein Zeichen Oleanders hin.

»Ich möchte gehen.«

»Alles zu seiner Zeit, Samantha Turner.«

»Was soll das hier?«, fragte sie mit zitternder Stimme. »Was wollen Sie eigentlich von mir? Warum bin ich hier? Wo bin ich überhaupt?«, fügte sie eilig hinzu, damit er nicht auf den Gedanken kam, sie wüsste, wo sie war.

»Immer eins nach dem anderen.«

»Seit wann sind Mönche Diebe und Kidnapper?« Sam redete sich langsam in Rage. »Was für einer merkwürdigen Bruderschaft gehören Sie nur an?«

»Aber das weißt du doch längst, nicht wahr?«, sagte er lächelnd.

»Was weiß ich?«, fragte sie zurück. Ein Teil von ihr weigerte sich noch immer standhaft, die Geschichte um das Schwert und die Mönche zu glauben.

»Wir sind auf der Suche nach dem Schwert, seit so vielen Jahrhunderten schon, und jetzt haben wir es endlich gefunden.«

»Wenn es Ihnen um das Schwert geht, was wollen Sie dann mit mir?«

»Du wirst es uns beschaffen.«

Sam hob den Kopf. Wenn die Mönche das Schwert noch nicht hatten, bedeutete das, dass ihr Vater ihnen entkommen war. Sie lachte begeistert auf.

»Dein Vater ist sicher bereit, es gegen dich einzutauschen.« Oleander musterte sie aus zusammengekniffenen Augen.

»Ja, das fürchte ich auch«, murmelte sie und biss sich zu spät auf die Zunge.

Er lächelte plötzlich, doch sein Lächeln jagte ihr einen kalten Schauer über den Rücken. »Sieh an, und ich hatte gedacht, wir müssten von vorne beginnen.«

»Was … was meinen Sie damit?«

»Du weißt, wer ich bin?«

Sam setzte sich nun doch auf eine der Bänke. »Sie sind der Anführer dieser Bruderschaft«, sagte sie.

Er musterte sie aus seinen kleinen, bösen Augen, als erwartete er mehr von ihr.

»Ihr Name ist Oleander«, fuhr Sam fort, »oder sollte ich Mr Gravestone sagen?«

»Wie ich sehe, hat Mr Peacock sein schlechtes Gewissen nicht lange ausgehalten.« Oleander stützte die Handflächen auf die Tischplatte und beugte sich vor. »Verräter sind verabscheuungswürdige Kreaturen, nicht wahr, Samantha Turner, und Lügen sind Ekel erregend, ganz besonders, wenn sie an Freunde gerichtet sind. Aber wenigstens diente er damit einer edlen Sache.«

»Einer edlen Sache«, wiederholte Sam mit skeptischem Unterton und sah ihn herausfordernd an, doch der Mönch schien es nicht zu bemerken. »Mr Peacock hat nur versucht seinem Sohn das Leben zu retten«, fuhr sie fort. Sie konnte an seinem Gesichtsausdruck erkennen, dass er keine Ahnung davon gehabt hatte.

»Manchmal heiligt der Zweck eben die Mittel«, sagte er schließlich. »Das gilt auch für uns Mönche.«

»Damit entschuldigen Sie also Ihre Taten.«

Oleander musterte sie kalt. »Du weißt nicht, was für eine schwierige Aufgabe es ist, die Menschheit vor falschen Göttern zu retten, also zügle deine Arroganz.«

»Ich weiß, dass es falsch ist, dafür die Gebote seines eigenen Gottes außer Kraft zu setzen«, sagte Sam. Sie presste sich die Faust gegen die Brust, um ihr Herz zu beruhigen.

»Das ist anmaßend«, fuhr Oleander sie wutentbrannt an und kam um den Tisch herum auf sie zu. »Als ob du die Gebote unseres Herrn verstehen und angemessen interpretieren könntest.«

»Aber Sie können es?« Sam hob fragend die Augenbrauen. Sie blieb unbeweglich sitzen.

»Ja, ich kann es«, rief Oleander und hielt dicht vor ihr plötzlich inne. Er funkelte sie aus glühenden Augen an. »Ich kann es, denn ich kenne den Willen unseres Herrn. Ich kenne die Überlieferungen und die Prophezeiungen, und ich kenne meinen göttlichen Auftrag in der Welt, der alles andere als leicht ist und leider auch manches Opfer verlangt, aber ich habe niemals gewankt und niemals gezweifelt und niemand wird mich aufhalten, auch du nicht.«

Sam starrte ihn entgeistert an.

»Die Dämonen müssen vernichtet werden, erst dann kann unser Gott die alleinige Herrschaft über die Welt antreten.«

»Welcher Gott?«, entfuhr es Sam, denn sie war sich keineswegs sicher, ob er den gleichen Gott meinte wie Mr Appleton, der Pfarrer ihrer Gemeinde in der Nähe von Cambridge, und ob er tatsächlich von Gott und nicht doch vom Teufel sprach.

Oleander kniff die Augen zusammen. »Du bist eine von ihnen, Samantha Turner«, zischte er beängstigend leise, »das ist mir klar, seit ich dich an der Quelle beobachtet habe.« Er musterte sie nachdenklich. »Das Erste, was du in diesem verwunschenen Tal getan hast, war die Quelle aufzusuchen, jenen verfluchten Ort, an dem noch immer die alten Dämonen hausen, jenen Ort, an dem sie vernichtet wurde, die schlimmste aller Hexen.« Er starrte sie mit gerunzelter Stirn an. »Warum nur?«

»Das war nichts als Zufall«, sagte Sam, auch wenn sie es längst nicht mehr glaubte. Moira, er hatte von Moira gesprochen! Sie war also an der Quelle erschlagen worden. Hatte der Ring deshalb dort gelegen? Hatte ihr Mörder ihn einfach fortgeworfen?

»Es hat dich an die Quelle gezogen, weil du selbst eine Hexe bist.« Oleander schien sie nicht gehört zu haben. »So wie sie eine war, weil du vielleicht gar von ihr besessen bist.« Er trat hastig einen Schritt zurück. »Die Dämonin kann in verschiedener Gestalt erscheinen.«

»Sie sind verrückt«, rief Sam in plötzlicher Panik. Hexe! Er hatte sie eine Hexe genannt, eine Dämonin. Sie sprang auf und warf dabei einen Blick auf die Tür, doch die beiden Mönche versperrten den Ausgang.

»Du solltest meinen Glauben nicht verspotten.«

Sie war mitten in einem Albtraum gelandet, aus dem sie einfach nicht aufwachen konnte. In ihrem Hals kratzte es.

»So wie sie ihn verspottet hat an jener Quelle.«

»Sie sprechen von Moira, der keltischen Priesterin?«, fragte Sam heiser.

»Ich spreche von Moira, der Hexe, die von einer Dämonin namens Muordhaina besessen war«, wandte er ihr ruckartig seinen Kopf wieder zu. »Sie war gefährlich, bei Gott, das war sie. Doch Oleander, mein Vorgänger und Begründer unserer kleinen Gemeinschaft, hat die Welt von dieser gottlosen Plage befreit.«

»Er hat eine wehrlose Frau von hinten erschlagen«, rief Sam erbost. »Das ist wahre Nächstenliebe, was?«

Oleander musterte sie neugierig, die Augen noch immer zusammengekniffen. »Wehrlos? Sie war gewiss nicht wehrlos mit all ihren Zauberkräften und dem hier.« Schnell wie eine Klapperschlange griff er plötzlich nach ihrer linken Hand und zog sie an sich. »Der Ring«, murmelte er fast ehrfürchtig.

»Nehmen Sie ihn doch, na los, nehmen Sie ihn«, rief Sam. Sie wollte sich den Ring vom Finger streifen, doch der Mönch zuckte zurück.

»Was haben Sie denn?«, rief sie spöttisch. »Der Ring besitzt doch Zauberkräfte und verleiht einem Macht, ich dachte, das wollten Sie.«

Oleander hob abwehrend beide Hände. »Der Ring hat schon viele Menschen getötet«, flüsterte er.

Sam starrte auf den Silberreif an ihrem Mittelfinger. »Dann passt er doch weitaus besser zu Ihnen als zu mir«, sagte sie bemüht gelassen. Sie zog sich zitternd das silberne Schmuckstück vom Finger.

Der Mönch sprang erschrocken zurück und ließ den Ring auf Sams Handfläche dabei nicht aus den Augen. Er lehnte sich wie Hilfe suchend mit dem Rücken gegen den Tisch. »Nein, er ist nur für die Hexen bestimmt«, flüsterte er, »den Dienerinnen der Dämonin, das wissen wir längst, das steht alles in unseren Aufzeichnungen, also höre auf, deine Spielchen mit mir zu spielen, du Teufel.«

Sam hielt die Luft an. »Ich bin weder das, was Sie eine Hexe nennen, noch ein Teufel oder so was«, sagte sie dann. »Sie …«

»Jede Frau, die diesen Ring am Finger trägt, ist eine Dienerin der Muordhaina, auch du, Samantha Turner, auch du bist verflucht«, unterbrach er sie, »denn jeden anderen, jede reine Seele, vernichtet er auf grausame Weise, so wie er Oleander getötet hat.«

Sam schwieg, sie wartete darauf, dass er fortfuhr.

»Er hat ihn an seinem Finger getragen«, flüsterte er, »während der großen Schlacht.«

»So habt ihr also den Krieg gewonnen.«

»Doch dann hat die Dämonin von seinem Körper Besitz ergriffen und seine Seele gefoltert. Sie hat ihren Spott mit ihm getrieben, doch er konnte ihr jahrelang widerstehen, Jahre, die er der rastlosen Suche nach dem Schwert verschrieb, das bereits kurz nach der Schlacht verschwunden war. Aber er konnte die Macht des Rings nicht zähmen. Als er ihn schließlich fortwarf, in die Quelle, da war es längst zu spät. Sein Tod war so qualvoll, so unvorstellbar grausam, dass niemand seinen Leichnam wieder erkannte. Er sah aus, als hätte ihn ein wildes Tier zerrissen.« Er starrte gedankenverloren an die Wand, während er sprach.

»Das soll der Ring gewesen sein?«, fragte Sam ungläubig.

Oleander nickte, seine Augen begannen zu glühen. »Anschließend sind die Dämonen emporgestiegen und haben das Kloster zerstört. Wir haben unsere Suche dann an anderen Orten fortgesetzt, Orten, die heute kaum noch jemand kennt, bis wir vor ein paar Jahren hierher zurückgekehrt sind.«

Sam steckte sich den Ring wieder an ihren Mittelfinger. Solange die Mönche ihn fürchteten, bot er ihr einen gewissen Schutz.

»Doch der Ring tötet nicht nur, er kann einem auch den Verstand und die Seele rauben.« Er musterte sie kalt. »So mancher unserer Brüder ist auf diese Weise vom rechten Weg abgekommen.«

»Vielleicht haben sie auch eingesehen, dass ihr Weg nicht der richtige war«, sagte Sam.

Oleander sprang auf sie zu. Einen Moment lang schien er versucht sie zu schlagen, er hatte bereits ausgeholt.

»So wie Thimon«, fuhr sie hastig fort, »der vor seinen eigenen Glaubensbrüdern geflohen ist, der vor diesem Krieg geflohen ist, der nichts mit seinem Glauben zu tun hatte.«

In gewisser Weise war Thimon die tragischste Gestalt in der ganzen Geschichte, dachte sie, zerrissen zwischen zwei einander entgegenstehenden Welten, die ihn beide anzogen und die ihn beide nicht halten konnten.

»Thimon«, murmelte Oleander versonnen, als suchte er den Namen in seinem Gedächtnis, »Thimon, er war ein viel versprechender junger Mönch, bis er dieser Hexe in die Hände fiel und sich zu sehr für ihre teuflische Religion interessierte. Woher weißt du von ihm?« Er warf einen Blick auf den Ring und nickte. »Oleander wollte die Dämonen in ihm austreiben, er wollte seine Seele mit der reinigenden Kraft des Feuers retten, wie er es bei so vielen anderen geschafft hatte, aber Thimon war eines Tages einfach verschwunden.«

Sam starrte ihn entsetzt an.

»Man kann leider nicht jedem helfen.« Oleander hob die Schultern. »Viele Jahre später dann hat sich jemand diese alberne Liebesgeschichte ausgedacht.« Er lachte trocken auf. »Als ob die Hexe ihren Ring jemals freiwillig hergegeben hätte, die Quelle ihrer Macht.« Er beugte sich vor, bis seine Nasenspitze beinahe ihre Wange berührte.

Sam konnte ihn atmen hören. Sie trat eilig einen Schritt zur Seite.

»Aber du, du weißt nicht, wie du diese Macht benutzen sollst, nicht wahr? Wieso sollte ich dich fürchten?« Seine bösen Augen flammten plötzlich hell auf. »Bald habe ich das Schwert, dann brauche ich nichts mehr zu fürchten, auch den Ring nicht. So steht es geschrieben und unsere Aufzeichnungen haben uns noch nie betrogen.«

Sam war blass geworden. Sie versuchte sich ihre Angst nicht anmerken zu lassen. »Wie kommen Sie darauf, das Schwert könnte Ihnen nützen?«, fragte sie bemüht ruhig. »Es stammt doch aus der anderen Welt, der Welt der Dämonen, die Sie vernichten wollen. Wieso glauben Sie, dass es nicht stattdessen Sie vernichtet?«

Oleander sah sie verwundert an. »Es ist nicht wichtig, wer der Träger des Schwerts ist«, rief er. »Wer es besitzt, dem verleiht es große Macht, Macht über diese und die andere Welt, Macht über die Dämonen, auch die Macht, sie zu besiegen und für immer in das Reich der Schatten zu verbannen, vorausgesetzt, man kennt die richtigen Worte und die entsprechenden Rituale.« Er hielt nachdenklich inne. »Was für Dummköpfe die letzten Anhänger des alten Glaubens doch waren, sie hatten offenbar keine Ahnung, wie gefährlich es war, das Schwert mit ihrem toten Fürsten zusammen zu begraben, anstatt es den Dämonen zurückzugeben.«

»So dumm können sie nicht gewesen sein«, warf Sam spöttisch ein, »denn immerhin hat Ihr Orden fast 1500 Jahre lang vergebens danach gesucht.«

Oleander verzog das Gesicht. »Deine Arroganz und dein Spott werden dich eines Tages noch teuer zu stehen kommen, Samantha Turner«, rief er wütend. Er gab den Mönchen neben dem Eingang ein Zeichen. »Und ich glaube, dieser Tag ist nicht mehr allzu fern.« Ein kaltes Lächeln breitete sich auf seinen Lippen aus, das Sam das Blut in den Adern gefrieren ließ.

Sie verbrachte zwei weitere Tage in der kleinen Zelle und suchte verzweifelt nach einem Ausweg. Doch die Höhle hatte weder ein Fenster noch verbarg sich hinter dem abweisenden dunklen Felsgestein ein Geheimgang. Sie versuchte mehrmals über den Gang zu entkommen, doch zwei der Mönche standen Tag und Nacht vor ihrer Zelle Wache. Eine Flucht war unmöglich.

Am dritten Tag schließlich ließ Oleander sie erneut zu

sich bringen. Wieder stand er hinter dem Tisch in dem großen Versammlungsraum und musterte sie wortlos, diesmal aber lag auf dem Tisch ein länglicher, in ein Tuch gehüllter Gegenstand.

Sam schluckte. Das Schwert! Ihr Vater hatte den Mönchen tatsächlich das Schwert gegeben. Ein Teil von ihr freute sich, doch ein anderer Teil begann plötzlich zu zittern.

»Dann kann ich jetzt gehen?«, fragte sie, obwohl sie die Antwort längst kannte.

»Aber keineswegs«, sagte Oleander denn auch. Seine bösen Augen huschten über ihr Gesicht. »Ich brauche dich.« Er warf einen flüchtigen Blick auf den Ring an ihrer Hand.

Sam zuckte zusammen. »Was soll das?«, rief sie. Was um Himmels willen hatte er vor mit ihr? »Aber …«

»Komm, Samantha Turner, ich werde dir etwas zeigen«, unterbrach er sie ungeduldig. »Das wird dich sicher interessieren.« Er griff mit seinen dürren, spitzen Fingern nach ihrem Arm und führte sie auf den dämmrigen Gang hinaus.

Die beiden Mönche begleiteten sie durch das verwirrende Labyrinth der Höhlen tiefer in den Hügel hinein und auf eine Treppe zu, die steil nach unten führte. Die Stufen waren ausgetreten und voller Staub.

»Wo sind wir hier?«

Die Treppe war offenbar sehr alt, aber lange nicht mehr benutzt worden. An ihrem Ende war eine Tür aus dunklem, rissigem Holz.

»Wir sind im Herzen des Hügels, tief unter der Erde.«

Einer der Mönche zog die quietschende Tür auf und trat zur Seite, um sie vorbeizulassen. Der andere entzündete derweil eine Lampe.

Sam folgte Oleander nur zögernd in die Dunkelheit. Die Luft war schwer und stickig und viel zu warm, sie konnte kaum atmen.

Oleander griff nach der Lampe und stellte sie auf dem Boden ab. »Dies ist der Zugang zur Hölle«, flüsterte er unheilvoll.

Sam starrte ihn ungläubig an und ließ ihren Blick dann durch die niedrige Höhle schweifen. Sie war größer als die, in der sie Moiras Überreste gefunden hatten, mit einem großen kreisförmigen Steinblock in der Mitte und Nischen in den Wänden, die jedoch alle leer waren.

»Hier haben die Hexen die Dämonen beschworen, vor allem die bedeutendste unter ihnen, die Muordhaina. Dies war für sie ein bedeutender Ort.«

Sam wurde mit einem Mal ganz aufgeregt. Sie erinnerte sich an Erics Worte über die Kreuzungspunkte zwischen den zwei Welten. Sie trat auf den Felsblock zu und beugte sich neugierig vor. Reliefs waren in den Stein geschlagen und zeigten wilde Kreaturen, halb Mensch, halb Tier, mit aufgerissenen Mäulern und anderen grauenhaften Wesen in ihren Klauen. Die bogenförmigen Nischen waren ähnlich verziert, doch die übrige Wand war schmucklos und glatt.

Die Höhle musste einst ein heiliger Ort für die Kelten gewesen sein, so wie die Quelle und die Eiche.

»Sie haben sogar hier in den Höhlen gelebt, die Zauberer und die Hexen«, hörte sie Oleander sagen, »auch Moira, die Letzte von ihnen.«

»Tatsächlich?« Sam ließ ihre Fingerspitzen über den warmen Stein gleiten. Der Ring schimmerte hell im Licht der Lampe. Moira, dachte sie, Muordhaina, wenn das alles nicht nur eine alberne Geschichte ist, dann rettet mich vor diesem Verrückten!

»Dies ist der Ort, an dem wir die andere Welt endgültig zerstören können. Dies ist der Tag, an dem sie am verwundbarsten ist«, rief der Mönch. »Jetzt ist die Zeit endlich gekommen für unseren großen Sieg. Heute Nacht ist es so weit.« Ein bösartiges Lächeln überzog sein schaurig verzerrtes Gesicht.

Sam ließ sich auf den Felsblock fallen und verschränkte die Arme.

»Und du wirst mir dabei helfen, Samantha Turner.« Er beugte sich tief zu ihr herunter, die Augen weit aufgerissen.

»Ich verstehe nur leider kein Wort von dem, was Sie sagen. Ich habe keine Ahnung, wie ich Ihnen helfen könnte.« Sie bog den Kopf zur Seite.

»Du trägst den Ring. Du wirst dich erinnern.«

»Erinnern? Woran denn?«

»An die Riten der keltischen Priesterschaft, denn wie ich schon sagte, nur mit den alten Ritualen lässt sich die Kraft des Schwertes auch nutzen.«

Sam starrte ihn entgeistert an.

»Es war vorherbestimmt, dass wir an diesem Ort zusammentreffen, da bin ich sicher. Du wirst uns zu unserem großen Sieg verhelfen.«

»Ich denke ja gar nicht daran.«

Oleander seufzte. »Du wirst deine Meinung schon noch ändern. Die Aufzeichnungen unserer Vorfahren über die alten Kulte sind nämlich nicht ganz vollständig, es könnte Schlimmes passieren, wenn du dich weigerst dich zu erinnern.« Er legte einen Finger an die Lippen. »›Und das Schwert wird werden zu Feuer, das die Welt reinigt und die Unwürdigen hinwegfegt‹«, schien er eine der Schriften seines Ordens zu zitieren. Er sah sie dabei unverwandt an.

»Sie praktizieren die Rituale einer fremden, einer so genannten heidnischen Religion, um Ihre Ziele zu erreichen«, rief sie und wich seinem Blick nicht aus. »Ist das nicht ein Widerspruch? Ist das nicht ein Verstoß gegen die Gebote Ihres Gottes?«, versuchte sie es noch einmal.

»Wie ich schon gesagt habe, der Zweck heiligt die Mittel. Die Aufgabe unseres Ordens ist nicht leicht, nicht jeder hat unsere Mission über die Jahre gutgeheißen, aber durch uns sind diese gottlosen Zeiten nun endlich vorüber.«

»Ich hoffe sehr, dass Sie eines Tages Ihren gerechten Lohn dafür erhalten werden.« Sie sah unbewegt in seine kalten Augen.

»Da bin ich sicher.« Oleander nahm die Lampe auf. »Komm, es wird Zeit. Ich muss die notwendigen Vorbereitungen treffen.«

»Und wie sehen die aus?«

»Das braucht dich nicht zu kümmern. Ich werde dich holen lassen, wenn es so weit ist.« Er zog die schwere Holztüre hinter ihnen zu und löschte die Lampe.

Sam lief unruhig in ihrer kleinen Zelle auf und ab und ließ die Zeiger ihrer Uhr dabei nicht aus den Augen. Es war bereits später Nachmittag. Sie musste einen Ausweg finden, zumindest irgendetwas tun. Es blieb nicht mehr allzu viel Zeit. Heute Nacht, hatte Oleander gesagt. Sie hatte nicht die geringste Vorstellung, was genau er mit dem Schwert eigentlich vorhatte, aber es konnte nichts Gutes sein. Sie spürte Panik in sich aufsteigen und schlug mit der flachen Hand gegen die Wand.

Wieso nur glaubte er, dass sie ihm helfen konnte? Sie wusste noch weniger über die keltischen Riten als er. Und selbst wenn sie es könnte, wieso sollte sie es tun? Was könnte Schlimmes passieren, wenn sie es nicht tat? Konnte das Schwert denn wirklich Unheil über die Welt bringen? Und über welche Welt?

Sie hörte ein leises, kratzendes Geräusch neben der Tür. Waren die Mönche schon zurück? War es jetzt so weit? Sie wandte sich mit heftig pochendem Herzen um.

Ein Rabe hockte neben dem Vorhang und hackte mit dem Schnabel immer wieder auf den Steinfußboden. Er sah sie mit schwarzen Augen unverwandt an.

Im nächsten Moment tauchte hinter dem Raben die Gestalt Moiras auf.

Sam streckte ihr wie Hilfe suchend die Hand entgegen. »Sag was«, flüsterte sie.

Moira wies auf ihren Ring und näherte sich der Tür.

Sam folgte ihr, doch als sie den Vorhang zurückschob, war die Priesterin verschwunden. Was hatte sie ihr nur sagen wollen?

Der Rabe stieß plötzlich einen heiseren Laut aus.

Sam sah erstaunt zu Boden.

Der schwarze Vogel wandte sich noch einmal zu ihr um, als wartete er darauf, dass sie ihm folgte. Dann hüpfte er durch den schmalen Spalt zwischen Holzbrett und Wand.

Sam runzelte verwundert die Stirn. Was hatte das denn zu bedeuten? Vorsichtig schob sie das Brett ein Stück zur Seite und warf einen Blick in den Gang.

Der Rabe lief geradewegs auf die beiden Mönche zu, die sie bewachten.

Sam traute ihren Augen nicht.

Die Männer starrten den Vogel an wie den leibhaftigen Teufel. Sie waren blass geworden und sprangen ängstlich einen Schritt zurück.

In der nächsten Sekunde breitete das schwarze Tier seine mächtigen Flügel aus. Mit einem ohrenbetäubenden Krächzen, das von den Steinwänden widerhallte, stürzte der Vogel sich auf die beiden Mönche und hackte dem ersten, den er erwischte, den Schnabel gegen den Schädel. Der Mann versuchte verzweifelt sich zu wehren, zog sich die Kapuze seiner Kutte über den blutenden Kopf und rannte schließlich davon. Der Rabe stürzte sich sofort auf den zweiten Mann und jagte die beiden Mönche den Gang hinunter.

Sam hätte vor Freude beinahe laut aufgeschrien. Sie zögerte keine Sekunde und rannte los. Doch als sie an der kleinen Kapelle vorüberkam, machte sie eilig wieder kehrt. Sie war in die falsche Richtung gelaufen. Sie musste in den Versammlungsraum zurück und das Schwert holen, wenn es noch da war. Sie konnte nicht ohne das Schwert gehen, auch wenn sie dabei riskierte, noch einmal den Mönchen in die Hände zu fallen.

Hinter der nächsten Biegung hörte sie mit einem Mal Schritte. Sicher hatten die Wachen bereits Alarm geschlagen. Sie musste vorsichtig sein.

Hastig warf sie einen Blick in die kleine Höhle direkt vor ihr. Sie war leer. Sie drückte sich gerade noch rechtzeitig gegen die Wand, ehe ein halbes Dutzend Mönche an ihr vorübermarschierte. Sie sprachen kein Wort miteinander. Sam bog vorsichtig den Kopf um die Ecke und sah ihnen hinterher. Sie trugen einen Gegenstand in ihrer Mitte, den sie nicht erkennen konnte. Doch Oleander war nicht unter ihnen.

Sie wartete noch einen Moment, ehe sie sich zögernd aus ihrem Versteck wagte. Sie war schweißgebadet. Vor sich hörte sie Stimmen, doch sie schienen noch weit genug weg zu sein. Sie konnte kein Wort verstehen. Hinter der nächsten Biegung dann entdeckte sie endlich den Versammlungsraum. Ein einziger Mönch stand vor dem Eingang. Er sah in die entgegengesetzte Richtung, aus der die Stimmen kamen, und wandte ihr den Rücken zu.

Sam versuchte kein Geräusch zu verursachen, als sie an ihm vorbei in die große Höhle schlich. Das Schwert lag noch immer auf dem Tisch, das Tuch war zur Seite geschlagen und das Metall glänzte silbern wie der helle Vollmond im Kerzenlicht. Sie wickelte es hastig wieder in den Stoff und nahm es in beide Hände. Es war ziemlich schwer. Dann machte sie sich eilig auf den Rückweg.

»Es ist nicht mehr viel Zeit«, hörte sie die schneidende Stimme Oleanders. Er kam auf den Versammlungsraum zu.

Sie war bereits an der Wache vorüber, ihr war vor lauter Aufregung ganz schlecht geworden. Ohne sich noch einmal umzudrehen begann sie zu rennen. Sie kam an ihrer Zelle vorüber, an der Kapelle und gelangte schließlich in die große Halle. Dann hörte sie Schreie hinter sich. Sie warf einen Blick über die Schulter zurück. Am anderen Ende der Halle sah sie die Mönche. Mindestens ein Dutzend von ihnen war ihr dicht auf den Fersen.

Sam rannte schneller. Sie erreichte den Ausgang. Vor ihr lag das Tal.

»Fangt die Hexe!«, hörte sie erneut Oleander. »Bleib stehen.« Seine Stimme überschlug sich vor Wut.

Sam lief an dem Felsen vorüber, hinter dem sie sich mit Eric versteckt hatte, und durchquerte die Ebene. Schließlich erreichte sie das Moor.

Sie konnte kaum noch atmen, ihre Lungen schienen zu platzen. Sie wurde langsamer und schnappte nach Luft. Unsicher starrte sie auf den sumpfigen Morast vor ihr. Wo musste sie nur lang? Sie konnte sich nicht mehr an den Weg erinnern. Das Schwert in ihren Armen wurde immer schwerer und hinter sich hörte sie ihre Verfolger. Sie war vor Verzweiflung den Tränen nah und ihr wurde schwindlig.

Dann sah sie den Raben. Er flog dicht vor ihr über das Moor, so langsam, als wartete er darauf, dass sie ihm folgte.

Sam überlegte nicht lange. Der Rabe hatte ihr schon einmal geholfen, warum sollte sie ihm jetzt nicht vertrauen? Sie rannte hinter dem Vogel her, ohne auf den Boden unter ihren Füßen zu achten. Sie hatte ohnehin keine Wahl. Entweder versank sie im Moor oder sie fiel Oleander in die Hände. Dann lieber das Moor, dachte sie, mit dem Schwert.

Viel früher als erwartet tauchte vor ihr plötzlich die Quelle auf. Sie stand wieder auf festem Untergrund. Ungläubig sah sie den Raben an, der sich auf dem Stein neben dem Wasser niedergelassen hatte. Dahinter stand Moira, mit Thain an ihrer Seite. Sie wies mit ausgestrecktem Arm auf die Hügel im Norden.

»Was meinst du?«, rief Sam. »Oh, der See? Du meinst den See.«

Moira deutete nur wieder auf ihren Ring.

Sam wandte sich um. Sie hatte ihre Verfolger weit hinter sich gelassen, sie aber noch immer nicht abgehängt. Die Mönche würden wohl ohnehin niemals aufgeben. Sie musste schnell weiter.

Der schmale Pfad führte sie auf das Cottage zu und dann in die Mitte des Tals in Richtung der Ausgrabungsstelle.

»Sam!«, brüllte plötzlich eine Stimme neben dem Grabungshügel. »Sam!«

Sie sah auf und erkannte ihren Vater.

In der nächsten Sekunde hatte er ihr das Schwert abgenommen und sie in die Arme geschlossen. Er drückte sie so fest, dass sie keine Luft mehr bekam.

»Oh Gott, lass mich los«, schnaufte sie und schob ihn von sich.

Hinter ihm war Eric aufgetaucht. »Sam, da bist du ja endlich. Wir warten schon seit zwei Tagen auf dich.«

»Diese elenden Mönche haben ihr Wort nicht gehalten und wir haben nicht gewagt, die Polizei einzuschalten.«

»Wo sind die anderen?«

»Im Dorf. Wir haben uns eine gute Geschichte ausgedacht, damit niemand misstrauisch wird und sich einmischt.«

»Endlich«, rief Eric und drückte sie nun auch. »Wir haben nach einer Möglichkeit gesucht, dir irgendwie zu helfen.«

»Wir müssen weiter, los, kommt.«

»Aber …«

Sam packte ihren Vater bei den Schultern und wirbelte ihn herum. »Siehst du die da?«, rief sie und wies auf die Mönche, die die Quelle längst hinter sich gelassen hatten. »Die haben mich nicht gehen lassen, ich bin abgehauen.«

»Mit dem Schwert«, rief Eric anerkennend.

»Natürlich mit dem Schwert.« Sie wandte sich den Hügeln zu.

»Aber das ist die falsche Richtung, wir müssen zur Straße und dann nach Carrickbeg.«

Sam schüttelte den Kopf. Sie wies auf die Hügel im Norden. »Wir kommen ohnehin nicht mehr an den Mönchen vorbei.«

»Du willst da hinauf?«, fragte ihr Vater ungläubig. »Jetzt?«

»Der See, der bodenlose See«, rief Eric.

Sam nickte. »Wir müssen es ein für alle Mal beenden.«

»Ich bin nicht sicher, ob ich das richtig verstehe«, begann Mr Turner.

Sam und Eric starrten sich einen Moment wortlos an und begannen dann gleichzeitig loszulaufen. Sie zogen Mr Turner mit sich, der das Schwert vor den Bauch gepresst keuchend die Hügelflanke hinaufhastete.

»Schneller. Sie holen auf.«

Schließlich erreichten sie den Sattel und vor ihnen tauchte der See auf. An seinem Ufer blieben sie abrupt stehen.

»Und jetzt?«

Sam starrte auf die schwarze Oberfläche.

Die Mönche kamen bereits das letzte Stück des Weges herauf auf sie zu. Oleander war bei ihnen, die Purpurstola um den Hals.

»Das Schwert! Geben Sie uns das Schwert.«

»Was sollen wir tun?« Mr Turner sah seine Tochter fragend an.

»Wirf!«

»Was?«

»Wirf es in den See! Na los, wirf es in den See!«

»Ich kann doch nicht einfach so …«, rief er, wickelte das Schwert aber dennoch aus dem Tuch und fasste es mit beiden Händen am Griff.

»Das Schwert!«, brüllte Oleander noch einmal.

Mr Turner zögerte noch immer, er starrte unsicher seine Tochter und die Mönche an, die sie langsam umstellten. Dann holte er aus, drehte sich dabei einmal im Kreis herum und ließ schließlich den Griff los.

Das Schwert flog hoch in die Luft und weit über den See dahin.

Sam erwartete fast, einen Arm zu sehen, der aus dem Wasser ragte, Moiras vielleicht, und nach dem Schwertknauf griff. Doch nichts geschah.

Die Mönche waren vor Schreck stehen geblieben. »Nein«, brüllte Oleander entsetzt, »nein, nein, nein!« Er rannte ans Ufer. Doch es war zu spät.

Das eiserne Schwert glühte blutrot in der Abendsonne, ehe es klatschend auf der Wasseroberfläche aufschlug und im See versank.

Eric starrte mit offenem Mund auf die Kreise, die das Schwert im tintenschwarzen Wasser verursacht hatte.

»Ihr Narren. Was habt ihr getan?« Oleanders Gesicht verzog sich in rasender Wut. »Ihr verfluchten Narren.«

Der Kreis der Mönche um sie herum wurde enger.

»Wir haben das einzig Richtige getan«, sagte Sam. Sie zweifelte keine Sekunde daran.

Doch Oleander beachtete sie nicht. Er stürzte sich auf Mr

Turner, der ihm eilig auswich, und kam dem Abgrund dabei gefährlich nahe. Er zog einen Dolch aus den Falten seiner Kutte. Auch die anderen Mönche hielten mit einem Mal Messer in ihren Händen.

Oleander näherte sich erneut Mr Turner, doch Sam stellte sich ihm in den Weg.

»Sieh genau her«, rief sie und zog sich langsam den Ring vom Finger.

Oleander hielt inne, er musterte sie unschlüssig. »Was willst du schon damit tun?«, lachte er kalt.

»Das hier.« Sam holte aus.

Der Mönch versuchte auszuweichen, doch der Ring traf ihn auf der Brust. Er wich vor Schreck zurück. Sein rechter Fuß glitt über den Abgrund und er verlor das Gleichgewicht. Einen Sekundenbruchteil ruderte er wild mit den Armen, den Dolch hatte er längst fallen gelassen. Dann stürzte er den Abhang hinunter.

Plötzlich herrschte Totenstille.

Die Mönche starrten fassungslos auf die Stelle, an der Oleander eben noch gestanden hatte.

Sam war plötzlich kalt geworden. Sie konnte nicht glauben, was sie getan hatte.

Ihr Vater zog sie an sich und griff gleichzeitig nach Erics Arm. Er schob die beiden vor sich her an den wie erstarrt dastehenden Mönchen vorbei den Hügel hinunter. Erst als sie die Ebene erreicht hatten, begannen sie zu rennen.

»Es ist vorbei«, rief Eric japsend.

»Noch nicht.«

Sam begann plötzlich zu winken. »Da ist ja dein Großvater«, rief sie.

Colm saß neben dem Eingang des Cottage auf einem Klappstuhl und sah ihnen erwartungsvoll entgegen. Er konnte sich kaum aufrecht halten, sein Oberkörper schwankte und er stützte sich schwer auf seinen Stock. Neben ihm stand Mrs Mordon und schüttelte immer wieder den Kopf.

»Was machen Sie denn hier?« Sam wollte ihm vor Freude in die Arme fliegen, konnte sich aber gerade noch beherrschen und strich ihm stattdessen nur vorsichtig über die Schulter.

Der alte Mann drückte sie mit zittrigen Händen an sich. »Hast du die Geschichte zu einem guten Ende gebracht?«, flüsterte er. »Hast du das Schwert zurückgebracht?«

Sie lächelte traurig.

»Was ist hier eigentlich los?« Mrs Mordon schüttelte noch immer den Kopf und sah sie der Reihe nach an. »Was soll das alles? Warum kommt ihr so atemlos den Hügel heruntergestürzt? Was ist passiert?«

Doch Mr Turner war bereits wortlos an ihr vorüber ins Wohnzimmer gerannt und riss den Hörer von der Gabel. Die Leitungen waren am Vortag repariert worden.

»Wieso wollte dein kranker Großvater ausgerechnet hierher?«, wandte sie sich an Eric. »Er hat mir kaum Zeit gelassen, den Wagen zu holen.«

»Ich wollte mich an der Suche nach dem Mädchen hier beteiligen. Eric hat mir alles erzählt«, flüsterte er ihr dann zu. »Du hast mir einen ganz ordentlichen Schrecken eingejagt. Lässt dich von den Mönchen fangen.« Er sah sie so vorwurfsvoll an, dass Sam lachen musste.

»Oh, ich bin so froh, Sie zu sehen«, rief sie und half ihm ganz langsam ins Haus.

»Mönche?« Mrs Mordon runzelte verwirrt die Stirn. »Was denn für Mönche?«

Keine halbe Stunde später füllten Polizisten das Tal. Mit ihnen waren die übrigen Ausgräber zurückgekehrt, begleitet von den Einwohnern Carrickbegs. Das erste Mal seit Jahrhunderten kehrte wieder Leben in das verwunschene Tal zurück.

Die Polizei durchkämmte auf der Suche nach den geheimnisvollen Mönchen stundenlang die Gegend. Doch sie entdeckte weder auf dem Hügel noch in den Höhlen, die bis auf einige tönerne Krüge vollkommen leer waren, einen Hinweis auf die Bruderschaft. Etwas ungläubig machten sich die Polizisten Notizen.

»Ich glaube, die halten uns für komplett verrückt«, flüsterte Mr Turner.

»Aber wir wissen doch, was passiert ist. Nicht wahr?«, fragte Eric ein wenig unsicher.

»Ja«, sagten Sam und ihr Vater gleichzeitig.

Doch dann wurde der Leichnam Oleanders entdeckt. Er war ein paar hundert Meter in die Tiefe gestürzt, in das Tal auf der anderen Seite des Hügels.

»Kein schöner Anblick. Sein Körper ist völlig zertrümmert«, sagte der Polizeichef leise zu Mr Turner, doch Sam konnte ihn hören. »Er sieht aus, als hätte ihn ein wildes Tier zerrissen.«

Sie erschrak. Konnte das allein der Sturz gewesen sein? Oder war das der Ring, wie Oleander gesagt hatte? Sie wünschte sich noch einmal die Vision Moiras herbei, doch nun, da sie den Ring nicht mehr hatte, würde sie auch Moira nicht mehr sehen, das wusste sie.

»Haben Sie einen Ring bei dem Toten gefunden?«, fragte ihr Vater gerade.

»Ein Ring? Nein. Da waren nur Raben, nichts als Raben.«

Sam sah Eric an, der in dem Sessel neben ihr saß.

»Wie soll ich das denn nur meinen Kollegen erklären?«, murmelte Mr Turner und kehrte ins Wohnzimmer zurück.

»Das wird wohl meine Aufgabe sein«, sagte Mr Peacock, der noch immer sich die Schuld an den Ereignissen gab, und drückte ihm eine Tasse Tee in die Hand.

»Der Fund des Jahrhunderts und ich schmeiße ihn einfach weg.« Mr Turner stellte die Tasse auf den Tisch und griff nach seiner Pfeife. »Und doch fühle ich mich merkwürdig erleichtert, ich kann es nicht genau beschreiben, als ob eine Last von mir genommen wäre, so als ob etwas zu Ende gebracht wäre, das schon lange auf sein Ende gewartet hat. Ich weiß nicht recht, es ist ein ausgesprochen irritierendes Gefühl.« Er sah die anderen an. »Ihr haltet mich jetzt sicher für verrückt?«

Sam und Eric schüttelten den Kopf, doch Mr Peacock spitzte unschlüssig die Lippen.

»Was genau hat dieser Oleander eigentlich mit dem Schwert vorgehabt?«, fragte Mr Turner. In seinen Augen blitzte wieder die wissenschaftliche Neugier auf.

»Du musst entschuldigen, Dad, aber ich wollte mir nicht die Zeit nehmen, das herauszufinden.«

»Wie schade, wie schade«, murmelte er und zwinkerte ihr zu. »Was für ein Verlust für meine Zunft. Wenn wir doch wenigstens Aufzeichnungen, Notizen, irgendwelche Schriften der Mönche gefunden hätten.«

»Wir sollten uns die Höhlen noch mal genauer ansehen«, sagte Sam nachdenklich. »Es lohnt sicher, dort zu graben.«

Ihr Vater musterte sie neugierig. »Du hast dich sehr verändert in den letzten Wochen«, sagte er sichtlich zufrieden.

»Das war der Ring«, sagte Eric.

»Ja, immerhin bin ich jetzt eine Hexe.« Sie verschränkte die Arme und sah ihn herausfordernd an.

»Du bist vor allem nicht ganz dicht.« Mr Turner stopfte sich genüsslich seine Pfeife.

»Du hast dich aber auch verändert, Dad.«

»So? Habe ich?«

Sam strich mit dem Finger über die Narbe auf seiner Wange. »Sieht ziemlich wild aus«, lachte sie.

»Also, fangen wir noch mal von vorne an.« Colm saß in dem Sessel gleich neben dem Kamin, sein rotes Buch in der Hand, das er ziemlich weit hinten aufgeschlagen hatte. Er zog einen Stift aus seiner Jackentasche. »Am besten dort, als wir zwei uns im Moor getroffen haben.«

»Ihr habt euch im Moor getroffen?«, fragte Mr Turner misstrauisch.

»Ja, Colm hat mich davon abgehalten, im Morast zu versinken.«

Ihr Vater schlug sich in einer verzweifelten Geste die Hände vors Gesicht. »Gott sei Dank weiß ich nicht immer, was du so treibst«, rief er, »sonst bekäme ich eines Tages noch einen Herzinfarkt.« Er sah Eric an. »Werd bloß nie Vater, mein Junge, hörst du, sonst wirst du verrückt wie ich und garantiert nicht sehr alt.«

Eric wurde feuerrot und blickte verlegen zu Sam hinüber, doch sie lächelte ihn an. »Misch du dich da mal nicht ein«, wandte sie sich dann lachend an ihren Vater.

Colm nuckelte derweil an seinem Stift herum. »Das ist wirklich die absolut verrückteste Geschichte, die ich jemals über das verwunschene Tal gehört habe«, rief er und beugte sich erwartungsvoll vor.

Sabine Blazy, geboren 1972, studierte Geschichte in Köln. Sie war schon immer ein echter Bücherwurm und liebte als Kind vor allem spannende Abenteuergeschichten. Abenteuerliche Geschichten haben für sie immer etwas mit dem Abenteuer Geschichte zu tun. Sabine Blazy lebt in Aachen, wenn sie nicht gerade in ihrer zweiten Heimat Großbritannien unterwegs ist.

Bei Thienemann bereits erschienen:
Der dunkle Turm
Das Versteck in der Burg

Blazy, Sabine
Das Tal der Raben
ISBN 3 522 17522 0

Einbandillustration: Eckart Hahn
Einbandtypografie: Michael Kimmerle
Schrift: Garamond NOVA
Satz: KCS GmbH in Buchholz/Hamburg
Reproduktion: immedia 23
Druck und Bindung: Friedrich Pustet, Regensburg

5 4 3 2 1* 03 04 05 06

Thienemann im Internet: www.thienemann.de